PROLOGUE

1943

Villa Freiberg

Le général s'était agenouillé aux pieds de sa femme. De toute sa vie, jamais il n'avait dû lever la tête pour chercher le regard de personne, mais les événements s'étaient enchaînés trop vite pour lui laisser le temps de réfléchir. Les mots sortaient, désordonnés, pendant que dehors le fœhn agitait les cimes des sapins.

— Certaines choses doivent être faites, Anna. Ni pour l'honneur ni pour la récompense, qu'elle soit divine ou de ce monde. Simplement parce que nous sommes des êtres humains. Je ne peux pas lui tourner le dos, tu le sais. Tu as un cœur, toi aussi. Il bat même mieux que le mien, qui est vieux et fatigué.

Il sourit, bien qu'écrasé par la douleur de ce choix, par le poids sur sa poitrine. Ses propos étaient inattendus pour un homme de guerre, il en était conscient. Cependant, quand il retrouvait sa famille dans le petit royaume de la villa, c'était Anna qui détenait le sceptre. Originaire de terres marines, il s'était habitué avec le temps à ce village au pied des montagnes muettes, à son ordre précaire, à l'ascendance riche et noble de sa femme et de son nom, aux esprits des ancêtres qui rasaient les murs de la maison, chacun racontant son histoire à travers les tableaux, les statues et les objets entassés dans les vitrines. Ils exigeaient le respect.

— Et Rosa, que va-t-elle devenir ? Tu as pensé à ta fille ? demanda Anna, le regard soudain glacial.

— Rosa comprendra. Nous trouverons un moyen.

— Il faut éloigner le petit.

— Nous avons promis d'en prendre soin et de le protéger.

Les ombres d'un autre soir dansaient devant les yeux d'Anna, rebelles.

— Le prix à payer est trop élevé. Nous avons fait ce que nous avons pu, tu les as aidés, maintenant c'est trop tard.

— Tu sais ce qu'il se passera si nous le laissons partir, Anna.

Sa femme était restée immobile, les yeux plantés dans les siens. Elle pensait à la villa que son père avait achetée pour accueillir la collection de tableaux et de statues qu'il lui avait donnée. À son pavillon de jardin, aux fêtes, aux porcelaines orientales, aux cristaux, à la lumière captée par les bracelets d'améthyste et de diamant, et même par ceux d'alexandrite, la pierre des veuves, héritée des grandes dames de sa famille. Parce que c'est le cœur des femmes qui transforme la douleur en gloire pour leur descendance.

— Je le sais, dit-elle en se levant de son fauteuil pour s'approcher de la fenêtre derrière laquelle les arbres ondoyaient dans le vent.

Une voiture noire arriva. Dedans, un homme au borsalino bleu-gris, dont le regard croisa le sien.

— C'est le seul moyen de sauver notre famille, notre maison. Notre monde. Tout ce que nous sommes.

1

La maison noire

Aujourd'hui

Une grenouille poussa un cri strident. Les yeux fermés, Bess attendit qu'une deuxième se joigne à elle, puis une troisième. Toutes ensemble, elles explosèrent en un grondement de coassements qui transperça les coussins plaqués contre ses oreilles.

Elle sortit la main de sous la couette de plume et passa ses doigts sur la table de nuit. Elle trouva d'abord la lampe de chevet. Puis, à quelques centimètres sur la droite, le registre des paiements à solder. Ensuite, son portable. Rotation de quatre-vingt-dix degrés de l'écran, premier bouton sur la tranche, en haut. Coup sec.

C'était son fils, Mattia, qui lui avait installé cette alarme. Au début elle l'avait trouvée amusante, mais comme toutes les idées de Mattia, elle perdait de sa magie quand il n'était pas là pour l'aider à apprécier ce qu'elle avait toujours détesté.

Elle ne supportait plus les grenouilles.

Une fois levée, elle s'habilla tout en essayant de contenir l'avalanche de pulls, crosses de hockey, sacs et T-shirts tachés débordant de son placard. À quel moment la porte en aggloméré allait-elle céder au tsunami qui menaçait son appartement chaque matin ? Partager sa vie avec un adolescent, cela signifiait : des montagnes de T-shirts sentant la sueur, une humeur qui évoluait à la même vitesse que les chaussettes se dépareillaient, apprendre à naviguer entre les silences, percevoir le sentiment d'inadaptation de son fils qui rentrait du lycée, accepter qu'il s'enferme des heures dans sa chambre pour parler au téléphone, repérer en avance le lieu des fêtes et le trajet à effectuer en voiture pour accourir s'il lui arrivait quelque chose. Personne ne l'avait prévenue, dix-sept ans auparavant. David et elle étaient de toute façon trop amoureux et sourds à tout conseil pour adopter un comportement responsable du haut de leurs dix-huit ans. Avec une différence : sa vie à elle avait changé. Les journées étaient aussi interminables que les tas de couches sur le sol à côté des piles de livres, et elle portait de moins en moins de talons, pour éviter de se tordre la cheville en courant au travail. David, en revanche, ne s'était pas laissé saisir par l'angoisse. Un matin, il était parti emmener Isaac chez le vétérinaire, et il n'était jamais revenu. Il avait tellement pris à cœur l'infection de leur beagle qu'il s'était installé dans un appartement au-dessus du cabinet, avec la docteur d'Isaac. Mattia demandait quand son chien allait rentrer, alors Bess l'avait pris par la main, elle avait refermé la porte derrière eux et elle s'était juré de ne plus jamais laisser entrer ni bipèdes ni quadrupèdes dans leur vie, et surtout de ne plus autoriser personne à lui faire subir un tel yoyo émotionnel. Même si parfois elle trouvait difficile de choisir, de décider pour deux et d'endosser seule la responsabilité en espérant ne pas se tromper.

Cette nuit-là, Mattia n'était pas rentré. En sirotant son café au lait, le regard parcourant les vergers de pommiers dans la brume du matin, elle se demanda si elle devait réguler ses sorties.

Si elle avait trouvé le temps de ranger, de donner aux lieux un semblant d'ordre, cela aurait été différent. Elle ne pouvait pas en vouloir à Mattia d'avoir besoin d'air dans ces conditions.

Ce bazar était paradoxal, pour une architecte. Elle réagençait les maisons des autres, traçait des plans minutieux en prêtant attention à la disposition et à l'orientation des meubles, à la lumière des ampoules qui ne devait pas être trop froide, aux règles du *feng shui*. Elle trouvait les solutions les plus adaptées. Pendant ce temps, son appartement flottait comme un radeau mal assemblé. Des taches de moisissure avaient éclos sur le plafond, pareilles à des marguerites au printemps. Un couple venait d'emménager au-dessus : la musique des comédies romantiques et le bouillonnement du jacuzzi indiquaient qu'ils étaient en pleine lune de miel. Bess freina son esprit qui fomentait déjà une vengeance, le temps de visualiser un masque japonais de démon grimaçant, suffisamment effrayant pour lui rappeler que l'envie se révélait un sentiment déplorable. Elle s'occuperait plus tard des taches sur le plafond, pensa-t-elle en balayant du regard l'enchevêtrement de maisons et de champs de l'autre côté du fleuve : un village qui se trouvait encore en Italie, mais perdu dans un carrefour de langues, à une heure de la frontière entre la Suisse et l'Autriche, avec lesquelles il partageait ses hautes montagnes et sa neige en hiver.

Les premières heures du matin étaient les plus précieuses : elles offraient l'illusion de tromper le monde lorsque l'on se levait avant les autres, de voler du temps pour le partager avec les hirondelles et les rouges-gorges qui remerciaient l'aube. Ensuite il y aurait le bureau, les nouveaux appartements à visiter et les clients avec qui il fallait faire preuve de gentillesse et d'une bonne dose de patience. Quand celle-ci lui faisait défaut, elle pouvait compter sur Nino, qui résistait et ordonnait son monde confus, bloqué sur la fonction centrifugeuse.

Elle déroula une feuille sur le bureau posté devant la fenêtre qui donnait sur les champs – c'était cette vue qui la retenait dans ce lieu, où elle avait ses racines. Elle recalcula le périmètre des murs du projet qu'elle devait remettre à son nouveau client, le nombre de baies vitrées, et elle acheva le croquis de la paroi qui allait séparer la cuisine du salon. Bess s'arrêta pour rêvasser : Mattia et elle auraient été bien, dans une maison avec de l'espace et un jardin où faire courir un chien. Comme souvent, elle se remémora un Mattia plus petit, debout à côté d'elle, qui regardait son père installer leur beagle dans la voiture avant de les saluer de la main. « Ça va aller », avait-elle assuré plus tard à son fils, même si à l'intérieur elle se sentait mourir, parce que cacher la vérité était un peu trahir.

Ils n'en avaient pas reparlé, pas une seule fois depuis le jour où il avait compris, bien avant elle, que les beaux mensonges ne sont que de l'enrobage, comme les papiers dorés des faux chocolats dans les vitrines, qui contiennent des billes de polystyrène. Il avait fini par oublier Isaac, comme il avait fini par oublier son père. L'enfant n'avait ni boudé, ni pleuré, ni fait de caprices. Son T-shirt trop grand lui descendait sous les genoux. Il avait haussé les épaules en reniflant et il n'avait plus regardé en arrière. Bess jugeait que c'était un très mauvais moyen de s'approprier son passé, aussi délétère que réparer une fenêtre cassée avec du ruban adhésif. Au premier souffle de vent, la vitre cède et les éclats de verre causent davantage de dégâts.

Elle effleura l'écharpe porte-bonheur en laine qui était toujours enroulée autour du dossier de sa chaise. Elle se perdit un instant dans son damier coloré, puis se concentra à nouveau sur son travail.

Un message de Mattia annonça qu'il passait l'après-midi chez son ami pour réviser. À ce rythme, elle le reverrait pour fêter son bac.

Bess chercha un portemine à la pointe plus effilée dans un casier sous le plan de travail.

Elle déplaça quelques feuilles, qu'elle identifia à leur grammage, s'empressant de les pousser vers le fond. Toutefois, la dernière lui glissa entre les doigts et tomba devant elle : la Villa Freiberg. *Une sale affaire*, pensa-t-elle en visualisant la façade de la vieille bâtisse. Soudain ses autres pensées se turent, englouties par le jardin de la demeure et par les taches de soleil qui éclairaient ses bow-windows. Un instant, elle perçut même son odeur et se laissa envelopper par sa quiétude. Mais très vite une sensation plus sombre vola la lumière et la fit frissonner.

Bess inspira et expira profondément. Sans savoir pourquoi, elle ne s'était pas encore décidée à se débarrasser de ce projet resté en suspens telle la corde coupée d'un pendu. Pourtant, il fallait bien commencer à faire du tri. Bess sortit le papier, l'observa quelques instants dans un silence absolu. Elle avait l'impression que l'appartement lui-même retenait son souffle. Elle se mordit la lèvre, puis d'un geste sec et rapide, comme si c'était la décision la plus courageuse de ces derniers mois, elle roula la feuille en boule avant de la lancer dans la poubelle. Pourtant, à présent que les comptes étaient réglés avec la Villa Freiberg, elle n'éprouva pas de soulagement. Elle attendit, lorgna la corbeille à papier. Non, elle ne se sentait pas plus légère.

2

Kiki

Tout se précipita cet après-midi-là. Les arbres de la villa étaient agités par le fœhn. Leur couleur verdoyante et sauvage faisait battre son cœur plus vite, comme à l'approche d'un danger, au lieu de l'apaiser. Le trophée d'une énorme tête de cerf trônait en haut de la façade. Les murs et l'escalier extérieur se trouvaient recouverts de lierre. Seuls les larges bow-windows en étaient dégagés.

Bess n'y était jamais entrée, pourtant depuis un mois elle traversait régulièrement la ville en voiture pour gagner l'autre rive du fleuve, où les dernières vignes se mêlaient aux propriétés bourgeoises du siècle précédent. Elle avait été missionnée pour rénover la Villa Freiberg, une maison d'époque. Il aurait été logique, pour une architecte, de visiter l'intérieur. Mais la propriétaire, Mme Tondini, ne lui avait fourni qu'un plan général et un autre, plus détaillé, du grenier. Elle l'avait toujours accueillie sur les marches du perron ou bien, comme cette fois, dans le parc. Par cette matinée déjà estivale, sous les arbres on sentait le bois et la résine, une odeur qui rappelait à Bess les vacances. Cependant, à cet instant, l'air avait du mal à entrer dans ses poumons et ses mains picotaient, comme chaque fois qu'elle s'entretenait avec un client difficile. Or dans le cas de Mme Tondini, « difficile » était un mot faible, comparé à la liste de qualificatifs qui lui venaient à l'esprit.

— Ce que vous demandez est impossible, avait-elle dit en scandant les mots pour empêcher son cœur d'exploser. Vous m'avez parlé de trois pièces, au grenier.

La femme, qui était bien plus âgée qu'elle, avait acquiescé. Malgré l'angoisse qui la saisissait quand elle avait affaire à elle, Bess avait toujours admiré sa coupe de cheveux soignée, ses vêtements simples, mais élégants. Son trait de rouge à lèvres. Pendant tout leur entretien, la cliente avait caressé le dos de l'énorme chien qui ne s'éloignait jamais d'elle.

— Il n'est pas possible de les rénover une à une. Certains travaux, comme l'installation électrique ou la plomberie, doivent être effectués pour tout l'étage. Et je suis désolée, avait-elle ajouté de sa voix la plus déterminée possible pour contraster avec son physique de brindille, mais nous ne pouvons pas faire venir l'eau dans la chambre de Charlie.

— Ce point est fondamental, Elisabeth.

Personne ne l'appelait plus ainsi, toutefois elle craignait que ce ne soit le prix à payer pour éviter une confidence : il ne faut jamais dévoiler ses points faibles au diable.

— Charlie souffre de la chaleur en été, il pèse trente kilos de muscles et trente de poils, il a besoin de se rafraîchir.

— Il a tout le jardin, madame Rosamaria.

Bess avait levé les yeux, juste à temps pour apercevoir la grimace de déception sur le visage de son interlocutrice. Un instant de silence électrique durant lequel elle s'était délectée de voir la couleur quitter ses joues fripées, qui étaient passées du pêche au gris.

— Vous pouvez m'appeler Kiki. Vous savez que je n'ai jamais supporté ce prénom.

Égalité, balle au centre.

— La villa date de 1909, Kiki. C'est une maison d'époque. La rénover implique des contraintes que ni vous ni moi ne pouvons ignorer.

— Votre travail, Bess, est de vous occuper du comment : écouter les clients et réaliser ce qu'ils ont en tête. Tout artiste a besoin de son artisan. Vous croyez peut-être que Michel-Ange a peint la chapelle Sixtine tout seul ?

Kiki restait calme, contrôlée, ancrée sur sa canne au pommeau d'argent, comme un corbeau qui tient un escargot dans ses griffes.

A posteriori, Bess avait revu la scène avec une lucidité qui la surprenait elle-même : cette femme était gâtée et extravagante, comme seuls le sont ceux qui ont été riches au moins une fois dans leur vie. Personne ne lui avait appris qu'on ne peut pas toujours obtenir ce que l'on veut, même si on le désire de tout son cœur et donne de sa personne. Bess, elle, *elle* le savait.

À cet instant, Charlie avait bondi et renversé la table en fer forgé et les chaises. Il poursuivait un des chats de la villa, un beau roux tigré qui avait escaladé le parapet et entrait maintenant dans la maison.

Kiki lui avait couru après. Après un moment d'hésitation, Bess les avait suivis.

En franchissant le seuil et en percevant le courant d'air de l'escalier, elle avait pris conscience qu'elle entrait dans la villa pour la première fois. Malgré sa curiosité, elle n'avait pas regardé autour d'elle : la voix de Kiki, qui suppliait Charlie de ne pas croquer le chat, était désespérée. Elle avait grimpé les escaliers quatre à quatre en s'agrippant à la rampe pour les rejoindre. Tout sentait la poussière, le plancher craquait et, au premier, le couloir était plongé dans l'obscurité. Elle avait trébuché sur un carton et, en examinant enfin ce qui l'entourait, elle avait compris que ce n'était pas le manque de lumière qui l'empêchait de voir, mais un amas de chaises et de meubles empilés contre le mur. Avant qu'elle puisse remarquer autre chose, Kiki avait attrapé son molosse et avait forcé Bess à retourner dans le hall.

Elles s'étaient arrêtées devant la porte d'entrée. La maison était redevenue une présence qu'elle ne pouvait ni voir ni pénétrer, qui l'enveloppait de son étreinte froide et méfiante, un animal qui se retirait au fond de sa tanière.

— Si vous avez besoin de vous débarrasser des affaires que vous n'utilisez plus, Kiki, je connais une entreprise.

Il allait être compliqué de commencer les travaux sans dégager le couloir. Pourtant Kiki s'était assombrie et l'avait écoutée sans répondre.

— Je voulais dire, mettre un peu d'ordre. Je peux vous aider, si vous le désirez, proposa gentiment Bess.

Pour la première fois depuis qu'elle la connaissait, la vieille femme lui avait paru fragile et anxieuse. Mais cela n'avait pas duré.

— C'est hors de question, je ne vous paie pas pour que vous fassiez le ménage. Cette maison est tellement grande que je peux me permettre de vivre dans une aile et d'utiliser un étage entier comme espace de stockage. Vous êtes ici pour vous occuper de la chambre au grenier, qui servira à l'auxiliaire de vie quand j'en aurai besoin. Pas pour fourrer votre nez partout.

Kiki se tenait devant elle, une main sur le pommeau d'argent en forme de singe de sa canne, l'autre sur le dos de Charlie qui avait l'air frustré à cause du chat.

— Il faut vider le couloir, avait insisté Bess.

Impassible, Kiki l'avait alors interrogée sur le projet de garage. Elle n'avait jamais semblé y tenir, même si elle ne manquait pas une occasion pour l'évoquer. Bess avait dû s'excuser : c'était Alice, la stagiaire, qui avait les documents. Et elle était en retard.

— Nous nous connaissons depuis longtemps, Bess, et j'ai pleinement confiance en vous. Cependant il me semble évident qu'à ce stade nos perspectives sont inconciliables.

Elle avait prononcé ces mots avec un calme absolu, fermant une seconde les yeux sous son carré parfait à la frange courte bien droite.

— Si vous pensez avoir besoin d'un autre architecte, vous êtes libre d'en chercher un, mais personne ne travaillera pour vous dans ces conditions.

Kiki avait secoué la tête.

— Contraintes ou pas, grenier ou pas, votre projet a d'importants manquements. Et vous n'avez pas respecté les délais. Et votre assistante n'arrive pas, avait-elle ajouté en regardant par la porte vitrée. Il est difficile de prétendre que les autres continuent de vous faire confiance, quand on ne respecte pas soi-même le contrat.

Bess avait failli s'étrangler sous le coup de l'indignation : elle avait travaillé pendant des semaines, lui passant tous ses caprices.

— Je ne suis peut-être pas la bonne personne pour cette mission ou pour vous conseiller, avait-elle répondu, en dépit du fait que son bureau connaissait des difficultés et qu'elle avait bien besoin de cet argent. Toutefois, laissez-moi vous dire que…

— Parfait, l'avait interrompue Kiki.

Bess n'était pas certaine d'avoir saisi.

— Nous sommes d'accord, Bess. J'admire votre façon de profiter de cette situation pour vous rétracter. Savoir renoncer quand on comprend qu'on va à la ruine n'est pas donné à tout le monde.

— Je ne vous suis pas.

— Il est plus facile de jeter le bébé avec l'eau du bain que d'admettre notre faillite. Mais vous, avait-elle poursuivi en caressant toujours son pommeau d'argent, vous avez la sagesse de vous débarrasser du linge sale sans en faire une corde avec laquelle vous pendre.

— Je suppose que vous voulez dire que…

— Que je comprends que vous vouliez en rester là et que c'est à mon avis la solution la plus sensée. Au revoir, Elisabeth.

Un mois de travail. Dans les mains, une poignée de sable. Bess avait senti ses poumons se vider.

— Parfait. Parfait, avait-elle répété tout bas, pendant que Kiki la raccompagnait au portail – en zigzaguant pour éviter les chats – et lui souriait gentiment, avant de refermer derrière elle et de disparaître dans la verdure avec un « bonne chance » cordial.

La route était pleine de trous, où poussaient des herbes sauvages. Il y avait une odeur de terre, de racines et d'essence.

Elle avait alors vu Alice jaillir de sa voiture et courir vers elle, le bras levé, agitant le dossier. Elle lui avait envoyé un message vingt minutes plus tôt. Durant ce laps de temps, tout son travail avait été balayé.

Le sourire d'Alice avait cédé la place à une grimace déçue et coupable.

— Trop tard ?

Mais Bess ne l'avait pas blâmée. Alice était encore à l'école d'architecture, elle était jeune et Bess reconnaissait parfois en elle la même confusion que celle qui l'avait électrisée, autrefois.

Alice disparut quelques jours avant de terminer son stage, sans donner aucune explication, et maintenant Bess naviguait dans la circulation, sous un ciel menaçant. Peu avant que le feu passe au rouge, la camionnette devant elle, portant l'inscription Garden Center, coupa par le parvis de l'église, où était garée une longue voiture noire qui laissait peu de place à l'imagination. Deux employés déchargèrent une couronne d'hortensias, dont pendait un ruban de satin noir, et se dirigèrent vers l'entrée, suivis par un fauteuil roulant. La femme âgée qui y était assise tressautait sur les pavés pendant que le jeune homme à la coiffure rasta qui la poussait croquait une pomme d'un air désinvolte, ignorant sa douleur. Le prêtre referma la lourde porte de l'église derrière eux en lançant à Bess un regard sévère. Elle se sentit comme une petite fille surprise en train d'espionner derrière les buissons.

Quand elle se gara devant son bureau, à l'abri sous les marronniers, elle avait oublié toutes les déviations qu'elle avait prises pour éviter la circulation d'un vendredi pluvieux, et elle n'aurait pas pu dire quand le vent avait commencé à souffler. À ce moment-là, une espèce de pelote de laine grise roula par la porte grande ouverte et lui frôla la cheville en dévalant l'escalier.

— Dita ! cria Nino.

Il poursuivit la pelote et revint quelques instants plus tard, le souffle court. Il serrait dans ses mains un minuscule chaton, qui soufflait comme un tigre.

— J'aurais dû te prévenir, Bess, mais je n'ai pas eu le temps.

Il portait un pull à losanges psychédéliques, sans doute une œuvre de sa femme Thilde, qui aimait les couleurs et s'amusait à tricoter chandails et chaussettes dépareillées.

— Demain c'est son anniversaire et je ne sais pas où le garder d'ici là. C'est une surprise.

Bess secoua la tête et sourit. Soulagé, Nino posa le tigre cracheur de feu dans son panier.

— Elle va être folle de joie. Il lui tiendra compagnie quand je ne serai pas là.

Équipé d'une serpillière, il essuya le coin de l'entrée où Bess venait de refermer son parapluie. Il portait une attention maniaque à ce genre de choses. Les couleurs pouvaient se côtoyer sans aucune harmonie sur son pull, mais l'ordre avait pour lui une importance proportionnelle à la virtuosité chromatique de sa femme : l'amour est une question d'équilibre.

Nino redressa le petit nounours avec lequel avait joué le chat et rangea les écouteurs dans le tiroir. Il paraissait désormais improbable qu'Alice vienne les récupérer.

— Il va falloir décider ce qu'on en fait.

— Toi tu gardes l'ourson et moi les écouteurs, plaisanta Bess pendant que Nino allumait son ordinateur.

— Elle était sympa, dommage qu'elle ne travaille plus avec nous, reprit-il en tapotant sur le clavier. Je me demande ce qu'elle est devenue.

— C'est comme ça.

En général, les anciens stagiaires ne gardaient pas contact. Pourtant, Alice était partie trop vite. Elle n'était même pas venue chercher ses affaires : un élastique à cheveux, une tasse avec le pont de Londres, une peluche, un iPod – cela servait-il encore ? – et ses écouteurs. Et puis, Bess la regrettait. Elle n'avait pas mis longtemps à s'attacher à elle, à sa frange rousse et à ses piercings dans le nez, ainsi qu'aux Post-it colorés qu'elle collait sur le mur. Le souvenir de Kiki, ce matin-là, avait généré un enchaînement de pensées noires qui la faisaient douter de tout, y compris de ce qu'elle avait mangé au petit déjeuner. Pour la première fois, elle se demanda s'il n'était pas arrivé quelque chose à Alice. Elle stoppa ses pensées juste à temps, en s'appuyant sur son bon sens : Alice allait bien.

— Courage, au travail, dit-elle en expirant avec force.

L'appel téléphonique qui allait tout changer arriva ce vendredi en fin de journée. Il se glissa entre les comptes et les dessins avec la légèreté d'une plume, qui finit toujours par atterrir là où elle veut. Par exemple sur l'écran d'un téléphone où un numéro inconnu n'en finissait plus de clignoter.

Bess répondit. De l'autre côté, il y eut un silence, puis elle entendit :

— Elisabeth Waldner ?

1943

Seuls

Le soldat se tenait dans l'encadrement de la porte, debout face à Emma. Elle était allée ouvrir, car son petit frère jouait dans la cuisine. Il n'avait pas entendu la sonnette, ni senti le courant d'air qui lui avait ébouriffé les cheveux. Dans tous les cas, Benjamin n'aurait pas pu répondre à l'homme qui attendait sans laisser transparaître aucune émotion, engoncé dans son uniforme neuf : Benjamin ne parlait pas.

Non, sa mère n'était pas là, répondit Emma au soldat. Elle ne rentrerait pas ce soir, parce qu'ils n'avaient plus de mère. Ils avaient un père, mais il servait dans l'armée.

Après un instant d'hésitation, le soldat lui tendit l'enveloppe. Emma la fixa en retenant sa respiration, puis elle l'ouvrit et la tristesse l'envahit. Ce courrier scellait son destin et celui de Benjamin. Elle regarda son frère, qui lui sourit. Il souriait toujours, Benjamin. Il faisait rouler sa balle sur les tapis décolorés par le soleil ou entre les pieds de la table, il se perdait dans ses motifs qui tournoyaient et se confondaient, et il enrageait comme un chat sous la pluie quand on essayait de la lui retirer.

Ce matin-là, les yeux rivés sur une écriture qu'elle ne connaissait pas et qui avait orthographié le nom de famille italien de son père avec un V au lieu d'un F, elle espérait qu'une petite balle colorée et usée suffirait à les sauver. Parce que, désormais, ils étaient vraiment seuls.

3

La proposition

Bess avait suivi ce que la voix lui disait, sans pause, tel un de ces audiolivres qu'elle écoutait parfois en voiture pour s'occuper en vain pendant un long voyage.

La voix était monocorde, ni joyeuse ni triste. Bess avait écouté, immobile, elle s'était laissé effleurer par les mots et n'avait pas retenu une seule image de tous les souvenirs qui se bousculaient dans son esprit. Le chaton était monté sur le bureau et cette fois elle ne l'en avait pas empêché : une main tenait le téléphone contre son oreille, l'autre était otage du minou et de ses griffes. Bess ne les sentait même pas.

Elle repensait à la dernière fois qu'elle avait vu Rosamaria – Kiki, comme elle souhaitait être appelée – après l'interruption du projet. Cet après-midi-là aussi, il pleuvait. Si fort qu'elle se sentait chanceuse, à l'abri dans sa veille Fiat, malgré ses fuites d'huile. Kiki était apparue au milieu de la route, mais elle ne l'avait pas reconnue tout de suite. Appuyée sur sa canne, voûtée pour résister au vent qui tentait d'arracher son ciré, trempée par la pluie. Bess avait baissé sa vitre et lui avait proposé de la déposer. La femme s'était assise, essoufflée, les joues desséchées par le froid. Pour cacher le tremblement de ses mains, elle les serrait si fort qu'elles en devenaient écarlates. Le silence avait mis Bess mal à l'aise. Mais à un moment elle avait pris l'initiative, une boutade sur le temps, comme toujours quand on n'a rien à dire. Kiki avait répondu d'un sourire vide, et elle avait regardé au loin par la fenêtre.

— C'est comme ça, Bess. Le soleil, la pluie. Tout ne peut pas toujours se passer comme on le voudrait. Vous, les jeunes, vous essayez de commander les nuages, comme si on pouvait mettre le monde en ordre en un claquement de doigts, avait-elle dit avec une note de sarcasme.

Comme si elle ne venait pas d'être sauvée d'une probable pneumonie, comme si elle n'avait aucune dette envers elle, cette cliente extravagante qui n'en faisait qu'à sa tête et qui avait fini par la congédier. Bess avait hésité entre freiner de colère et éclater de rire : cette femme était un vrai démon, elle parvenait toujours à lui voler les cartes qu'elle avait en main.

Quand elle raccrocha, elle prit Dita dans ses bras, puis elle entra dans le bureau de Nino.

— Tout va bien, Bess ?

— Pas vraiment, non.

— Que se passe-t-il ?

Son fauteuil pivota et il la regarda avec appréhension.

— Rosamaria Tondini.

Le sourire de Nino s'éteignit.

— Je pensais que tu étais au courant. Je suis désolé, Bess. Il faut que tu arrêtes de te sentir coupable à cause de cette vieille histoire. Et pour le reste, étant donné l'âge de Kiki, cela devait arriver, tôt ou tard.

Bess pensa au parvis vide de l'église.

— C'était son notaire. Il voulait parler de la Villa Freiberg.

— Et ?

— Apparemment, il a un projet pour moi.

— Une rénovation ? Une vente ?

Nino se pencha vers son bureau, les mains croisées, une position que Bess connaissait bien. Il l'adoptait quand la conversation avec un client prenait la bonne direction. Toutefois, elle n'était pas certaine que ce soit le cas.

— Plutôt un héritage.

— Quel genre d'héritage ? Vous n'étiez pas exactement en bons termes, Mme Tondini et toi.

C'était ce qui intriguait Bess, en effet : pourquoi la choisir, elle ? Pourquoi lui demander de prendre en charge une mission qui lui paraissait tellement surréaliste qu'elle se demandait à quel moment de la conversation le malentendu s'était installé.

— Toute la villa.

Nino sursauta sur son fauteuil.

— C'est une magnifique nouvelle, Bess !

— Ce n'est pas terminé : je ne pourrai ni la vendre, ni la louer, ni déplacer une seule pierre, ni modifier quoi que ce soit.

— Qu'est-ce que ça veut dire ?

Cela figurait noir sur blanc dans le testament de Kiki.

— Elle veut qu'elle devienne… une sorte de musée. Nous avons un an pour déposer l'inventaire.

Les yeux de Nino se plissèrent quand il éclata de rire.

— Cette vieille mégalo tarée ! Il fallait s'y attendre. Bon, un musée, ce n'est pas si mal…

Mais Bess n'avait pas envie de plaisanter.

— Pardon, Bess, reprit Nino en essayant de retrouver son sérieux, mais qu'est-ce qu'il y a dans cette villa ?

Bess haussa les épaules. Plus de poussière que dans le désert avait-elle envie de répondre, se rappelant la seule fois où elle était entrée, à la poursuite de Charlie.

— Elle a dû laisser un fonds, suggéra-t-il.

— Des miettes. Elle m'a nommée à la tête d'une fondation qui porte son nom, mais qui n'existe pas encore.

Il semble qu'il y ait d'autres héritiers, mais ils ne les ont pas trouvés, pour le moment. Et puis, ils ne sont pas concernés par la villa.

— Qu'as-tu décidé ?

Bess regarda par la fenêtre. On dit que la verdure, la nature, détend les nerfs et fait du bien. Pour elle, cela n'avait jamais été le cas.

Ce soir-là, avant de rentrer chez elle, elle se rendit à la Villa Freiberg. Elle se gara devant l'imposant portail aux grilles rouillées. Les deux battants étaient maintenus ensemble par une chaîne cadenassée. Derrière il y avait le parc, laissé à l'état sauvage. Les buissons avaient poussé sans que personne ne les taille, les arbres les plus hauts masquaient la lumière, les sous-bois étaient sombres et humides. Elle tenta d'apercevoir la maison derrière l'enchevêtrement de végétation, mais elle ne vit que des plantes, de vieux tracts publicitaires traînant dans la boue et un homme, qui se posta devant le portail au moment où elle retournait à sa voiture.

Les mains dans les poches de son coupe-vent, il portait une casquette de baseball à visière longue, comme celles que Mattia et ses amis affectionnaient. Il ne leva pas les yeux, ne la salua pas. Pourtant, en l'observant derrière son pare-brise embué, Bess lui trouva un aspect familier.

4

Le bocal des pensées heureuses

Albert attendit que la voiture soit partie. Il était déjà insolite que quelqu'un s'arrête devant la villa, alors à cette heure, sous la pluie ! Mais il voyait parfois passer des enquiquineurs.

Comme chaque soir, il regarda les ombres du parc et pensa à sa fille. Il la salua intérieurement. Un chat sauta du mur d'enceinte et atterrit sur une touffe de pissenlits. Albert se demanda comment les chats pouvaient bouger sans faire aucun bruit, sauter le triple de leur hauteur sans se briser les os, vivre en se moquant du monde.

Sa fille lui avait parlé de la Villa Freiberg et de la femme qui s'occupait d'une colonie de félins comme de ses propres enfants. Il secoua la tête : il faut se sentir très seul, ou vraiment mépriser ses semblables, pour prendre soin de bêtes hautaines et effrontées qui vivent dans le jardin d'une maison abandonnée. D'ailleurs, ils prospéraient maintenant sans l'aide de personne. Il cala sa casquette sur son front et laissa le chat à sa chasse.

La pluie coulait le long de son dos, glissait dans son col, dégoulinait de sa visière. Il frissonna. Cette fraîcheur était causée par les bois et les montagnes alentour : le soleil séchait la terre, mais dès qu'il se retranchait derrière les nuages, la température chutait de plusieurs degrés. Il pleuvait avec la même détermination que celle qu'avaient déployée ses patrons à essayer de le joindre par téléphone toute la journée. Il n'avait pas répondu, naturellement, parce qu'il n'avait aucun argument pour justifier les photos de lui, ivre, prises par un ami au bar et postées sur les réseaux sociaux. Cette soirée entre amis aurait été convenable si l'homme immortalisé en train de danser sur la table, sans chemise, la cravate autour du cou, n'était pas le coordinateur d'un centre pour jeunes gens fragiles, qui essayaient de guérir de leurs dépendances en plantant des salades et des tomates dans les serres de la région du Burgraviato. Et si la bière n'avait pas été un problème pour lui, une dizaine d'années auparavant.

Cette fin de journée était parfaite pour la nostalgie : pluvieuse, froide, inhospitalière. Y avait-il meilleur moment pour rendre visite à Margot ? S'il avait pu dédramatiser, il en aurait ri. Mais pour le moment, il ne trouvait rien d'amusant. Il devait toutefois admettre que les nuances bleues et grises des nuages allaient très bien au teint de Margot et à la façon dont leur histoire s'était terminée.

Le nouveau compagnon de sa femme – de son ex-femme – lui ouvrit la porte et se défila, prétextant la vaisselle à laver, non sans lui taper sur l'épaule. On le qualifiait de « gentil », on le disait « compréhensif » – pour lui, il n'était qu'un lèche-botte.

— Albert, le salua Margot avec un sourire forcé.

Son regard se posa sur ses baskets couvertes de boue et remonta jusqu'à la visière dégoulinante de sa casquette.

— J'espère qu'il n'est pas trop tard.

— Entre.

Elle l'accompagna à la chambre d'Alice, sans dire un mot.

La pièce – couverture en laine colorée sur le lit, guirlande lumineuse qui descendait du plafond, bureau blanc – était telle que quand sa fille l'occupait. La sensation de la voir parmi ses affaires lui noua le ventre. Les livres, le cahier ouvert et le stylo posé dessus, le sweat replié sur le dossier de la chaise : rien n'avait bougé. Tout évoquait un détachement momentané, une absence qui prévoyait un retour. Était-ce vraiment le cas ?

Albert perçut la vibration lente d'une respiration synchronisée à la sienne. Il résista à la tentation de croire qu'il existait toujours entre lui et Margot la complicité d'autrefois, parce que dans le fond il savait qu'entre eux, il y avait toujours eu Alice, joint parfait pour cicatriser les plaies. Un enfant, c'est une promesse envers soi, qui d'une certaine façon peut cristalliser le temps. À cet instant, dans la chambre de sa fille, il se sentit enveloppé dans une capsule spatiotemporelle alors que tout, dehors, avait changé à une vitesse féroce et prédatrice. Sans Alice, le lien avec Margot perdait son sens et il ne restait d'eux que la politesse de deux étrangers. Ils l'avaient compris très vite, après leur séparation. Ou peut-être même longtemps avant, quand Alice était une petite fille et lui un homme qui buvait trop pour tenir son rôle de père.

— Voilà, c'est ça, dit Margot en tendant le bras pour saisir le bocal en verre sur l'étagère.

Il était plein de petits papiers colorés. Un nœud se forma dans la gorge d'Albert.

— Sur ce point, elle a toujours été plus forte que nous : mille choses à faire, mille idées en tête et zéro perte de temps.

Les lèvres de Margot formèrent un sourire triste, qui rappela à Albert la douceur dont elle était capable.

— C'était un accord entre vous, comme un jeu, un pari, non ? Je trouve normal que ce soit toi qui l'aies, conclut-elle en caressant le verre de la main.

La culpabilité lui transperça le cœur avec la précision d'une lame. C'était Alice qui avait insisté. Elle disait qu'il était important qu'il se remémore chaque jour passé sans lever le coude, qu'il remplace l'alcool par quelque chose de spécial, qui deviendrait un souvenir à noter sur un papier coloré. Ils pouvaient le faire ensemble, elle écrirait les siens, et ils verraient qui remplirait son bocal le premier. Elle avait fini ses études, trouvé du travail et garni le sien. Mais cela n'avait pas suffi. Entre-temps, il avait survécu, il s'était sevré. C'était bien. Mais où était son bocal ? Il n'avait pas écrit le moindre billet. Il avait écouté Alice expliquer son défi en souriant, déjà conscient qu'il ne se prêterait pas au jeu. Il avait accepté pour une seule raison : la voir heureuse, fière de lui, juste un instant.

Margot passa à Albert cette sorte d'ampoule pleine de lumière, si précieuse qu'il avait peur de la laisser tomber ou de la briser, avec ses mains maladroites. Il ne se sentait pas le droit de conserver cette partie secrète d'Alice.

— Je suis désolée, laissa échapper Margot.

Albert sursauta. Pendant un instant, il crut qu'elle faisait allusion à leur relation, à la façon dont elle l'avait éloigné de chez eux quand Alice avait encore ses dents de lait, puis mis à la porte, se moquant de ce qu'il allait devenir : sans travail, sans logement, il s'était agrippé à sa bouteille et à ses amis du bar.

Les mots sortirent, trop sincères.

— Je ne supporte pas l'idée de ne pas la revoir, Margot. Je n'arrive pas à me faire une raison.

Elle ne répondit pas. Quand il leva les yeux, elle était à nouveau la femme impénétrable avec qui Albert avait cessé de parler depuis trop longtemps pour deviner les pensées suspendues entre ses sourcils soignés.

— Tu as commis beaucoup d'erreurs, Albert. Et quand tu es revenu, elle a toujours été de ton côté, prête à te défendre. Mais tu n'avais pas le droit de la duper.

Albert baissa la tête, n'offrant plus à Margot que sa ridicule casquette. Il renifla et cala le bocal contre sa hanche.

— Je suis certaine que tu sauras quoi en faire.

Albert acquiesça. Pourtant, il ignorait même comment il allait rentrer chez lui. Ses pieds étaient enfoncés dans des seaux de béton, à la place du cœur il avait un trou par lequel s'écoulait tout son courage. Il n'arrivait pas à regarder Margot dans les yeux, parce qu'ils étaient identiques à ceux de sa fille.

— Je les lirai.

Mais en sortant de la pièce, il sut qu'il venait de balancer le plus beau mensonge de sa carrière de couard. Au fond de lui, il ne ressentait que de la haine pour ce bocal en verre qui n'avait pas suffi à les sauver, ni lui ni Alice.

Avant qu'il s'en aille, Margot baissa la voix pour lui demander :

— Albert, pourquoi tu ne deviens pas sobre une fois pour toutes ? Tu ne peux pas continuer comme ça.

Il était déjà dans la rue.

Il pleuvait toujours. Il faisait froid.

— Tu as raison.

Comment Margot pouvait-elle lui donner des conseils ? Savait-elle ce qu'il ferait, ce qu'il adviendrait la semaine d'après ? Il ne le savait pas lui-même. Surtout maintenant qu'il risquait de perdre son travail.

Il ferma son coupe-vent et serra contre lui le bocal à paillettes. Alice et lui étaient là, sous la pluie.

1943

Septembre

Emma serrait la main menue de Benjamin dans la sienne, pour qu'elle ne s'échappe pas.

L'air piquant du matin pénétrait sa veste en laine. L'été était terminé. L'automne allait emporter les fleurs, les jeux. Et aussi quelque chose qui lui appartenait : elle se sentait volée, trahie.

Quand ils arrivèrent à la maison hospitalière en face de la gare ferroviaire, les bancs étaient tous occupés. Les gens – pour la plupart des paysans – somnolaient, les hommes en tablier de travail, les femmes coiffées d'un châle qui recouvrait leurs cheveux. Ils attendaient. Résignés, sans parler. Pendant toute la nuit, Emma s'était demandé ce qu'il allait se passer. La seule fois de sa vie où elle avait ressenti la peur, elle était avec sa maman. Des hommes en uniforme avaient fait irruption dans la crémerie où elles se trouvaient. Benjamin lui arrivait alors à peine au genou. Elle se rappelait le bruit des bouteilles cassées, les ordres, les fusils, le gros chien au collier métallique cranté, les deux soldats qui avaient sorti le fils de la crémière de la cave en lui bloquant les bras derrière le dos. Ils le qualifiaient de traître. La femme avait éclaté en sanglots quand ils l'avaient forcé à monter dans leur camionnette. Elle avait suivi le jeune homme, rebelle aux avertissements, et c'était grâce à sa mère qui l'avait éloignée que la crosse du fusil ne lui avait pas fracassé l'épaule. Quand on perd quelqu'un qu'on aime, on ne se résigne pas, on ne le laisse pas partir sans se battre.

Une file d'attente ordonnée menait à la porte où était posté le garde. On entrait, on sortait. Et au suivant. La voix d'un vieux paysan s'éleva. Emma préférait le silence, parce que les mots de l'homme la ramenaient aux derniers jours de son père.

Il parlait des soldats italiens qui avaient été désarmés par les Allemands. Entre les villages de Vipiteno, Chiusa et Bressanone, beaucoup d'entre eux ne s'étaient même pas battus, tant ils étaient épuisés par la guerre. Et à Bolzano, avait ajouté un autre homme assis à côté de lui, il avait suffi d'un coup de mortier, tiré par un panzer sur le bâtiment du quatrième corps d'armée, pour que le général hisse le drapeau blanc. Des milliers de soldats italiens avaient été rassemblés au bord du torrent Talvera et avaient été enfermés pendant des jours dans le stade Druso, avant d'être embarqués dans des trains partant vers le nord. De ces camps, on ne revenait pas. Mais quoi que fassent les Italiens, c'était *scheissegal*, avait-il conclu, comparant la vie des hommes à celle des cochons. Emma espérait que son frère ne comprendrait pas, mais de toute façon Benjamin paraissait plus intéressé par la vie des fourmis qu'il ramassait délicatement entre ses doigts et laissait courir sur sa main.

— Benjamin ?

Son frère ne l'entendait pas. Il ne voyait pas les paysannes, il était indifférent à la puanteur du fumier incrusté sous leurs grosses chaussures. Il ne se demandait pas ce qui se cachait derrière la porte qui s'ouvrait et se refermait, avalant une personne après l'autre, des gens comme eux qui attendaient, blêmes.

Benjamin avait sept ans et personne n'avait jamais entendu sa voix. Une seule fois, quand maman s'était fâchée contre lui parce qu'il avait renversé son assiette, un cri rauque et effrayant était sorti de sa gorge. Ils en étaient restés bouche bée, tous les trois. Ils s'étaient regardés avec angoisse, sans savoir quoi faire, sinon prier pour que le diable sorte de son corps. Il se contorsionnait, il haletait. Personne n'avait réussi à le calmer. Ce soir-là ils avaient dîné en silence, sans se raconter leur journée ni rire de la soupe qui contenait trop d'eau et pas assez de pommes de terre. Même papa, qui savait toujours comment agir pour faire revenir la bonne humeur, n'avait plus envie de plaisanter.

Papa.

Juste à ce moment-là, le garde ouvrit la porte et leur fit signe d'entrer.

La pièce sentait le désinfectant, l'acide et la transpiration de ceux qui les avaient précédés. Le marbre était souillé de terre, mais personne ne la balayait.

Benjamin regardait autour de lui. Emma aurait tout donné pour être dans son monde, à cet instant, pour voir les choses avec ses yeux, qui se posaient partout, vifs et confiants, même là où on entrait pour identifier les personnes mortes. Parfois grâce à un vêtement, parce qu'ils ne montraient pas plus. Ou bien un signe sur le corps.

Le garde, qui parlait allemand, les conduisit devant un long sac. Benjamin et elle s'arrêtèrent, en équilibre sur une frontière invisible dont l'horreur était si profonde qu'elle les attirait. Ensemble, main dans la main, ils regardèrent à l'intérieur de la toile. Ils virent une marionnette en cire dont le menton était entouré d'une bande pour que la mâchoire ne se décroche pas. À la place de l'uniforme, elle portait une tenue marron consumée.

Benjamin renifla. Il se moquait de savoir comment leur père était mort, alors que sa sœur ne pouvait penser à rien d'autre. Ce qu'on lui avait raconté ne lui suffisait pas : il avait perdu la raison, il était devenu fou. On disait que cela arrivait aux soldats qui avaient passé trop de temps au front. Ils finissaient par parler aux cadavres. Elle ne croyait pas non plus qu'il avait tué un garçon de sang-froid, uniquement parce qu'il avait croisé sa route pendant qu'il s'enfuyait. Un garçon de l'âge d'Emma, plus ou moins. Treize ans. Que s'était-il passé ? Avait-il posé son arme sur sa tempe, sans penser à elle et à Benjamin ? Ou bien l'avait-on traîné jusqu'au mur et fusillé comme un traître, comme un lâche ? Emma regardait Benjamin. Elle se sentait en colère et seule, mais elle enviait son frère parce que ses pensées glissaient au loin, tels des ruisseaux de pluie qui effleuraient l'argile.

Il n'y avait rien pour eux, même pas sa bague d'officier. Ni son alliance, ou celle de maman, qu'il enfilait toutes les deux à la même main, depuis que la maladie l'avait emportée. Aucun souvenir, aucun objet à conserver. Mais peu importait. Nul besoin de métal pour ne pas oublier son père. C'était lui qui lui avait appris que les enfants courageux ne pleurent pas et que les égratignures guérissent plus vite quand on ne les recouvre pas d'un pansement.

Elle n'était pas surprise. Les jours précédents, elle avait discuté avec Elvira et Giacomo, les voisins qui les avaient hébergés. Ils lui avaient conseillé de ne poser aucune question. Bracelets, bagues, montres, parfois même l'or des dents, tout disparaissait dans les sacs gris. Ou bien – pensa Emma en fixant sans peur l'homme qui lui ouvrait la porte – dans les poches des gardiens.

Quand ils sortirent, le ciel paraissait plus bleu. Et l'air plus frais. Les couleurs étaient plus vives et Emma eut honte de se sentir soulagée, parce que son père était resté à l'intérieur.

Les sifflements des trains produisaient une musique de fond qu'ils connaissaient bien depuis le début de septembre. Les convois avaient traversé le col du Brenner et des militaires de la Wehrmacht en étaient descendus avec leurs uniformes rutilants, fiers comme des héros de légendes. D'autres troupes étaient arrivées en colonnes de véhicules. Et avaient été accueillies par une foule en liesse et une pluie de fleurs. Les gens s'étaient battus pour les saluer, montant sur les véhicules garés et grimpant aux arbres qui bordaient le Corso Impero. Les plus courageux leur avaient offert du miel et des boissons : la campagne était à leur service, les meilleurs fruits, la richesse de sa terre caressée par le vent. C'étaient surtout des enfants, comme elle et Benjamin, qui suivirent le défilé dans le centre.

Elle fut soulagée d'apercevoir Elvira, mais son regard s'éteignit quand il se posa sur les bagages placés sur le trottoir devant chez elle. Ils avaient passé les derniers jours avec elle et son mari et ils s'étaient presque habitués à leur compagnie, à leur appartement, à l'odeur de chicorée grillée qui leur rappelait le village, dans le delta du Pô, d'où venait leur famille, et où ils avaient vécu les premières années de la guerre.

La femme vint à la rencontre des deux enfants et les serra contre elle. Cette étreinte avait un goût d'adieu.

— Vous partez déjà ? J'avais compris demain soir.

— Je suis désolée, Emma, j'ai essayé de convaincre Giacomo, mais tu le sais, cette ville devient dangereuse pour nous. Ils ont commencé à changer le nom des rues. Ils effacent les noms italiens pour remettre les anciens noms allemands.

Emma avait vu les panneaux. Ceux qui avaient subi l'arrogance des fascistes, les bottes des hommes du Duce qui avait ordonné de fermer les écoles allemandes et de traduire tous les noms en italien, avaient trop de colère en eux et trop d'envie de vengeance.

— Nos amis italiens sont déjà rentrés chez eux, là où ils habitaient avant de s'installer ici. Tous ceux qui peuvent partent. Pourquoi ne venez-vous pas avec nous ? Il n'y a pas de montagnes, mais il y a la mer. Et la plage, une très longue plage.

Elvira sourit à Emma et ses yeux s'éclairèrent, comme si le soleil y reflétait soudain. Emma la regarda sans dire un mot. Elles en avaient déjà parlé. Peut-être que cela lui aurait plu, mais ils avaient fait une promesse à leurs parents : suivre les instructions écrites sur le billet que leur père avait laissé à Elvira, comme s'il avait prévu ce qui allait se passer. La femme acquiesça et lui caressa la joue. En revanche elle ne s'approcha pas de son frère, qui n'aimait pas être touché. Emma et Benjamin les aidèrent à charger leurs valises dans la voiture et les saluèrent de la main jusqu'à ce qu'il ne reste dans la rue qu'un nuage de poussière.

— Tu es sûr de vouloir le faire, Benjamin ?

Le regard de son frère suivait les virages.

— Même si on reste ici, dans ce village, on ne verra plus papa, tu le sais, pas vrai ? Il est avec maman, maintenant.

Elle était certaine que lui aussi sentait cette tristesse, à laquelle ils devraient s'habituer.

Elle s'écarta et, en catimini, elle ramassa un petit caillou que le fleuve avait poli et lissé avec ténacité. Elle le cacha dans sa main et tendit les poings fermés devant le nez de son frère. À lui de choisir. Un sourire éclaira le visage de Benjamin, comme elle l'avait espéré. Il aimait tirer au sort et il aimait les surprises. Surtout quand elles lui offraient quelque chose de précieux à cacher dans sa poche. Quelque chose qui faisait du bruit quand il marchait, dont lui seul connaissait le secret. Et c'était exactement ce que sa sœur avait trouvé pour lui.

Pendant qu'il caressait le caillou comme un trésor, Emma sortit le papier conservé dans sa poche, et qu'elle avait espéré ne jamais devoir utiliser : un nom de famille, une adresse. Elle prit son courage à deux mains.

Ils devaient seulement rester ensemble et trouver la maison dans les vignes.

5

Chats et fantômes

Bess relut le message de Nino : « Tu es sûre de vouloir le faire ? »

Ses narines étaient chatouillées par le parfum des glycines, les seules plantes qu'elle connaissait dans le parc sauvage de la Villa Freiberg, et qui s'épanouissaient sur les murs du jardin et sur la façade de la maison. En cette saison, leurs délicates fleurs violettes oscillaient au moindre souffle. Elles fanaient très vite, pourtant les tiges résistaient au vent et au froid de l'hiver, agrippées à la roche.

« Tu es sûre de vouloir le faire ? »

Elle avait pris sa décision. Cela n'avait pas été facile, mais elle était là, avec la certitude absolue qu'elle ne changerait pas d'avis, au risque de se sentir lâche. Elle ouvrit le lourd portail. Les gonds étaient fatigués, le métal encastré dans la terre, enchaîné par les plantes grimpantes. Tel un mauvais présage, l'effort qu'elle dut produire pour pousser les grilles, pour les libérer de la concrétion du temps, la mit sur des charbons ardents.

Désormais, c'était décidé. Qu'allait-elle trouver de si précieux à l'intérieur, qui mériterait d'être exposé dans un musée ? La seule fois où elle avait pénétré dans la demeure, elle n'avait vu ni tableaux, ni statues, ni objets de valeur indiquant la présence d'une quelconque collection.

Bess traversa le parc ensoleillé en se demandant pour la énième fois pourquoi Kiki l'avait choisie, elle.

Les chats étaient partout. Cachés dans l'herbe, assoupis sur les dalles ou mollement étendus sur les murets. Ces animaux paresseux et étourdis par le soleil étaient les véritables gardiens de cette maison endormie qui semblait abandonnée depuis un demi-siècle, bien que Kiki y ait vécu jusqu'à quelques semaines auparavant.

Tout compte fait, cette blague excentrique était loin de lui déplaire. En revanche, en glissant la clé dans la serrure de la grande porte, elle ne se sentit pas tranquille. Elle aurait eu bien besoin des encouragements de Charlie, qui avait l'habitude de trottiner autour d'elle en agitant la queue dès qu'elle passait le portail, comme si ses visites représentaient des moments enthousiasmants. Qui sait ce qu'il était advenu de ce chien…

Kiki l'avait toujours accueillie au portail, se rappela-t-elle en tournant la clé. Quand elles avaient rendez-vous, elle se matérialisait dans le parc, une silhouette d'ombre et de lumière, un élément fuyant et hors du temps qu'elle sentait palpiter dans la végétation, entre les feuilles.

Elle ne donnait pas l'impression d'être en train de l'attendre. Elle était polie et souriante, même si trop souvent Bess avait patienté devant le portail en se demandant si elle avait oublié leur rendez-vous. Cette femme se révélait inconstante, lunatique. Toutefois, quand Bess s'apprêtait à renoncer à leurs rencontres, un détail venait changer la donne. Cela pouvait être le paquet de biscuits qu'elle ouvrait pour elle, ou Charlie qui courait pour la saluer avec la maladresse de sa taille, mais tout peigné et parfumé. Kiki se gardait bien de lui témoigner la moindre attention. Pourtant, Bess revisitait maintenant ses gestes sous un autre angle.

Elle poussa prudemment la porte et sentit une brise sur ses bras. Les maisons de cette époque ont des structures solides, des murs en pierre assez épais pour offrir une agréable fraîcheur en été et pour contenir la tiédeur des poêles pendant la saison froide. Elle monta au premier étage.

Il n'y avait aucun bruit, ni celui de la route ni celui du vent entre les feuilles. Bess flottait dans un silence absolu qui la désorientait et la mettait mal à l'aise. Pourtant, quelqu'un avait dû laisser une fenêtre ouverte, parce qu'elle entendit quelque part à l'intérieur le chant de dizaines d'oiseaux.

Malgré tout, rien de ce qu'elle voyait n'évoquait le plaisir d'une promenade en pleine nature. Il était impossible d'embrasser du regard la quantité de sacs et de meubles entassés, de tables et de livres, qui recouvrait le sol, ne laissant aucun centimètre carré de libre. Kiki vivait au premier étage, celui où elle se trouvait, mais Bess imaginait mal y découvrir un lit ou une cuisine.

Dans le silence qui l'entourait, Bess captait la moindre vibration en mesure d'atténuer sa solitude et de l'ancrer dans le présent : ses chaussures qui s'enfonçaient dans une mer de papier et de terre, les cris des oiseaux qui lui rappelaient les contes de son enfance. Déchets, cartons, vases cassés, le passage était bloqué et l'air saturé. Bess respira plus lentement pour ne pas remplir ses poumons de poussière, ni se laisser submerger par l'odeur acide qui la renvoyait aux premiers mois de sa grossesse. Quand elle ignorait encore qu'elle était enceinte de Mattia, la vue d'une assiette vide lui donnait la nausée. Le couloir s'ouvrait des deux côtés sur des pièces sombres, remplies jusqu'au plafond. Elle s'efforça d'en deviner la destination en identifiant les objets entassés. Cependant, l'auteur de cette œuvre n'avait pas été guidé par le sens pratique ni par la logique.

Elle repéra ce qui avait dû être une cuisine. Les casseroles étaient empilées par terre, des tessons de céramique brillaient sur le carrelage. Il y avait une montagne de quincaillerie et d'objets cassés, semblables à ceux de l'entrée, toutefois un détail détonnait : la table installée sous l'énorme fenêtre. Un semblant d'ordre – une nappe fleurie en plastique, une tasse et un sucrier – évoquait une dernière bataille avant la capitulation.

Ignorant la panique qui montait en elle, Bess observa ce qui l'entourait. Elle soupçonnait que ce qu'elle avait vu depuis son arrivée n'était que la partie émergée de l'iceberg. Pour la première fois, elle se demanda si quelqu'un avait réellement pu *vivre* dans cette maison.

Pas Kiki, avec ses vêtements simples, mais soignés, et son rouge à lèvres qui éclairait le chaos du monde, défiait le temps qui passait et revendiquait une forme de dignité. Bess avait l'impression que la maison tournoyait autour d'elle comme un corps explosé en une infinité de morceaux. Kiki cherchait un endroit à elle. Elle le cherchait dans ce lieu, parce qu'elle quittait rarement la villa. Bess n'arrivait pas à l'imaginer ailleurs, mais pas non plus dans les décombres d'une ou peut-être dix vies stratifiées en montagnes de déchets.

Elle écouta, puis avança vers le chant des oiseaux, qui s'intensifia à mesure qu'elle approchait. Des cris stridents et en colère la conduisirent à la pièce en face de la cuisine, sans doute un ancien séjour : un espace assez dégagé où trônaient un vieux canapé et deux fauteuils. Mais à chaque pas, des grains dorés crissaient sous ses pieds. Ils lui rappelaient le millet dont, enfant, elle remplissait la mangeoire de ses canaris. Le sol était jonché de livres ouverts, éventrés, aux couvertures arrachées et aux pages griffées. Au centre se dressait l'énorme cage en osier, débordante d'ailes, de becs et de plumes. Des dizaines d'oiseaux colorés volaient à l'intérieur, sautillaient de perchoir en perchoir et se poussaient contre les barreaux. Un cœur qui pulsait nerveusement, qui essayait de garder la maison en vie. Les graines de millet recouvrant le fond et les gamelles d'eau, où flottaient plumes et poussière, les avaient sauvés. Toutefois ils ne paraissaient pas en grande forme. Les oiseaux avaient soif et faim d'air pur.

Les pièces où avait vécu Kiki se trouvaient dans le même état d'abandon que celles qu'elle n'avait pas utilisées. Bess fut saisie de mélancolie en découvrant un signe de sa présence : un espace étroit, sans fenêtre, contenant un lit et une table de nuit : la chambre de Kiki. Même le lieu où elle dormait était encombré de sacs poubelles abandonnés contre les murs. Elle s'assit sur le lit, caressa l'oreiller. On y voyait encore la forme d'un chat qui s'y était lové. Ou bien de la tête de Kiki. Alors Bess prit conscience qu'elle n'avait rien compris, vraiment rien, à Rosamaria Tondini.

Des objets étaient posés sur la table de nuit : une jolie lampe de chevet couleur abricot, un livre de contes et un recueil des œuvres de Jules Verne, finement relié. Une balle en cuir usée, à picots. Un album. À côté, la photographie en noir et blanc d'une jeune femme souriante, les lèvres teintes de rouge, la frange longue, les cheveux châtains rassemblés en queue-de-cheval par une élégante barrette. À genoux sur une pelouse, elle caressait un majestueux colley au pelage soigné. Elle avait l'air d'une actrice, mais elle ignorait qu'elle était belle : elle regardait le chien, comme gênée par l'objectif. Cette photo remontait à des années – l'animal n'était pas Charlie –, mais le sourire de la femme, sa robe parfaite, lui rappelèrent la Kiki de leurs rendez-vous, ses efforts pour créer cette image d'elle soignée et impeccable, alors que son cœur et son monde avaient explosé.

Bess prit l'album et décida d'aller le feuilleter dans le parc. Elle avait besoin d'air frais. Et de lumière. Elle se sentait écrasée par une force oppressante, comme si la maison avait une âme et une vie propres, indépendantes de la volonté de ceux qui y entraient. Peut-être même de Kiki.

Elle retourna à la cuisine se servir un verre d'eau. Elle imagina Kiki ouvrir le placard bas, sortir la moka et deux tasses, préparer le café et emporter le tout dehors pour l'accueillir. Elle prit dans ses mains la tasse posée sur la table et étudia ses décorations, ce qu'elle n'avait jamais fait lors de ses visites. Elle n'avait pas compris l'importance de ce rituel pour Kiki. De même qu'elle ne parvenait pas à donner une valeur, une vraie valeur, aux objets entassés.

Elle ignorait tout des antiquités et des musées. Comment reconnaître ce qui devait être sauvé, si une balle en cuir usée avait pour Kiki la même valeur qu'un tableau ou un volume à la reliure en cuir doré ? Tout semblait posséder la même importance pour elle, au point qu'elle avait tout enfermé dans de gros sacs dont elle ne s'était jamais séparée. Mais Bess savait que cela ne suffisait pas pour vivre. Les souvenirs, surtout quand ils sont enfouis parmi les déchets, ne sont pas de bonne compagnie. Et parfois, quand on n'est pas assez fort, ils nous enterrent sous les décombres de nos vies précédentes.

Elle regarda par la fenêtre, interpelée par un mouvement dans son champ de vision. Elle s'approcha de la vitre pour en être certaine, tout en reposant la tasse sur la table. Que faisait Charlie en bas ? Était-il possible qu'il ait été oublié ? Bess était heureuse de le voir. Mais il y avait visiblement un problème.

Elle ne l'avait jamais vu s'agiter autant, courir aussi vite, sinon pour attraper un chat. Mais cette fois, c'était lui qui était poursuivi. Il échappait à quelque chose qui bondissait dans les framboisiers. Pendant un instant, avant de se précipiter dans le jardin, Bess crut que Kiki était revenue.

6

Le billet numéro un

En redescendant la route par laquelle il était arrivé, Albert repensa à la vieille femme qui venait de traverser devant lui malgré le feu rouge pour les piétons. Il lui criait de faire attention quand elle s'est arrêtée au milieu du carrefour pour le remercier, ignorant les voitures qui freinaient au dernier moment pour ne pas la percuter. Albert la crut folle. Elle se promenait avec un gros berger de Brie qui trottinait à ses côtés du même pas titubant qu'elle, et qui se glissa dans la Villa Freiberg par une brèche dans le mur.

Soudain, il se demanda ce qu'il faisait là, lui aussi. Depuis des jours il évitait l'Inquisition – c'était le surnom donné aux patrons des serres. Toutefois, il ne pouvait plus esquiver. Il ne lui restait plus qu'à inventer une histoire crédible. Mais plus il y réfléchissait, plus son cas lui semblait indéfendable : comment pouvait-il accompagner un groupe de jeunes dans leur sevrage, s'il était le premier à replonger ?

Comme si cela ne suffisait pas, il avait fait un serment à Alice et il ne l'avait pas tenu. Comment avait-il pu promettre l'impossible ?

Ils s'étaient retrouvés un matin de printemps – il y a plus d'un an déjà – sur les berges du lac artificiel où il l'emmenait quand elle était petite. Ils avaient loué des cannes à pêche et c'était à qui pêcherait le plus de truites, qu'ils remettaient ensuite à l'eau.

— Moi, le type qui tourne autour de ta mère, je le trouve vraiment quelconque, avait-il déclaré en remontant un gros poisson.

— En effet, il est quelconque, avait répondu Alice en enfonçant la tête dans ses épaules, sans doute un mensonge pour le ménager. Elle va vite se lasser, tu verras. Et toi ? Tu cherches toujours du travail ?

— Plus ou moins.

— Qu'est-ce que ça veut dire ? avait insisté Alice. Papa, il faut que tu arrêtes. D'abord, c'était papi qui avait gâché ton adolescence en te considérant comme un raté, ensuite parce que tu te sentais inadapté dans ton rôle de père, puis à cause de la crise avec maman, et maintenant car tu es seul. Tu ne peux pas continuer à te trouver des excuses pour boire.

Albert avait écouté, s'efforçant de paraître convaincu. Il voulait assurer à sa fille que cette fois serait la bonne.

— Je suis fier de toi, Alice.

Elle lui avait parlé de son stage, des gens sympathiques avec qui elle travaillait et qui n'avaient fait aucune histoire pour ses piercings et ses cheveux bigarrés.

— Ce sont des gens bien, ils te plairaient, papa. Et puis, j'étudie. Ma chambre est tapissée de Post-it.

C'était peut-être à ce moment-là qu'elle avait eu l'idée et qu'elle l'avait partagée avec lui, les yeux brillants d'excitation.

— Je ne sais pas, Alice.

— Écoute-moi, l'avait-elle interrompu en laissant tomber sa canne à pêche dans l'herbe. Tu notais toujours tout : les factures à payer, les listes de courses, les numéros de téléphone importants et les rendez-vous. Et tu nous laissais de petits mots le matin avant de partir au travail, à maman et moi.

Quand il avait encore une famille et un vrai travail, qui ne consistait pas à surveiller des jeunes excentriques dont personne ne voulait et qui jouaient aux jardiniers.

— C'est toi qui me l'as appris. Et maintenant, je collectionne les petits papiers colorés où je note les choses importantes de ma vie. J'en remplis des murs entiers.

Albert ne se souvenait même plus de la dernière fois où sa fille l'avait cité en exemple.

— Il suffit d'inscrire une pensée heureuse, quelque chose qui fait que ta journée vaut vraiment la peine d'être vécue. Quelque chose de nouveau. Et tu dois te convaincre que ça ne pourra t'arriver que si tu renonces à la bouteille. Ça vaut la peine, non ?

Le père avait baissé les yeux sur ses baskets.

— En échange, je promets de pas me faire d'autre tatouage.

Il l'avait regardée.

— Et plus de couleurs bizarres pour mes cheveux.

Albert n'était pas certain que cet engagement soit aussi difficile à prendre que renoncer au bar et aux bières glacées l'été, mais sa fille semblait beaucoup y tenir.

— Tu vas y arriver, papa ! Et à la fin de l'été, quand tu seras sobre, on échangera nos bocaux. On piochera un billet au hasard et ce sera notre journée spéciale.

Pour Alice tout était parfait, comme un chemin déjà tracé, bordé de fleurs. Mais lui, il n'arrivait pas à voir plus loin que sa frange rose pastel.

Il entra et referma la porte sans la claquer, malgré son envie de la défoncer à coups de poing. Il ne se jeta pas sur le canapé. Pourtant, il voulait par-dessus tout dormir et, avec un peu de chance, ne plus se réveiller. Il retira ses chaussures et s'arrêta devant le bocal en verre. Il se trouvait à la bonne hauteur, juste devant ses yeux, avec ses petits papiers arrogants, effrontément colorés, alors que sa vie ressemblait à un trou noir dénué de sens.

Il eut envie de le balancer contre le mur. Tant pis s'il éclatait en morceaux, tant pis pour le propriétaire si le plâtre s'effritait, tant pis si les voisins médisaient sur lui. Au diable les prêcheurs et les fantômes, au diable les martyrs et les sauvés. Il avait perdu sa fille. Et que lui restait-il ?

Un bocal à paillettes.

Il avait soif et il y avait des bières au frais. Mais s'il en ouvrait une, il ne saurait pas s'arrêter. Il la viderait jusqu'à la dernière goutte. Puis il en viderait une autre, répondant à un genre de soif qui ne s'éteint jamais.

Il prit une grande inspiration et serra les doigts autour du bocal. Fort, de plus en plus fort, jusqu'à ce qu'il n'en puisse plus. Il n'avait plus de souffle. Il n'avait plus de force. *Au diable, moi*, pensa-t-il en soulevant le bocal avec la même délicatesse que s'il avait pris un nouveau-né dans son berceau. *Au diable, Alice, qui m'a laissé quelque chose d'elle que je ne mérite pas.*

Il s'assit par terre et dévissa lentement le couvercle. À chaque torsion de poignet, il se demandait si c'était Alice qui l'avait serré aussi fort. Un dernier effort. Le bocal accepta docilement de s'ouvrir. Dedans, une myriade de petits messages, comme une mer de confettis abandonnés. Mais quand il en saisit un, il sentit la brûlure d'une écharde qui se plantait dans sa chair.

Il lut et relut le mot, s'essuyant les yeux du dos de la main. Puis il reprit son souffle et il sourit, malgré les aiguilles qui lui transperçaient le cœur. Il sourit à l'idée que tout était simple, que lui et sa fille avaient été si proches, chaque soir, quand il passait devant la grande demeure vide. Mais il ne l'avait jamais su.

C'était écrit sur un papier bleu ciel.

Avant de s'endormir, Alice pensait aux créatures les plus étranges et paresseuses, les plus drôles qu'elle ait rencontrées, suffisamment effrontées pour vivre dans une jungle de chiendent dont elles avaient fait leur royaume. Elle aurait aimé caresser encore une fois les chats de la Villa Freiberg.

1943

Le jardin de Frau Anna

Les chats cachés dans le parc furent les premiers occupants de la villa à accueillir Emma et Benjamin à leur arrivée. Frau Anna leur avait expliqué que toutes les créatures dotées d'ailes, de plumes ou de fourrure appartenaient à Rosa, sa fille, avec qui Emma avait joué, petite. Celle-ci ne s'en souvenait plus. Tout lui paraissait nouveau ici, et elle avait l'impression de s'être trompée d'adresse.

Elle glissa dans sa poche un caillou blanc et lisse qui pourrait servir à Benjamin. Il aimait dessiner dessus. Ensemble, ils en cherchaient sur la route du village, c'était leur jeu préféré. Maintenant, ils en auraient à portée de main. Le jardin de Frau Anna était plein de graviers si blancs qu'on aurait dit du sucre, de galets de toutes formes, lisses, polis par le fleuve, et de pierres plus anguleuses sur lesquelles dormaient des lézards ivres de soleil. Le jardin était une explosion de fleurs, d'arbres, d'odeurs et de lumières. Un monde enfermé entre les murs de la villa.

Le regard d'Emma se posa sur la fillette debout dans l'allée. La tête basse, elle fixait les bosquets fleuris, comme si quelque chose pouvait lui sauter à la gorge d'un moment à l'autre. Ses cheveux raides et ambrés, son front haut, sa taille fine et ses longues jambes d'échassier en faisaient une version miniature de Frau Anna. Ses vêtements, propres et repassés, paraissaient taillés sur mesure : chemisier blanc sous une veste, bretelles bleues assorties à la jupe, chaussettes immaculées. Il devait s'agir de Rosa. Mais elle ne cherchait pas un chat. Emma les avait vus s'enfuir tels des tigres dans la végétation qui lui évoquait une jungle. Elle les avait trouvés drôles.

La fillette suivait la trajectoire d'une petite sphère en cuir qui roulait sur la pelouse. Quand elle atteignit ses pieds, elle se pencha pour la ramasser. Elle regarda autour d'elle avec circonspection, la relança et attendit. Ce n'était sans doute pas la première fois qu'elle répétait ce geste, car elle donnait l'impression de savoir exactement à quoi s'attendre. Autour tout était immobile, puis les feuilles tremblèrent, secouées par un vent léger. Alors la petite balle, dont les couleurs arc-en-ciel tourbillonnèrent, roula à nouveau à ses pieds, régurgitée par la nature, comme attirée par un aimant caché dans la pointe de ses chaussures.

Trop absorbée, la fillette n'aperçut pas Emma dont la voix la fit sursauter.

— Je peux ? demanda Emma en lui prenant la balle et en la lançant vers la tache sombre dissimulée dans les fourrés.

— Qu'est-ce que tu fais ?

— Regarde.

Un ricochet, puis le bosquet gémit. La petite fille retint son souffle et une tête blonde émergea de l'ombre. L'enfant lui sourit, les yeux plissés pour se protéger du soleil.

— Je te présente Benjamin, mon frère. Et toi, tu dois être Rosa.

— Il n'y a que ma mère qui m'appelle ainsi. Moi, je préfère Kiki.

Elles se serrèrent la main. Celle de la fillette était douce et froide. Sa voix, gentille et fluette. Emma fixait son long cou.

— Je suis désolée pour votre père.

Emma la dévisagea. Que savait-elle de ce qu'il lui était arrivé, de ce qu'il leur était arrivé à tous ?

— Mon père et le tien étaient amis, ils se sont battus ensemble en Grèce, expliqua Kiki d'une voix joyeuse.

Benjamin approcha, la jaugea de bas en haut et courut se réfugier à côté de sa sœur.

— Lui, il ne parle jamais ?

— Je crois qu'il pourrait, s'il voulait. Peut-être qu'il le fera un jour, pas vrai, Benjamin ?

L'enfant hésita quand sa main lui caressa les cheveux, puis, rapide comme un chat, il attrapa la balle colorée et prit la fuite.

— Je parie qu'il se cachait dans le parc pour chercher des insectes. Il les adore, dit Emma.

Généralement elle ne racontait pas les bizarreries de son frère, mais elle souhaitait meubler le silence.

— Des trucs vraiment dégoûtants, comme des vers ou des araignées, ajouta-t-elle.

Emma et Kiki remontèrent l'allée. Le gravier crissait sous leurs pieds. Emma aurait voulu lui demander comment c'était, de vivre dans une maison aussi grande, et comment on se sentait quand on portait des chaussettes propres et des vêtements parfumés. En attendant, elle l'observait pour déchiffrer les ombres de son visage, qui se confondaient avec ses traits fins. Sa mère venait d'une riche famille allemande de marchands. Son père était italien, comme le sien. Ils étaient arrivés ensemble dans cette région de montagnes, après avoir quitté la mer. Ils avaient tous les deux épousé des locales, qui parlaient une langue étrangère rude, difficile à comprendre.

Mais Emma et Benjamin se retrouvaient seuls, tandis que Rosa – Kiki, comme elle devait l'appeler – attirait le soleil. Sa vie paraissait douce et parfaite, elle captait la lumière comme le chrome de la voiture luxueuse garée à l'entrée.

— Viens, lança soudain Kiki avec un sourire, en accélérant le pas. Papa est rentré.

Le général les attendait au salon. Emma s'efforçait, en vain, de ne pas promener le regard partout. Comme Benjamin, elle sentait le poids oppressant de la maison, qui les écrasait avec sa girandole d'or et de tissus. Les tapis, les tableaux. Emma n'en avait jamais vu autant dans une même pièce. Elle avait du mal à penser à la maison qu'ils venaient de quitter, à leur maison. La comparer à la villa était dénué de sens, pourtant la nostalgie lui ravageait le cœur. Quatre ans auparavant, quand ils y étaient entrés pour la première fois, en septembre, son père avait discuté avec le propriétaire. Elle avait été construite sur une terre expropriée. Les maisons des paysans allemands avaient été rasées, leurs champs réquisitionnés pour y construire les logements des militaires du Duce et des ouvriers venus d'Italie, quand les Italiens étaient encore considérés comme des envahisseurs. Emma pensait à la famille qui avait dû partir pour leur laisser la place, aux pommiers confisqués juste avant la récolte. Qui avait ramassé les fruits ? Qui les avait vendus, qui avait étouffé la terre sous une coulée de béton ?

— Tu dois être Benjamin. Tu as beaucoup grandi, quand je t'ai vu la dernière fois tu étais dans ton berceau, dit le général en s'accroupissant devant son frère. Ton père me parlait souvent de toi. Il a été très courageux, tu sais ?

— Vous savez comment il est mort ? Vous l'avez vu ?

Emma perçut le silence qui suivit sa question se remplir d'une vibration particulière. Son frère le remarqua, lui aussi. La main de Benjamin chercha la sienne et la serra.

Au fond de la pièce, droite et raide, Frau Anna avait la noirceur des ombres du soir.

— Je sais ce qu'on m'a raconté, Emma. Votre père a décidé de ne pas combattre aux côtés des Allemands et de prendre la fuite.

Le général s'arrêta et fixa Anna. Il caressa l'épaule d'Emma, avec une certaine fermeté, et elle se sentit traversée par une force revigorante.

— Il a tué un garçon ?

— Un homme qui fuit, qui a peur, est telle une bête sauvage qui sent l'orage. Il ne reconnaît plus la main qui l'a nourrie, il serait prêt à la mordre. Alors parfois, il fait des choses stupides. Tu comprends, Emma ?

À côté d'elle, Benjamin acquiesça avec excitation, comme quand maman lui racontait une histoire de son village, avec des créatures fantastiques qui plantent leurs longues griffes dans les oreilles de ceux qui dorment et volent leurs rêves.

— Est-ce qu'il était un traître et un assassin, comme on le dit ?

— C'était un soldat courageux, Emma.

La voix du général avait baissé. Ses yeux étaient clairs et bien dessinés. Ils plurent à Emma, car leur bleu évoquait le ciel, on pouvait y flotter, et ils pétillaient de joie.

— Et il l'a été jusqu'à la fin.

Le général ne dit pas à Emma et Benjamin, qui se serraient la main et qui n'avaient pas pleuré, ce qu'il voyait chaque soir quand il fermait les yeux. Du sang, des cris, du silence, « Feu ! », les balles qui fendent l'air comme des corbeaux au-dessus d'un champ de blé, le bruit sourd des corps qui tombent, le vacarme qu'ils font quand l'âme s'envole et que la chair implose, se recroqueville, retourne à la terre. Et pendant que le général revivait tout cela, Emma songeait que ses yeux étaient bons, des yeux de marin. Qui lui rappelaient ceux de son père.

Quand Anna les appela pour le dîner, Emma laissa le général, Kiki et Frau Anna les précéder. Benjamin et elle fermèrent la marche. Et la maison les enveloppa de son obscurité, à l'instar du ventre d'une gigantesque baleine qui avale les épaves et les trésors cachés au fond. Où personne ne réussirait à les trouver.

7
Flora

Bess quitta la cuisine et oublia les soucis liés à la Villa Freiberg. Elle courut vers le jardin, où une énorme créature poilue lui sauta dessus et lui passa sa langue râpeuse sur le visage. Elle se laissa tomber à terre, submergée par l'impétuosité festive de Charlie. Il n'avait pas maigri, mais son long pelage formait des sortes d'écheveaux sur son ventre et ses pattes. Et il sentait très mauvais.

— Ça fait un moment que tu n'as vu personne, hein ! Pauvre chien, tout seul au milieu de ces chats, murmura-t-elle en lui grattant une oreille.

Tout compte fait, il ne paraissait pas si mal en point. Mais elle se sentit infiniment triste en l'imaginant sans Kiki. Son aversion pour les chiens, pour les pattes mouillées sur les tapis, pour les poils qui se glissaient partout, s'estompa quand elle le vit ainsi livré à son propre sort. Elle envisagea de le faire monter dans sa voiture et de le ramener chez elle. Mattia aurait été heureux parce que, même s'il ne le lui avait jamais dit, il avait toujours rêvé d'un chien pour remplacer Isaac.

Soudain les arbustes s'écartèrent avec un craquement inquiétant. La gorge nouée, Bess vit une ombre surgir du passage. Une vieille au chignon blanc noué très haut, bras levé pour fendre la végétation, se redressa pour reprendre son souffle. Elle remarqua alors qu'elle n'était pas seule. Elle resta immobile, aussi surprise que Bess. Charlie accourut vers elle.

— C'est pour les chats, dit-elle d'une voix tremblante en montrant le sachet qu'elle tenait. Je le cache dans les buissons, sinon Charlie le mange.

— Il est avec vous ? demanda Bess en s'approchant.

La vieille femme acquiesça et la toisa avec méfiance.

— Bess, salua celle-ci en tendant la main.

La vieille ne la lui serra pas, elle s'agrippa à son sachet, mais Bess n'avait aucune intention de lui voler ses friandises.

— Bess, c'est Elisabeth ? l'interrogea-t-elle.

Quand elle eut confirmation, elle poussa un soupir de soulagement. Alors elle lui tendit la main.

— Je crois que je vous connais, reprit-elle. Vous êtes l'architecte. Je vous ai vue quelques fois, ici, à la villa, quand Kiki était encore là. Moi, c'est Flora. Une amie de Kiki. Je m'occupe des chats, maintenant. Et de Charlie, précisa-t-elle en attrapant le gros chien qui lui arrivait à la taille, et qui cherchait sa main avec sa truffe.

Bess ignorait que Kiki avait des amis. Même les héritiers avaient pris le maquis et personne n'avait publié d'annonce nécrologique dans le journal. Personne, hormis le notaire, ne l'avait contactée pour l'informer du sort de la villa.

— Je suis juste de passage, assura-t-elle à la femme qui l'observait derrière ses lunettes.

Le regard de Bess glissa sur sa robe-tablier bleu ciel constellée de marguerites. Elle ressemblait à celle que portait sa grand-mère, qu'elle cousait elle-même. Mais elle l'avait enfilée à l'envers, on voyait les coutures.

— La veille de son décès, elle m'a dit qu'elle souhaitait rester seule. Elle voulait se reposer pour se remettre d'un mal de dos, mais aussi régler certains problèmes importants qui lui étaient tombés dessus à l'improviste. Elle m'a demandé de prendre Charlie chez moi. Alors j'ai compris que quelque chose n'allait pas, parce que jamais elle ne se séparait de son chien. Mais je n'imaginais pas cela, acheva-t-elle en haussant les épaules. Je crois qu'elle ne l'imaginait pas elle-même. Tout est arrivé si vite.

Kiki ne s'était pas réveillée : une belle façon de mourir.

— Dans la maison, j'ai trouvé une cage avec des dizaines d'oiseaux.

— Vraiment ? s'étonna Flora, l'air désolé. Cela fait longtemps que je n'entre plus. Kiki n'aime pas recevoir des invités. Si j'avais su pour la cage, j'aurais apporté des graines de tournesol. Comment vont-ils ?

— Plutôt bien.

— Kiki est une bonne personne. Je suis certaine qu'elle aurait de la peine pour eux. Elle a toujours pris soin des autres avant de prendre soin d'elle-même.

Bess peinait à imaginer une Kiki altruiste et affable. Toutefois, depuis qu'elle était entrée dans la villa, elle avait dû reconsidérer grand nombre de ses certitudes. Cela dit, Flora aurait tout aussi bien pu avoir une image pittoresque de son amie, une idée bien à elle et peu fidèle à la réalité.

— Elle vous a laissé les clés ?

— Je suis entrée par là, répondit Flora en indiquant une brèche dans le mur, à peine cachée par la vigne.

Encore une réparation à prévoir, pensa Bess. N'importe qui pouvait s'introduire dans ces lieux.

— C'est vous qui allez habiter ici ?

Amusée, Bess secoua la tête. Elle n'aurait pas su dire si la vieille était plus inquiète pour les chats ou pour la villa. Elle évoqua le projet de fondation.

— C'est ce que voulait Kiki.

Flora ne parut pas surprise, mais préoccupée.

— Les chats ont besoin de soins, il faut que quelqu'un leur apporte de l'eau et de la nourriture. Regardez, celui-ci, le grand roux, c'est Jupiter. Là, il y a les deux frères, Platon et Sophocle, ajouta-t-elle en indiquant deux silhouettes grises dans l'herbe. Et Marlene, comme Marlene Dietrich, que Kiki adore. C'est toujours elle qui donne les noms, y compris aux nouveaux venus.

Bess remarqua qu'elle parlait de Kiki au présent, cependant elle fit comme si de rien n'était.

— Vous êtes indispensable, Flora. Personne ne trouvera rien à redire si vous vous occupez des chats.

De toute façon, Bess n'avait pas la moindre idée de ce qu'ils mangeaient. Avant de rencontrer Flora, elle pensait qu'ils chassaient des souris et des grenouilles. Le visage de la vieille femme s'éclaira.

— Bien ! Maintenant, je vais vous laisser à vos affaires, Bess. Vous allez faire un excellent travail avec cette villa.

— Je ne sais pas si j'en serai capable, mais Kiki y tenait beaucoup, répondit Bess, gênée d'avoir l'air de prétendre qu'elles avaient été proches toutes les deux.

— Vraiment ?

— Je suis architecte, pas restauratrice. Et je n'y connais pas grand-chose aux musées, s'excusa-t-elle.

— Non, non, je voulais dire : Kiki tenait vraiment à la villa ? Pourtant elle s'en plaignait souvent, elle assurait qu'elle s'en serait bien débarrassée.

Lors de leurs premiers entretiens, surtout téléphoniques, Bess avait pourtant cru le contraire.

— Durant des mois, elle m'appelait très souvent pour me donner des idées pour agencer les espaces.

Trop d'idées, et toutes bizarres, songea-t-elle. Et puis elle était têtue, énergique. Elle avait du caractère et une façon bien à elle de s'occuper de cet endroit. En réfléchissant à la question de Flora, Bess sentit son cœur devenir lourd.

Elle s'étonna de percevoir de la nostalgie dans ses souvenirs. Ses rencontres avec Kiki lui manquaient-elles ?

— Je sais qu'elle était très attachée à la collection de son grand-père, un marchand de vin qui avait voyagé aux quatre coins du monde pour finir ici, dans cette maison. Je crois que Kiki ne voulait pas s'en séparer pour cette raison. Mais je ne pense pas qu'elle aimait y vivre. Elle la supportait, de même que nous supportons ce qui nous arrive. Parfois, il vaut mieux ne pas se demander si c'est bien ou mal, parce que c'est comme ça. En tout cas, la villa a entendu beaucoup d'histoires, c'est indéniable. Et Kiki les connaissait toutes.

— Moi, elle ne m'a jamais rien raconté.

Bess comprit à quel point ce constat était vrai. Kiki n'avait jamais prononcé une phrase, jamais révélé le moindre détail sur elle, sur l'histoire de la villa ou de sa famille.

— Kiki a toujours eu besoin de temps pour faire confiance.

— Je suppose.

Bess regarda la bâtisse, son crépi usé couleur pêche, ses volets émeraude, ses fenêtres aux châssis blancs, les branches qui l'assaillaient, le vert doux des plantes grimpantes. Et le soleil qui dansotait sur la façade, éclairant une vitre, un détail de la terrasse, les arches du porche qui embrassaient de leur ombre une table en métal rouillé. Elle imaginait des pique-niques, des femmes qui se promenaient en bavardant, cachées sous des ombrelles blanches, une voiture d'époque à la carrosserie noire scintillante, qui entrait en soulevant la poussière et en klaxonnant. Une idée du passé fatalement influencée par la myriade de films historiques qu'elle avait vus chez elle, malade, pendant que Mattia était à l'école.

— Nous pourrions y remédier. Quand vous passez, arrêtez-vous boire une tasse de café avec moi et racontez-moi quelques histoires. Ce serait très important pour moi. Pour comprendre par où commencer.

— Vous êtes une gentille personne, Bess. Kiki est toujours perspicace, elle comprend l'âme des gens. Ayez confiance : si elle vous a choisie, c'est parce que vous en êtes capable. Et ne vous posez pas trop de questions sur la raison pour laquelle elle a pensé à vous. Dernièrement, elle faisait des choses plutôt bizarres.

Bess la regarda s'éloigner, fière dans sa robe à l'envers, suivie de Charlie. Avant de quitter le jardin, il s'attarda pour regarder la villa, comme s'il cherchait quelqu'un. Puis il disparut en trottinant, laissant Bess sous le soleil qui lui brûlait la peau, au milieu des stridulations inquiètes et assourdissantes des cigales.

8

Le billet numéro deux

Aux heures les plus chaudes, Albert se réfugiait sur un banc derrière les serres, où il pouvait être tranquille et éviter les questions des jeunes. Il décida donc de s'accorder un quart d'heure de pause, en espérant que personne ne ferait exploser ou brûler le centre. Le travail à la coopérative était fatigant, mais il lui laissait du temps libre en automne et en hiver, quand les activités ralentissaient, à mesure que la terre devenait dure et froide. Il n'y avait plus besoin de labourer, de semer, d'arroser. Pourtant, les jeunes lui manquaient. Esprits loufoques et cœurs extravagants qui débordaient d'espoir et de bonnes intentions, ils voulaient se rendre utiles. Certains avaient des problèmes de mémoire à court terme, d'autres parlaient avec difficulté ou arrivaient en retard parce que leurs pensées étaient trop tristes ou trop lentes.

Il avait emporté le bocal et relisait les petits mots écrits par Alice.

Il avait même pris des notes sur une feuille :

« Un après-midi à la rivière. »

« Offrir un cadeau à quelqu'un qui ne s'y attend pas. »

« Passer toute une nuit éveillé et compter les étoiles. »

« Regarder un film d'horreur quand il pleut. »

« Réécouter une vieille chanson en boucle. »

« Dormir dans une cabane suspendue. »

« Caresser les chats de la Villa Freiberg. »

Il pouvait déjà cocher « Passer toute une nuit éveillé », car il n'avait pas fermé l'œil, même s'il ne s'était pas installé sur sa terrasse – il n'en avait pas – pour compter les étoiles.

Albert se demandait encore ce qu'il allait faire du bocal et pourquoi Margot lui avait dit qu'il l'aiderait à s'éclaircir les idées. Il avait besoin de sa fille, pas d'un tas de papiers colorés et de paillettes.

Néanmoins, il ne trouverait pas de réponses à ses questions à ce moment-là, parce que le Viking venait de sortir du bâtiment central en renversant un bac. Un autre tenait encore miraculeusement en équilibre sur son épaule.

Le jeune homme se retourna et lui fit un grand sourire.

— Tout va bien, monsieur Albert.

Albert en doutait. Une marée de feuilles contenues dans le bac s'était déversée sur les fleurs qu'ils venaient d'arroser.

— Qu'est-ce que tu fais, Rollo ?

Rollo avait hérité de ce surnom, Viking, à cause de ses tempes rasées et de sa queue-de-cheval, ainsi que de ses tatouages celtiques au-dessus des oreilles.

— Je prépare la fête.

Albert avait l'habitude de discuter avec des jeunes à la mémoire courte, mais cette fois Rollo dépassait les bornes.

— Tu sais pourquoi elle s'appelle « fête de fin d'année », Rollo ?

— Oui, monsieur Albert.

— Parce que…

— Parce que c'est pour nous d

serres ferment l'hiver.

— Et là, on est…

— Presque en été, répondit-il avec

redresser le bac.

— Exact ! Donc c'est dans plusieurs mo

Une ombre d'incertitude passa dans les y

qui céda vite la place à un regard certes canc

de lui.

— Je pensais que c'était une bonne idée de c

à organiser.

Il ne pouvait pas savoir qu'en automne Albert n

peut-être plus là, mais envoyé autre part pour cueil

pommes ou planter des choux.

— Tout va bien, Rollo, le rassura Albert en lui pos

une main sur l'épaule. Je m'en occupe, d'accord ? ajouta-t-

en désignant le bac encore plein.

Ramasser les feuilles et ranger : un excellent programme.

— Monsieur Albert ?

— Oui ?

— Votre fille va venir à la fête ?

Il regretta d'avoir apporté le bocal et d'avoir laissé les petits mots sans surveillance.

— Ils sont à elle ?

Albert acquiesça à contrecœur.

— Comment tu as compris ?

— Vous, vous ne portez jamais rien de coloré, monsieur Albert. Votre fille, elle aime les couleurs. Et quand elle ne vous trouve pas à la serre, elle laisse toujours un papier coloré. Même si ça fait longtemps qu'elle n'est pas venue. Les rouges sentent la fraise. Vous, vous n'avez pas de parfum, monsieur Albert.

Albert chargea les deux bacs sur ses épaules.

– D'accord, Sherlock. Bon, je les descends à la cave. On en parlera plus tard.

Parfois, au milieu de ces jeunes, Albert avait l'impression que c'était lui qui ne tournait pas rond. Leur monde avait un centre, une logique dont la rigueur le surprenait, même si elle ne correspondait pas aux attentes de la société. Dans leur tête, les idées suivaient des sentiers sinueux qui n'appartenaient qu'à eux. Ils ne se donnaient pas la peine de vérifier que quelqu'un les suivait. Ils étaient des cœurs vifs, palpitants, qui vivaient au jour le jour du mieux qu'ils pouvaient. Lui, au contraire, il flottait à la dérive, sans centre ni forme.

1943

Le frère génial

Frau Anna lui avait fait comprendre à quel point son frère était différent des autres enfants, avec ses regards si attentifs, ses bonnes manières qui compensaient son caractère dur et autoritaire. Emma se disait qu'elle aurait été aussi peinée et gênée devant un chaton affublé d'une seule oreille.

Benjamin était différent, certes, mais Emma ne voulait pas qu'il suscite la pitié.

Ce matin-là, elle l'avait observé de la terrasse avec Kiki, qui le jugeait aussi bizarre et indéchiffrable qu'une éclipse de lune ou que la pluie sous le soleil d'été. Il jouait à capturer de minuscules grillons et des vers de terre qu'il faisait glisser sur ses bras. Quand Kiki avait appris qu'il cherchait des araignées, les grosses, dont il conservait la peau « avec encore tous les poils hérissés », son visage s'était tordu en une grimace. Emma y était allée un peu fort exprès, pour alimenter son plaisir de la surprendre et de l'intriguer. Alors elle lui avait fait promettre de ne révéler à personne ce qu'elle allait lui montrer. Elle l'avait prise par le bras et elle l'avait emmenée dans leur chambre, à elle et Benjamin.

Kiki avait contemplé les murs et les meubles : partout étaient accrochés des dessins d'insectes effrayants. Avec des détails d'antennes, d'ailes, de dards. Une forêt où elle se sentait minuscule face à des monstres sortis d'une autre époque. Ou des pages d'un roman de Jules Verne, comme celui que Kiki avait volé dans la bibliothèque de son grand-père. Sous le choc, elle avait croisé le regard souriant d'Emma. Ces dessins étaient l'œuvre de Benjamin, son petit frère génial. Des trésors issus de son esprit malade. Et là, devant l'air émerveillé et terrorisé de Kiki, pour la première fois Emma avait compris à quel point ces dessins étaient spéciaux. Et dangereux. Depuis ce jour, Emma et Kiki partageaient un secret. Elle n'aurait jamais pensé que cela les amuserait autant. Elles se lançaient des œillades complices et, quand l'une des deux souriait, l'autre s'assurait que personne n'avait repéré la bulle magique qui les séparait du reste.

Un soir, ils étaient réunis pour dîner autour de la table en noyer, à laquelle Frau Anna tenait beaucoup : elle soupirait d'aise chaque fois qu'elle l'effleurait, et se transformait en furie quand une des domestiques y passait la brosse avec trop d'insistance.

— Benjamin n'a jamais parlé ? demanda soudain la femme en dépliant sa serviette sur les genoux.

— Tout petit il pleurait et criait, mais il n'a jamais appris à parler. Maman disait que c'était à cause de l'accident.

Le matin où ils étaient allés à la crèmerie, les soldats étaient venus chercher le garçon qui se cachait à la cave : il y avait eu une bagarre, les gens apeurés s'étaient pressés dans la boutique, elle n'avait pas eu le temps de voir ni de comprendre. Un soldat avait tiré sur la vitrine, les éclats de verre avaient volé partout. Emma et sa mère, qui tenait le petit dans ses bras, s'étaient retrouvées acculées dans un coin. Emma n'arrivait plus à respirer. Tout le monde poussait et jouait des coudes pour se cacher sous le comptoir. C'est là que la petite tête de son frère avait été touchée. Toutefois, elles ne s'en étaient pas rendu compte sur le moment. Il ne saignait pas, il n'avait pas d'hématome. Emma avait compris avec le temps que les blessures les plus profondes ne saignent jamais.

— Il joue toujours dans l'herbe, réfléchit Frau Anna, concentrée sur le magret de canard qu'elle découpait. Hier il a lancé un caillou sur Kiki.

Était-ce un enfant agressif qui avait grandi comme un sauvage ? Certes il était bizarre, on ne pouvait pas le nier.

— Il voulait attirer l'attention, le défendit Emma. Comment peut-il faire, sans parler ?

— Il est très doué en dessin, maman, l'interrompit Kiki. Vraiment doué.

Emma allait réagir – que lui passait-il par la tête ? – mais Kiki lui adressa un clin d'œil.

Silence. Bruits de couverts.

— Parfait, encore un artiste, il ne nous manquait plus que ça.

Frau Anna se força à sourire. Elle n'avait plus envie de poser de questions.

— Elle pense à Fraulein Wezil, murmura Kiki. La professeur de dessin que mon grand-père fit venir à la villa pour apprendre à peindre.

Emma suivit le regard de Kiki, qui se posa sur un des drôles de gros pigeons dessinés en trompe-l'œil sur le mur.

— C'est censé être une colombe, c'est lui qui l'a peinte, dit son amie avec un sourire malicieux.

Elle allait ajouter quelque chose, mais elle n'en eut pas le temps, car Mme Weisshorn, la cuisinière, poussa un cri qui les fit sursauter. Dans le vacarme de casseroles et de porcelaine qui tombaient sur le sol, le hurlement de Benjamin s'éleva, plus fort et terrible que le reste.

Emma courut à la cuisine. Son frère était là, en compagnie de l'une des domestiques de Frau Anna et de la cuisinière.

Écarlate, il haletait en fixant un grumeau gélatineux sur le sol, sans réussir à se calmer.

Mme Weisshorn se leva et parla au-dessus de ses cris :

— Il jouait avec une sorte d'insecte… de… d'araignée, il l'avait dans sa main, il la faisait sauter entre ses doigts, je l'ai prise et j'ai…

Elle désigna la petite tache noire sur le sol, sur laquelle tous les yeux étaient rivés.

— La cuisine doit être propre, balbutia-t-elle pour s'excuser.

Emma essaya de prendre son frère dans les bras, mais il la griffa.

— Mon Dieu, il a le diable au corps, souffla Frau Anna.

— Calme-toi, Benjamin.

Mais sa voix la plus douce ne fonctionnait pas. Emma ne put rien faire qu'attendre, comme les autres, que la fureur se calme, pendant que Benjamin mettait en pièces son monde, leur monde, arrachait son maillot de corps, se libérait de son pantalon comme d'une chrysalide trop étroite qui le serrait et l'étouffait.

Elle demanda aux autres de sortir. Kiki referma la porte derrière eux et Emma se retrouva seule avec son frère et Annika, l'aide de Mme Weisshorn, qui n'avait pas voulu les laisser. La fureur avait cédé la place à la fatigue.

— Il va se calmer, la rassura la femme en lui tendant un linge imbibé d'huile parfumée, de lavande ou de jasmin, Emma était trop troublée pour le deviner.

Elles enveloppèrent Benjamin d'une couverture, le firent asseoir et, quand sa respiration se calma, elles l'emmenèrent dans sa chambre. Quand elles remontèrent le couloir et passèrent devant le salon, Emma sut qu'elle ne supporterait pas la pitié de Kiki, et encore moins le mépris de Frau Anna, sous-entendant qu'elle avait prédit la catastrophe, mais que personne ne l'avait écoutée. Elles pressèrent le pas. Son frère marchait entre elles, caché sous la couverture tel un moine en pénitence.

Benjamin s'endormit à même le sol, parce qu'il ne voulait pas s'allonger sur son lit. Emma le laissa faire. Elle sentait la colère monter. Elle était de nouveau seule. Pourquoi devait-elle toujours ressentir pour deux ? Double douleur, double honte.

Il avait tout gâché, comme les autres fois, en effaçant les possibilités qui s'offraient à eux. Personne n'allait plus vouloir d'eux après cette scène : elle, une fillette empotée ; lui, un garçonnet possédé par le diable.

Emma n'avait jamais eu d'amis. Comment expliquer ce qu'elle vivait chez elle – avec son frère « bizarre » – sans que cette étrangeté se retourne contre elle, sans que les autres la retrouvent dans sa chair, dans son attitude, dans sa façon de parler, héritée par le sang comme la couleur de ses yeux ou de ses cheveux ?

Elle passa la nuit à s'occuper de leur linge. Elle lava les taches et les pensées tristes, consciente que même la villa ne pouvait pas les protéger d'une chose qui était plantée en eux, comme une mauvaise graine. Pourtant, elle avait espéré de toutes ses forces. Elle jeta un coup d'œil au tiroir des petits cailloux : une graine qui avait pris racine en Benjamin, pas en elle. Elle ne devait jamais l'oublier.

Elle arracha les dessins un à un et les déchira, jusqu'à ce que les murs redeviennent blancs. Elle n'hésita pas, même quand elle eut un doute : c'était sa mère qui avait offert les crayons de couleur à Benjamin. Balayait-elle quelque chose qui le reliait à son souvenir ?

Elle ouvrit le tiroir et ramassa les cailloux – ils tenaient tous dans la paume de sa main – ornés de formes dessinées, si proches de la réalité, si empreintes de détails, qui lui racontaient le temps que son frère avait passé, immobile, à observer des créatures répugnantes et inutiles, minuscules et dénuées de sens, sans but sinon celui d'être chassées ou balayées avec la crasse et la poussière. Elle les jeta dans la bassine, dans de l'eau savonneuse. Ils avaient l'air légers, comme si l'eau changeait leur substance. Elle attendit que les couleurs s'estompent. Des pattes et des têtes fondirent, s'effacèrent jusqu'à ne plus rien signifier, et les cailloux redevinrent roche nue. De petits cailloux tous semblables, du même ton terreux, de la même forme, avec la même surface vide et lisse, à la fois innocente et rassurante.

9

Vieilles photos

Nino posa son téléphone portable sur la table, bien en évidence, et sa pochette d'ordinateur par terre. Il avait renoncé à un certain nombre d'heures de sommeil pour chercher et installer un logiciel d'archivage. En réalité, il ne comptait pas s'en servir uniquement pour la Villa Freiberg, mais c'était une autre histoire, qu'il n'avait pas envie de raconter à Bess.

— Je suppose qu'on n'en aura pas besoin pour le moment. Combien de temps on a pour nettoyer cette décharge, trouver des choses intéressantes, les répertorier et les cataloguer ? demanda-t-il en regardant autour de lui.

— Jusqu'au printemps prochain.

— Dix ans ne suffiraient pas, Bess. Entre le travail au bureau et les clients à suivre, il faudra y passer chaque minute de libre, tous nos week-ends. Nos vacances, même. En ce moment les journées sont longues, mais en hiver ? Elle est chauffée, la maison ?

— Bien sûr.

Nino accueillit la nouvelle avec soulagement.

— L'étage aussi ?

— Ah oui, à ce sujet…

— Es-tu en train de me dire qu'on va se geler là-haut ? Je parie qu'il n'y aura même pas l'électricité, on travaillera dans le noir !

Partout où Bess posait les yeux, elle voyait un nouveau problème à régler. Elle commençait à comprendre ce que signifiait se sentir en cage, comme les oiseaux derrière eux. Toutefois, il y avait une bonne nouvelle.

— Viens voir ce que j'ai trouvé.

Elle avait ouvert l'album de Kiki. Nino, qui s'était mis à éternuer, s'assit à côté d'elle.

— Le grand-père de Kiki, Hans Freiberg, était un collectionneur, même si sa véritable activité était le commerce de vin. Hans est venu en ville pour soigner sa femme de la tuberculose.

Bess feuilletait les pages, effleurait les photos en noir et blanc des bâtiments Art nouveau grandioses, toujours sur fond de montagnes.

— Tu sais combien de lieux de culte il y a dans ce village ? Ils représentent au moins cinq confessions, et remontent tous au début du siècle dernier. Entre autres, une synagogue, un temple luthérien, une église orthodoxe : tout ça dans un si petit bourg ! Mais qui possédait un trésor : de l'air pur et des cliniques d'avant-garde ouvertes par des médecins juifs, avant qu'ils soient chassés. Les riches de toute l'Europe ont suivi la mode lancée par l'impératrice Sissi et y ont construit leur résidence.

Nino venait d'une ville chaude, baignée par la mer. Pour lui, les montagnes signifiaient doudounes en été et après-ski dès les premières neiges. Il ne comprenait pas comment cette grisaille constante pouvait soigner.

— La femme de Hans, Paula, est morte prématurément et il a jugé que leurs quatre enfants, encore jeunes, avaient besoin de stabilité. Alors il a acheté cette villa et ils s'y sont installés avec une armée de domestiques. Anna, la mère de

Kiki, était la plus jeune. Elle en a hérité à la mort de Hans, avec sa collection. Elle y a toujours vécu, même quand son père est reparti en Allemagne.

Bess avait effectué des recherches, et Flora s'était révélée une excellente source d'informations.

— Une collection dont on ne voit pas l'ombre.

— Regarde tous ces voyages, poursuivit Bess en lui montrant les cartes postales : la tour Eiffel, l'Amérique du Sud.

Nino, dont le nez coulait, se cacha derrière un mouchoir froissé, au coin duquel sa femme avait brodé ses initiales.

— Tu es sûr que ça va ?

— Il y a des tonnes de poussière ici, Bess. Des acariens, et je ne sais quels autres animaux que je n'ai aucune envie de rencontrer, répondit-il en se dirigeant vers la fenêtre.

Pendant que Nino lui parlait allergies et antihistaminiques, et lui listait les insoupçonnables maladies que pouvaient transmettre les acariens, Bess se demandait ce que signifiait transformer en musée une maison habitée pendant trois générations, pleine des souvenirs que chacun de ses habitants avait accumulés, conservés et aimés, ou peut-être juste oubliés ou perdus. Elle ignorait la réponse à la plus naturelle des questions : qui étaient les habitants de la Villa Freiberg ?

Photographies et cartes postales d'Espagne, de Prusse et d'Amérique du Sud. À quelle époque était-ce ? Sans doute au début du XXe siècle. Les gens voyageaient-ils vraiment autant ? Elle, elle avait du mal à aller voir la mer. La côte était à moins de trois heures de route, et cela lui semblait incroyablement loin.

Sur une photo en noir et blanc, Kiki, âgée de quatre ou cinq ans, portait une robe à fleurs au-dessus du genou, dont dépassait une culotte blanche. Ses chaussettes en dentelle, blanches également, étaient roulées sur ses chevilles. Ses cheveux étaient coupés à la garçonne. Bess sourit : sa frange raide et volumineuse, qui descendait sous ses sourcils, ressemblait à celle qu'elle avait connue. Elle n'avait probablement pas changé de coiffure de toute sa vie. D'une main, Kiki serrait un petit bâton, l'autre main tenait celle de son grand-père, un homme à la moustache épaisse et aux lunettes rondes, chapeau d'explorateur sur la tête, gilet à rayures sur une chemise blanche, cravate, longues jambes arquées, hautes bottes de cuir, canne élégante, veste posée sur le bras. Bess l'imaginait se promener en ville dans une rue passante, longeant les vitrines des magasins. Mais Kiki et lui se trouvaient dans de hautes herbes. Derrière eux, les montagnes.

Elle avait les sourcils froncés, lui souriait derrière sa moustache. La date figurait au dos : 1930.

— Flora m'a raconté que le père de Kiki partait souvent pour son travail. Sa mère et elle restaient avec les gouvernantes, les cuisiniers et les jardiniers.

Ou avec son grand-père, pensa-t-elle. Mattia ne connaissait pas ses grands-parents. Pour lui, ils n'étaient que des noms qui signaient une carte à Noël et à son anniversaire. Les parents de David y ajoutaient de l'argent. De simples noms, même s'il y avait aussi une photo, une seule, que Bess avait emportée chez elle, sur laquelle ses parents posaient, jeunes, les cheveux longs, à un concert hippie.

Nino avait ouvert grand la fenêtre et inspirait à fond, les yeux rouges. Bess lui indiqua certaines photos. Sur l'une, un homme en uniforme jouait avec un singe assis sur son épaule. Sur une autre, il guidait des soldats à cheval. Le salut romain, qu'il pratiquait fièrement sur la troisième, laissait peu de place à l'imagination.

— Un soldat.

— Un général, précisa Bess.

Qui avait mené de nombreuses opérations et campagnes militaires entre les années 1930 et 1940, assez pour remplir un album.

Guerre en Grèce, missions à la frontière. Sur la photo avec le singe, le lieu indiqué était de toute évidence erroné. Bess connaissait bien les paysages des plaines autrichiennes et doutait qu'il y ait des palmiers dans les environs de Salzbourg. Cette photo, dont le coin supérieur droit était effacé, comme toutes les autres, avait probablement été prise quelque part en Afrique. Où un général de l'armée pouvait trouver divertissant de se faire tirer le portrait avec un singe. Peut-être avait-il pensé à Kiki et à son sourire quand elle le verrait en si étrange compagnie.

Néanmoins, les hommes fiers, à la peau sombre, alignés derrière lui, n'avaient pas l'air de s'amuser. Ils portaient une tenue occidentale assortie à l'uniforme du général. Mais leurs yeux noirs lançaient des regards indéchiffrables.

Quelqu'un avait eu l'idée de noter cet endroit improbable – Salzbourg. Une erreur grossière. Un moment de distraction ?

L'écriture était irrégulière et incertaine, comme celle d'un enfant. Était-ce Kiki elle-même qui avait classé les cartes postales que lui envoyait ce père lointain ? Était-ce ainsi que naquit sa passion pour les objets, sa manie de conserver les cadeaux pour reconstruire, à l'intérieur de la villa, un monde exotique et lointain, afin que reviennent ceux qui étaient partis ?

Nino ne semblait pas avoir l'intention de l'aider. Il regardait le jardin.

— Viens voir, Bess.

— Je sais, il y a une colonie de chats. Ils se sont installés et je crois qu'il est impossible de les déloger.

Bess était reconnaissante envers Nino d'être là avec elle. Chaque matin, il laissait sa voiture au bout de la rue, pour éviter de rayer la carrosserie en passant entre les branches qui entouraient le portail. Cependant, à ce moment précis, ce n'étaient ni les chats ni la jungle qui attiraient son attention.

— Et ton amie, la dame aux chats ?

— Nous avons un accord. Elle vient chaque soir leur laisser de la nourriture et de l'eau fraîche.

Bess prit conscience que le temps avait passé très vite. Le ciel s'assombrissait, pourtant sa journée était loin d'être terminée. Mattia l'attendait peut-être déjà.

— Elle t'a donné l'impression de chercher les embrouilles ? poursuivit Nino.

Agacée, Bess le rejoignit à la fenêtre pour comprendre où il voulait en venir. Sous leurs yeux, la vieille femme rabougrie faisait des moulinets avec ses bras en indiquant les haies. Elle parlait avec un type dont le visage était caché sous une casquette de baseball. Elle gesticulait, visiblement très agitée. Elle s'interposait entre lui et la villa, lui barrait la route. Bess observa l'homme : costaud, mains dans les poches, épaules voûtées. Il semblait vouloir prendre le moins de place possible.

— C'est l'homme qui s'arrête toujours ici.

— Tu le connais ?

Il était difficile de ne pas le remarquer : chaque soir, à la même heure, ce type laissait son vieux vélo dans les buissons à côté du portail, jetait un coup d'œil à la villa puis, sans un bruit, s'en allait. Chaque soir. Qu'il pleuve ou qu'il vente.

Peut-être que cette fois, les soupçons de Flora étaient justifiés.

— Je vais aller voir. De toute façon, j'allais arrêter, Mattia m'attend, dit-elle en retournant à la table pour prendre son sac.

Elle y glissa l'album, elle le regarderait dans la soirée.

— Je vais rester pour ranger un peu les papiers, soupira Nino.

Bess lui lança un regard coupable.

— File, l'encouragea-t-il avec un clin d'œil.

Charlie courut à sa rencontre. Flora, elle, ne parut pas la remarquer. Elle criait, les bras levés :

— Des saucisses au ketchup et au curry ! Une idée de génie, mon bon monsieur. Vous avez l'intention de tuer ces pauvres chats ?

— Je croyais qu'ils avaient faim. Ils poussaient des cris bizarres.

— Ça s'appelle le mal d'amour. Vous allez m'expliquer, à moi, comment s'en occuper ?

Quand Flora sentit la présence de Bess, elle se retourna, mais sans quitter l'homme des yeux.

— Oh, Bess. Regardez ça, lui, c'est monsieur Albert, et il a décidé de s'introduire dans la villa pour nourrir les chats. Du moins c'est ce qu'il raconte.

Bess tendit poliment la main, pour contrebalancer l'accueil peu cordial de Flora. L'homme la lui serra, reconnaissant, avec plus de force et de chaleur qu'elle ne l'aurait imaginé. Il retira sa casquette et la frotta contre son front, visiblement épuisé par la discussion.

— Je ne savais pas que quelqu'un s'occupait d'eux, je ne voulais pas entrer en cachette.

— C'est pourtant ce que vous avez fait, intervint Flora.

— Je suis passé par le même endroit que vous, s'excusa Albert, qui commençait à perdre patience.

— Moi je n'entre pas en cachette. J'ai une autorisation en bonne et due forme. Dites-le-lui, Bess.

— Écoutez. Ça ne m'intéresse pas. Je vous ai déjà dit que ça n'arriverait plus. Je suis une personne comme il faut, ma fille a travaillé dans cette villa et je ne voulais pas m'attirer d'ennuis.

Bess le regarda plus attentivement. Maintenant, la ressemblance paraissait évidente.

— Vous êtes le père d'Alice ?

L'homme acquiesça. Il avait les yeux verts, derrière ses lunettes. Et il l'étudiait avec la même curiosité qu'elle.

— Je pense qu'il y a un malentendu, Flora. Je suis certaine que ce monsieur n'avait aucune mauvaise intention.

Albert lui sourit avec gratitude et remit sa casquette. Flora en revanche ne comprenait toujours pas, ses yeux méfiants passant de lui à Bess. Elle l'écouta avec attention quand il expliqua qu'il travaillait à la coopérative maraîchère à côté de la clinique de soins palliatifs. Bess et elle savaient qu'il s'agissait en fait d'un centre où l'on traitait les addictions. À leur guérison, certains patients restaient dans la région et trouvaient un emploi stable. Aucune des deux ne l'interrogea sur sa propre histoire, ni sur la dépendance dont il s'était libéré. Mais Flora sourit à Bess avec un éclair de triomphe dans le regard, signifiant « Je vous l'avais bien dit ».

— Donc vous avez des outils pour tailler les grands arbres, supposa Bess, qui imaginait déjà comment mettre tout le monde d'accord.

— Pas vraiment. Nous cultivons des fruits et des légumes dans de petites serres. Mais il suffirait de s'organiser.

Ils avaient besoin de quelqu'un pour s'occuper du parc et les aider à désencombrer la villa, expliqua Bess. Elle trouvait rarement la chance sur son chemin, alors elle ne comptait pas lui fermer la porte. Et puis, elle voulait savoir ce qui était arrivé à Alice.

— Tant qu'il laisse les chats tranquilles et qu'il s'occupe de ses affaires, grommela Flora quand elles se retrouvèrent seules.

10

Si tu restes avec moi, je te raconte une histoire

— C'est la femme pour qui tu travailles ?

Bess et son fils étaient assis sur le canapé, entre les coussins froissés et le carton qui sentait la sauce tomate au basilic. C'était Mattia qui avait eu l'idée de la pizza, et Bess avait approuvé. Elle avait besoin de revenir en arrière, quand il était enfant et la contemplait comme le soleil après une semaine de pluie. À quel moment son fils avait-il cessé de la percevoir ainsi ?

— C'est Rosamaria – Kiki –, la femme qui m'a confié la villa.

— Elle s'en sortait bien, à mon âge ! Une belle maison, une famille…

Mattia n'acheva pas sa phrase. La culpabilité de Bess imagina la fin : « Une vraie famille, unie. » Un instant, elle regretta d'avoir rapporté ces photographies.

— Deux chiens, un cheval, quatre domestiques, ou plutôt cinq personnes à son service, en comptant le frère, se corrigea Mattia. Que dire ? Félicitations, maman, conclut-il en lui rendant l'album d'un air ennuyé.

Sa tentative d'impliquer son fils dans la découverte la plus stimulante de sa vie tombait à l'eau.

— Tu critiques toujours les réseaux sociaux, mais s'ils avaient existé à cette époque, tu saurais tout, même ce qu'ils mangeaient au dîner, reprit Mattia. Tu aurais tout à disposition. Quoi qu'il en soit, bon courage, lança-t-il en se levant.

Il entreprit de débarrasser avant de s'interrompre pour ajouter :

— Ah, au fait, tu devrais appeler mamie, hier c'était son anniversaire.

Pour Bess, il était terriblement difficile d'oublier sa mère, parce que d'année en année elle trouvait qu'elle lui ressemblait de plus en plus, ce qui ne la réjouissait pas.

— Depuis quand tu ne lui as pas rendu visite ?

— Dès que le travail me permettra de respirer, j'irai.

— Tu dis toujours ça.

Mattia replia les cartons de pizza, les jeta à la poubelle, rinça les verres et les sécha soigneusement avant de les ranger dans le placard vitré. Ensuite il alla dans sa chambre et referma la porte derrière lui sans faire de bruit.

Bess n'avait aucune raison de se mettre en colère. La chambre de Mattia était son royaume et ils avaient un accord à ce sujet. Pour le reste, son fils respectait les horaires et laissait un mot sur le frigo pour prévenir s'il rentrait tard. Il avait de bonnes notes et était sportif. Il ne faisait jamais ni moins ni plus que ce qu'elle attendait. Pourtant, Bess aurait préféré avoir une raison de se fâcher contre lui – *et ensuite faire la paix*, pensa-t-elle avec nostalgie – plutôt que d'affronter ce vide qui la dévorait de l'intérieur. Son fils n'avait témoigné aucun intérêt pour la Villa Freiberg, or ce projet occupait la majeure partie de son temps. L'indifférence de Mattia était une gifle qui la forçait à s'interroger sur sa vie. Ce qui avait de la valeur pour elle, ce pour quoi elle se donnait corps et âme, importait donc si peu ? Quand on a l'habitude du noir, même le gris paraît lumineux. Était-ce pour cela qu'elle s'agrippait à cette histoire ? Pour continuer à se sentir importante ?

Elle l'avait dit à Kiki le jour où elles s'étaient retrouvées au chaud dans sa voiture, en plein orage. La femme venait de l'accuser de manquer de sagesse, comme les jeunes : il fallait accepter le beau temps comme le mauvais, parce que tout ne dépend pas de nous. Et quand Bess lui avait répondu qu'elle se croyait capable de changer les choses, la femme s'était tue.

— Il faut au moins essayer, Kiki. Pas de commander le ciel, mais de faire ce qui est juste.

— Vous êtes trop jeune. Quand vous aurez mon âge, vous comprendrez qu'on ne sait jamais ce qui est juste, jusqu'à ce que l'on regarde en arrière. Et là, c'est trop tard.

— Quand je regarderai en arrière, au moins je verrai que j'aurai essayé. Et je me pardonnerai mes erreurs.

Maintenant que Kiki la mettait à l'épreuve, un doute assaillait son fragile château de certitudes : était-il si important de savoir se pardonner ? Rien ne comptait, si cela ne suffisait pas à Mattia.

Une fois seule, elle continua à feuilleter l'album. Les membres du personnel de la villa étaient identifiables à leur uniforme et à leur coiffe blanche. On les distinguait des autres, comme l'enfant à côté de Kiki, qui souriait à l'objectif et que Mattia avait pris pour le frère de la jeune fille. Elle se demanda de qui il s'agissait. Elle ne savait pas si elle avait un frère. Ni qu'elle avait une amie, Flora, et un père général. Elle en savait finalement assez peu sur Rosamaria.

Quand son portable sonna, elle répondit distraitement. Elle réfléchissait toujours aux questions qu'elle allait poser à Flora le lendemain, en faisant tourner dans ses mains la balle en cuir à picots qu'elle avait jetée dans son sac avec l'album. Elle l'aidait à se concentrer. Un excellent remède contre la tension. À l'autre bout du fil, Nino, plus nerveux que jamais, essayait de lui expliquer ce qu'il s'était passé.

— Je suis désolé, Bess, je ne croyais pas que c'était possible.

Bess ne comprenait rien. Elle pensa à la villa, aux chats tellement paresseux et étourdis que, tôt ou tard, ils risquaient de finir sous les routes d'une voiture.

— Je voulais juste combler la brèche. J'ai trouvé des planches sous le porche hier soir. Je ne pouvais pas imaginer que quelqu'un entrait par là.

— Quelqu'un, qui ?

— Ton amie, la dame aux chats.

Alors qu'il finissait de mettre de l'ordre dans les papiers, Nino avait entendu un bruit sourd. Quand il avait regardé par la fenêtre, il avait vu Flora allongée sur les planches et Charlie qui sautait autour d'elle, désespéré.

— Elle a décroché les planches une à une. Et ensuite, quand elle a essayé de se glisser pour nourrir les chats, elle a trébuché sur la dernière, la plus proche du sol.

— Et comment va-t-elle ? demanda Bess qui ne comprenait pas pourquoi Flora était retournée à la villa ce soir-là, les chats n'avaient-ils pas eu assez à manger ?

— Pas bien du tout, Bess, répondit Nino, mortifié. Elle est à l'hôpital.

Le lendemain, Bess entra dans la chambre de Flora avec un bouquet de fleurs cueillies à la villa. Elle avait choisi des marguerites blanches et des campanules violettes, entre les tiges desquelles elle avait glissé quelques boutons-d'or. La femme était étendue sur un lit d'hôpital, adossée à plusieurs oreillers. Elle était seule dans une chambre double. Le téléviseur était allumé. À part le pansement qui lui recouvrait la joue droite et sa jambe bandée, elle semblait plus radieuse que jamais.

— Bess ! Vous saviez que dans cet hôpital toutes les chambres ont la télévision ? Regardez, il y a trente-huit chaînes. Oh, un concert !

De la musique folk, des chanteurs qui évoluaient devant des paysages improbables de montagnes, sur fond de ciel en technicolor, et de faux balcons desquels descendaient de faux géraniums.

— Quels beaux vêtements !

Flora flottait parmi les images. Bess aurait voulu lui dire qu'elle détestait la musique folk.

— Vous avez vu, reprit la vieille dame, ces femmes en costume d'antan, ces hommes en *Lederhose*, en culotte de cuir. Et cette musique, on n'entend plus d'aussi belles chansons. Quand j'étais petite, on dansait à la fête des vendanges. Il y avait de beaux garçons, vous savez ? Je me suis bien amusée. Vous avez un mari, vous ?

Bess, qui était arrivée avec mille questions, était contrainte de répondre à la seule qu'elle évitait depuis toujours.

— J'en ai eu un il y a longtemps, mais on ne s'entendait pas. Trop différents.

— Je comprends. Je parlais de ça avec Kiki. Mais pas souvent, parce que ça ne l'intéressait pas beaucoup. Elle affirmait qu'une femme peut très bien se débrouiller seule. À mon avis, il faut un homme, et ce n'est pas une question de féminisme ou de parité. L'amour, c'est fondamental. Moi, j'ai rencontré mon Karl tard et quand il est parti je n'ai plus voulu de personne. J'aurais pu, vous savez, ajouta-t-elle avec un sourire malicieux et les yeux brillants. Encore aujourd'hui. Dans la chambre d'à côté, il y a un monsieur qui m'a offert son jus de fruits ce matin, et ce soir aussi. Il dit qu'il me le met de côté. Bon, il serait trop vieux pour vous, j'imagine.

— Kiki a été mariée ? hasarda Bess.

— Non, bien sûr que non. Je crois qu'elle est tombée amoureuse une seule fois, et ça ne s'est pas bien terminé, répondit-elle en faisant signe à Bess d'approcher. Je crois que son fiancé est mort dans un accident de voiture, une voiture de sport, précisa-t-elle en ajustant ses oreillers. En revanche, elle a fait tourner la tête de beaucoup d'hommes. Jeune fille, elle passait l'été à la montagne. Dans la maison d'en face, il y avait un jeune homme, et un soir il est venu la voir. On raconte qu'il n'est pas rentré cette nuit-là et, le lendemain, tout le monde était furieux. Kiki était plus âgée que lui, elle devait avoir vingt ans, lui, à peine seize. Il a été renvoyé chez lui et Kiki s'est fait passer un beau savon. Son père s'est mis très en colère, pourtant elle était sa préférée. Cette histoire a provoqué un scandale. Mais moi, elle m'a dit qu'ils n'avaient rien fait. Peut-être un baiser, murmura-t-elle.

— Vous voulez dire « préférée » par rapport à un frère ? Ou à une sœur ?

Flora réfléchit.

— Non. Kiki était fille unique, et personne de sa famille élargie ne vivait à la villa. Vous et cette fille rousse, vous étiez les premières à lui rendre visite, depuis que je la connaissais. Je dis « préférée » parce que son père avait un faible pour elle. Sa mère le répétait : « Vous êtes aussi collés l'un à l'autre que le sucre sur les beignets ! » Frau Anna, elle, ne s'entendait pas avec son mari. Vous savez, le père de Kiki était un général, de ceux qui…

Elle hocha la tête en écarquillant les yeux derrière ses lunettes.

Bess n'était pas certaine d'avoir compris.

— Enfin, on ne peut pas parler de ces choses aujourd'hui… reprit Flora. Le monsieur qui m'offre les jus de fruits, il n'a rien oublié de la guerre. Mais moi, si. Moi, ma vie a commencé après, quand les soldats sont partis et qu'on a pu faire ce qu'on voulait. Pendant la guerre, j'étais enfant. J'ai passé un hiver à la villa. Quand mon père et moi sommes rentrés d'Allemagne. On était des optants[1], vous voyez ? Il avait

1. Citoyens italiens germanophones ayant décidé de partir vivre en Allemagne pendant le IIIe Reich. *(NdT)*

cru à la proposition de Hitler faite aux citoyens allemands en 1938 : quitter l'Italie pour une parcelle de terre dans le Reich. Ceux qui restaient seraient assujettis à la loi italienne, qui considérait les Allemands comme une minorité qu'il fallait convertir de force aux valeurs fascistes. Ce qui signifiait italianiser son nom de famille, ne plus fréquenter les écoles allemandes, qui étaient de toute façon fermées, à part quelques enseignants courageux qui faisaient classe en cachette dans des granges. Changer d'identité, en somme. Mon père ne voulait pas – et à l'époque c'était le père, le mari, qui choisissait pour toute la famille. Nous, on n'était que deux. Il a rendu notre petit appartement du centre-ville et à la place le Reich lui a donné des papiers officiels, deux billets de train et la promesse d'un logement en Allemagne. Mais le logement était un taudis. Alors nous sommes revenus dans le Haut-Adige, et nous avons fini à la villa. Comme des réfugiés. Je l'avais souvent regardée de l'extérieur, à travers les grilles du portail ou par-dessus les murets, comme on convoite un beau chapeau à voilette dans une vitrine. Vous aimez les chapeaux ? Ça vous irait bien, vous savez. Un chapeau à fleurs en paille tressée.

Bess lui sourit avec embarras.

— Ç'a été la plus belle période de ma vie, poursuivit-elle. Il y avait d'autres enfants. Je me souviens d'un petit garçon de mon âge, toujours dans son coin. Il ne parlait pas. J'ai entendu dire qu'un jour il a disparu. Je me demande si on l'a retrouvé.

Flora tendit le bras pour attraper une barre chocolatée sur la table de nuit.

— Il faut bien se nourrir, déclara-t-elle en la grignotant avec satisfaction.

Puis elle se perdit dans les images de la télévision.

— Vous étiez en train de parler de l'enfant disparu.

— Ah, oui.

— Vous savez ce qu'il lui est arrivé ?

Enfin Flora se tourna vers elle et parut se souvenir de sa présence.

— C'était la guerre, Bess. Les gens arrivaient et disparaissaient. Et personne ne s'intéressait aux enfants sans famille.

— Donc il était orphelin ?

— Pourquoi toutes ces questions ? J'ai oublié, Bess. J'ai dit ça pour parler. Les choses étaient ainsi. Ça arrivait. Ça arrivait aussi qu'une des filles qui aidaient pour le ménage revienne des vacances avec quelques kilos en trop, qui n'avaient rien à voir avec le strudel. On jouait ensemble, les enfants des Freiberg et ceux des domestiques. C'était le bon temps, vous savez. C'était dur pour tout le monde, mais, là-bas, on vivait en autarcie. Le grand parc, les fêtes, le luxe. Les invités importants, murmura-t-elle, les yeux dans le vide. Nous, les plus jeunes, nous courions à la rencontre des voitures noires qui remontaient l'allée. Mais je ne comprenais rien, à l'époque. Et Kiki encore moins. Elle ne voyait pas ce qui se passait dehors. Toutefois, le 16 septembre fut un jeudi terrible, ça oui, Kiki s'en souvenait bien. Je me rappelle la date parce qu'on en a parlé la dernière fois qu'on s'est vues, quand elle m'a confié Charlie. En ville, personne n'a oublié cette matinée de septembre, même s'ils ont tout mis en œuvre pour faire croire que ce jour n'avait jamais existé. C'est alors que j'ai vu l'homme.

— Je croyais que vous parliez d'un enfant, dit Bess, perdue.

— Oh non, ma chère Bess, reprit Flora en déballant une autre barre chocolatée. Il n'a rien à voir dans cette histoire. Moi, je vous parle de l'homme qui a tout changé, chuchota-t-elle en détachant les mots.

1943

L'homme au chapeau bleu-gris

Le visage de l'homme était caché sous son borsalino bleu-gris. Emma ne distinguait pas ses traits, mais elle voyait bien Frau Anna qui lui souriait. Son rouge à lèvres était foncé et elle retira son gant d'un geste gracieux. Ce matin-là, pour descendre en ville, elle avait choisi un tailleur à rayures et des chaussures à talons compensés. Elle resplendissait. Emma, elle, ne pouvait s'empêcher de penser à Benjamin, qui était resté avec Annika à la villa. Elle aurait peut-être dû l'emmener avec elle.

— Elle est toujours comme ça quand Herr Gunther arrive, lui dit Kiki après avoir salué l'homme de la main avec un sourire aimable, mais forcé.

Elle avait poussé Emma vers les fontaines du jardin et elles marchaient côte à côte.

— C'est un ami à elle, un professeur d'Innsbruck. Il a écrit un livre. Mais quand ils parlent je ne les écoute pas, parce que ça me donne le vertige.

Kiki avait reçu l'ordre de l'appeler tonton, toutefois il ne lui venait pas à l'idée de le saluer comme s'il était vraiment son oncle, en lui sautant au cou. C'était généralement lui qui, voyant qu'elle ne bougeait pas, la complimentait sur sa nouvelle robe ou lui faisait remarquer qu'elle avait grandi. À quatorze ans, elle savait reconnaître le parfum d'un homme et se tenir loin de ses étreintes qui serraient trop fort sa jeune poitrine. Sa peau devenait également plus sensible, presque électrique, au fur et à mesure qu'elle grandissait, que son cou et ses mains se fuselaient, que ses cheveux devenaient plus soyeux, moins dorés et sauvages.

Kiki observait les minauderies de sa mère.

— Si tu voyais ça, quand il vient lui rendre visite…

Sa présence agitait les domestiques, sa mère fumait des paquets entiers de cigarettes en choisissant ses vêtements et se faisait friser les cheveux au fer. Surtout quand son père n'était pas à la maison.

— C'est un type du parti, un gros bonnet, même si je n'y connais rien à la politique, conclut-elle en cueillant une fleur.

Emma regarda l'homme qui souriait à Frau Anna.

— Moi, il ne me plaît pas, s'empressa d'ajouter Kiki, comme si elle lisait dans ses pensées. Pas plus qu'à papa.

— Mais ils sont très amis.

— Ça n'a aucune importance pour moi. Et ça ne doit pas en avoir pour toi, reprit Kiki en lui entourant les épaules de son bras, dans une étreinte si agréable qu'Emma en fut désorientée.

Emma n'avait jamais eu d'amies. Les gestes de Kiki la surprenaient, lui donnaient confiance. Elles se comprenaient, comme si elles avaient été nourries de la même terre.

De son côté, Frau Anna n'avait pas encore décidé si cette nouvelle version de sa fille lui plaisait ou l'effrayait. Pour le moment, elle avait un problème plus délicat à résoudre.

— Vous n'avez jamais dit d'où ils venaient, lui fit remarquer Herr Gunther sur un ton qui lui parut distant.

Elle n'avait pas de réponse, ce qui la fragilisait plus que jamais.

— Ce sont les enfants d'un ami mort à la guerre.

Il s'éclaircit la voix.

— En ville on parle beaucoup, et je trouve qu'il y a toujours un fond de vérité dans les bavardages des gens, répondit-il en approchant les lèvres de son oreille. Cet homme, Anna, l'ami de votre mari, était un traître. Or aider un traître vous met dans une situation inconfortable. Et dangereuse.

— Depuis quand un homme de science prête-t-il attention aux rumeurs ?

Anna sourit en regardant une vitrine. Gunther aurait lu la peur sur son visage, si Anna n'avait pas hérité de son père son habileté à mentir pour ne jamais exposer ses blessures. À cet instant, plus que tout, elle désirait rentrer chez elle, se mettre au lit, tirer les rideaux et ne parler à personne jusqu'au lendemain. Cette sortie en ville se révélait une très mauvaise idée. Et un risque inutile : la boutique de fourrures de M. Appel était fermée depuis au moins trois semaines et elle n'en savait rien. Les choses prenaient une tournure qu'elle n'appréciait guère.

Entendant des cris, Emma se retourna. Deux soldats traînaient M. Hammel hors de sa boutique de tapisserie. Elle n'y était jamais entrée, parce qu'il vendait de la marchandise coûteuse, mais elle le connaissait bien. Le vieil homme à la moustache en brosse, les cheveux toujours peignés avec la raie sur le côté, avait été le premier à passer les voir, Benjamin et elle, quand ils s'étaient retrouvés seuls. Il leur avait apporté du jambon et des œufs, et même après le jour où l'homme avait apporté le courrier annonçant la mort de leur père. Il les avait serrés si fort contre lui qu'elle avait senti ses os craquer.

Emma fut choquée de voir le vieux Friedrich se recroqueviller dans la poussière comme un enfant, comme si toutes ses années avaient volé en éclats en même temps que sa dignité.

Les soldats hurlaient, leurs bouches se remplissaient de salive. M. Friedrich, lui, se taisait, le visage contracté par la peur.

— Que se passe-t-il ?

— Rien qui nous concerne, coupa Anna en les entraînant.

Emma sentit la colère monter. Elle tremblait. Le fils et la belle-fille de M. Hammel coururent vers Friedrich pour le protéger des coups de poing et de pied. Derrière eux, parmi les soldats et les villageois curieux, un homme observait la scène, le visage caché sous son borsalino. Frau Anna attrapa Emma avant qu'elle comprenne si c'était vraiment Herr Gunther qui parlait avec les officiers en acquiesçant. Elle n'eut pas non plus le temps de voir si le vieux Friedrich arrivait à se relever.

— Viens !

Elles se frayèrent un chemin dans la foule qui insultait ces porcs de Juifs. Mais les visages qu'Emma voyait défiler à contre-courant ne ressemblaient pas à ceux d'assassins ou de voleurs. C'étaient des femmes, des vieux et des enfants, qu'on avait sortis de force de chez eux.

Les soldats qui les escortaient étaient armés de matraques. Une fillette se tourna vers elle et la fixa longuement, avec des yeux durs, des yeux d'adulte. Elle avait l'âge de Benjamin, elle portait une robe à fleurs légère, parce que la journée était chaude, et une de ses sandales était détachée. Mais personne ne l'aidait à la remettre.

Ils devaient courir, presser le pas sans se retourner. Emma suivit Frau Anna et Kiki sans parler, jusqu'à ce qu'elles aient traversé le pont qui menait de l'autre côté de la ville. Elle ne parvenait pas à oublier cette fillette aux yeux de chouette.

Le soir, Emma se faufila dans la cour intérieure qui donnait sur l'entrée de service de la cuisine. Elle cherchait Kiki. Quand elle entendit les voix de Mme Weisshorn et de Greta, la femme de chambre de Frau Anna, elle s'arrêta. Elles ne parlaient pas du menu du lendemain ni de la viande qu'elles allaient acheter au marché. Elle se cacha derrière les caisses en bois. Dans ses narines, l'odeur des rösti se mêlait à celle du foin séché au soleil, et à celle de la sauge et de la ciboulette qui poussaient dans le jardin des herbes aromatiques.

— Ils les ont emmenés à la Casa del Balilla, ils y sont depuis ce matin, sans eau ni nourriture. Les femmes n'ont pu aller aux toilettes que le soir, après avoir passé des heures dans une pièce aux fenêtres condamnées.

Greta, qui d'ordinaire était toujours souriante, butait sur les mots et avait le visage livide. L'huile grésillait dans la poêle derrière elle, mais elle ne prenait pas la peine de baisser le feu ni de remuer les patates qui brûlaient. Elle racontait.

Les membres de l'*Ordnungspolizei*, le service de sécurité, s'étaient réunis à l'hôtel Bristol, que Mme Weisshorn connaissait bien, car elle y avait travaillé avant que les soldats transforment les cuisines en écuries. Le chef du district avait distribué à ses hommes les armes confisquées aux soldats italiens faits prisonniers, qui les avaient eux-mêmes volées aux officiers fascistes.

Une quarantaine d'hommes, des membres de l'*Ordnungspolizei*, des SS, des SD et de la Gestapo, ainsi que des gens ordinaires, cordonniers et commerçants, et même le photographe du village, s'étaient approchés à tour de rôle. Ils avaient tiré au sort un des papiers posés sur la table, où figuraient un nom et une adresse. Et ils étaient allés les chercher.

Il y avait même des enfants. Mme Weisshorn se signa.

Certains avaient ouvert la porte à un visage ami, avec reconnaissance et un soupir de soulagement, sans savoir ce qui se tramait. Ils avaient préparé leurs valises pendant que leur femme insistait pour que l'hôte reste dîner. Et quand ils avaient découvert que les brûleurs à gaz ne fonctionnaient pas, ils avaient demandé de l'aide aux voisins et réchauffé le dîner sur un réchaud électrique. Ils avaient bu du vin ensemble. Emma se demanda ce que ces hommes avaient ressenti, en acceptant l'invitation alors qu'ils s'apprêtaient à les arracher à leur maison ; les pierres savaient déjà, avant les hommes, que la dévastation allait s'abattre, de même que les chats sentent le tremblement de terre avant qu'il se propage. Ensuite, une fois le vin bu, maris et femmes avaient rincé les verres et fermé la maison. Ils avaient suivi l'ami, le cœur trépidant, mais confiants, parce qu'ils l'avaient connu en culotte courte. Quel mal peut nous causer quelqu'un qu'on a vu grandir et à qui on a offert des bonbons l'été précédent ?

La cuisinière alla remuer les pommes de terre. Elle prit une autre planche à découper, du speck et un couteau.

— Je ne comprends pas pourquoi ils ne se sont pas enfuis, conclut Greta.

— Ils sont vieux. Où veux-tu qu'ils aillent ? rétorqua Mme Weisshorn en coupant le gras en tranches.

À la cuisine, en plus de Mme Weisshorn et de Greta, il y avait Annika, la femme qui était restée avec Benjamin quand il avait retiré ses vêtements et hurlé si fort qu'on l'avait cru fou. Elle essuyait les assiettes, muette. Elle se fondait dans la couleur des murs et ses mouvements étaient tellement silencieux qu'Emma n'avait pas remarqué sa présence. Pourtant, quelque chose en elle éveillait sa curiosité.

— Tu écoutes en cachette ? C'est mal.

Emma se retourna et découvrit Peter, le chauffeur de la famille.

— Je voulais prendre de l'eau, répondit-elle, se sentant stupide d'avoir inventé une excuse aussi ridicule.

— Reste en dehors de ça tant que tu pourras, répliqua-t-il. Tu as de la chance d'être arrivée ici, profites-en, demoiselle. Fais-toi acheter de beaux vêtements par Frau Anna, prends quelques kilos pour l'hiver, et ensuite trouve-toi un bon mari qui t'emmènera loin et réchauffera ton lit le soir.

— Et toi ?

— Moi, je resterai ici pour toujours, je conduirai une vieille Mercedes pour accompagner Kiki et ses cousins au nez retroussé faire des courses en ville, rit-il.

— Où les ont-ils emmenés ?

Peter haussa les épaules.

— Qui peut le savoir ? Au nord, déclara-t-il très calmement.

Il releva le col de sa veste et sortit un paquet de Chesterfield de sa poche intérieure. Des cigarettes américaines. Il en glissa une entre ses lèvres et l'alluma.

— Le monde est plein de choses que tu ne connais pas, Emma. Trop grandes pour toi. Reste ici, tu es en sécurité. Et ne te pose pas trop de questions. Les hommes n'aiment pas les femmes aux yeux ridés et ce sera ton cas si tu passes ton temps à ruminer.

Peter tira longuement sur la cigarette et la lui tendit, mais elle refusa. Le général fumait, et même Frau Anna, parfois. Quand elle surprenait Greta, elle réquisitionnait sa cigarette en faisant semblant de la punir. Après l'avoir fumée, elle s'aspergeait de parfum pour chasser l'odeur.

Peter la regardait. Elle ne savait pas d'où il venait, on disait qu'il était arrivé très jeune à la villa, peut-être y était-il né. Un fils aimé. Emma avait remarqué comment les domestiques riaient entre elles en se poussant du coude, les joues rouges, quand Peter astiquait la Mercedes 170 en maillot de corps, les muscles luisant de sueur, les épaules dénudées.

Que pouvait bien savoir Peter de ce qu'elle et Benjamin avaient vu dehors ? Emma saisit la cigarette qu'il lui tendait toujours.

— Maintenant, tu dois inspirer, comme si tu voulais faire des provisions d'oxygène avant de plonger sous l'eau.

Emma obéit. La saveur arrogante lui envahit la gorge. Elle ne trouva rien d'agréable à cette fumée qui lui remplissait les poumons, presque au point de les faire exploser. Elle tira de nouveau, sans laisser transparaître son dégoût.

Peter riait.

— Fumer, c'est une affaire de grands, Emma. Ça plaît beaucoup dans le monde dont nous venons toi et moi. Tu comprends ce que je veux dire ?

Emma secoua rapidement la tête.

— Je veux dire que c'est un sale endroit, et tu le sais, parce que toi aussi tu t'es enfuie, pas vrai ? lança-t-il en plongeant ses yeux dans les siens. Personne n'apprécie la première bouffée, mais tu finiras par aimer ce que tu détestes. Ce sont des poisons. Des illusions, Emma. Elles te séduisent pour te tuer. C'est pour cela qu'il faut garder les yeux ouverts et ne jamais s'habituer aux gens, à leurs flatteries et à leur gentillesse. Le diable porte toujours ses habits du dimanche, ne l'oublie pas.

Soudain Emma eut froid. Elle se sentit en colère. Parce qu'elle était ici et ne savait pas si ces murs sauraient la protéger. Parce qu'elle n'avait rien décidé. Si elle avait pu, elle aurait serré Benjamin contre elle très fort, pour le défendre contre le reste du monde, qui ne comprenait pas à quel point il était spécial. Différent, comme la fillette aux yeux de chouette qui avait été emmenée.

— Bien, je vois que tu as saisi le sens, Emma. Et ça, dit-il en lui reprenant la cigarette, je la garde.

11

Un excellent début

Le soir, avant de rentrer, Bess passa à l'animalerie qui vendait des objets aussi inutiles que des manteaux pour chiens, des imperméables pour chats et des colliers à nœud papillon. Elle avait cru devoir créer un musée, rendre la vie à une collection, mais elle était tombée sur un zoo, un refuge bancal pour bêtes de toutes sortes, qu'il fallait nourrir. Y compris Charlie. Elle avait proposé de l'héberger le temps que Flora se remette, et maintenant il l'attendait chez elle : c'était sa surprise pour Mattia. Elle imaginait leur rencontre. Mattia lèverait les yeux, les clés à la main, son sac à dos sur l'épaule. « Il va vraiment rester avec nous ? » Elle acquiescerait avec un geste indulgent, et alors son fils lui offrirait un grand sourire, plein de reconnaissance. Peut-être pourraient-ils garder Charlie pour toujours. Si Mattia voulait.

En traversant les rayons remplis de sacs de croquettes et de niches rembourrées où elle se serait volontiers lovée pour dormir, Bess repensa à ce qu'elle avait découvert.

Après sa conversation avec Flora, elle avait essayé de démêler le vrai du faux dans son récit et le lendemain matin, avant d'aller travailler, elle était passée aux archives. Elle avait perdu plus de temps que prévu. Les bureaux se trouvaient dans la vieille ville, à deux pas du centre, à mi-chemin d'une côte éreintante. Elle avait traversé la place, surplombée par les flèches de la cathédrale, et gravi les étroites ruelles médiévales pavées, adossées au versant rocheux de la colline. La tour poudrière, l'ancienne entrée de la ville, devenue dépôt de poudre à canon, la guidait grâce à son drapeau gonflé par le vent.

Les archives, récemment modernisées, étaient climatisées et agréablement désertes. Elle avait découvert que les journaux de l'époque n'avaient pas mentionné les événements du 16 septembre, alors qu'ils étaient assez méticuleux pour reporter un vol de bicyclette. Le *Landeszeitung* titrait sur la disparition de la doyenne des habitants, Celeste Elkan. Il n'y avait aucune allusion à la rafle. En revanche, les témoignages et les livres d'histoire locale concordaient avec la version de Flora, qu'on ne pouvait donc pas accuser de démence sénile ni de tendance à l'affabulation.

Ce matin-là, une quarantaine de personnes avaient été cueillies chez elles et enfermées dans la cave de la Casa del Balilla pendant un jour entier. Elles avaient subi des insultes, des menaces et des fouilles corporelles. Ensuite elles avaient été laissées là, sans eau ni nourriture, jusqu'au soir. Puis elles avaient été chargées dans un convoi qui arrivait de Fossoli. Leurs vêtements estivaux étaient inadaptés à la fraîcheur du soir, elles n'avaient pas pu envoyer de lettres, saluer ceux qui étaient restés – en rentrant, les maris n'avaient trouvé ni leur femme ni leurs enfants –, ou prévenir les voisins, les amis. Effrayées, en tenue légère et sandales, elles avaient franchi le col de Monte Giovo et celui du Brenner, jusqu'au « camp d'éducation par le travail » de Reichenau, dans les environs d'Innsbruck. Toujours dans la même tenue, elles avaient affronté la morsure de l'hiver autrichien. Les quelques survivants avaient été entassés dans d'autres convois au printemps 1944, et ils étaient tous morts à Auschwitz ou à Bergen-Belsen. Y compris les enfants.

Bess s'était interrogée : qui étaient les hommes qui avaient espionné les Juifs puis révélé où ils habitaient ? Et qui les avait armés, pour qu'ils amènent tout le monde à la Casa del Balilla ? « Le père de Kiki était un général, de ceux qui... » avait dit Flora. Elle n'avait pas achevé sa phrase, suggérant quelque chose d'indicible, qui avait été effacé avec les noms des lieux où les photos avaient été prises, les endroits où il avait combattu.

— Elisabeth Waldner ?

Dans la queue, avec son énorme chariot, Bess hésita devant l'homme élégant qui la fixait, attendant qu'elle le salue.

— Vous avez raison, nous nous sommes seulement parlé au téléphone, vous ne pouvez pas me reconnaître, s'excusa-t-il en lui tendant la main, mais je lisais toujours vos articles dans *La Revue du dimanche*.

Bess avait presque oublié : de vieux papiers sur le bâtiment et les rénovations, qui arrondissaient ses fins de mois avant qu'elle ouvre son étude, où figurait une photo d'identité dont elle avait honte chaque fois que Mattia l'agitait devant ses yeux en riant, mais qui avait plu au directeur.

— Je suis le notaire de Mme Rosamaria Tondini.

Vêtu d'un costume gris et d'une cravate, il sortait visiblement du bureau. Il était grand, le visage banal, mais ses yeux noirs brillaient et ses pommettes bronzées indiquaient qu'il passait ses week-ends au grand air. Indubitablement, le sac qu'il tenait sous son bras avec sa mallette contenait des granulés de terrarium, peut-être destinés à un reptile, que Bess imaginait agonisant derrière sa vitrine.

— C'est pour Spartacus, expliqua-t-il en suivant son regard, le hamster de mon fils. Ma femme n'aime pas les rongeurs, mais, que voulez-vous, quand un enfant demande...

Bess acquiesça avec conviction en pensant à sa surprise pour Mattia, pendant que l'homme posait les yeux sur son chariot rempli de nourriture pour chiens.

— Villa Freiberg, dit-elle.

Le notaire, qui ne parut pas comprendre le rapport avec les animaux, changea gentiment de sujet.

— Je suis heureux de vous avoir rencontrée, Elisabeth. D'ailleurs, je voulais vous appeler ces jours-ci. Rosamaria – Kiki, comme on l'appelait – a laissé une minuscule part à deux autres héritiers, que je n'ai pas retrouvés pour le moment. Je soupçonne qu'ils n'habitent plus en Italie. Elle m'a dit qu'elle avait l'intention de leur écrire une lettre pour leur expliquer sa décision, mais elle n'a jamais pu me la donner. Je ne suis même pas certain qu'elle ait eu le temps de l'écrire. Cet héritage, il s'agit d'un objet. Elle y tenait beaucoup, Elisabeth. Je pense que vous devriez venir voir ce dont il s'agit, et peut-être nous aider, parce que Kiki a cité votre nom, comme si cette mission vous incombait après sa mort. Malheureusement Kiki a disparu trop vite pour que nous puissions lui demander quoi que ce soit.

Bess était arrivée à la caisse. Elle vidait son chariot tout en écoutant le notaire, elle mémorisait chaque mot et essayait de ne pas retarder les autres clients.

— Je ne sais pas si je pourrai vous être utile. La villa n'est pas exactement dans l'état auquel je m'attendais et…

Elle chercha les mots justes pour définir le chaos dans lequel elle entrait chaque jour, mais ne les trouva pas.

— Écoutez, proposa-t-il alors, mon bureau est juste au-dessus. Vous auriez un moment à m'accorder ?

12

La bague

Une heure et demie plus tard, elle trouva son appartement plongé dans un silence inhabituel. Lumières éteintes, fenêtres fermées, et un petit mot sur le réfrigérateur : « Chewbacca est avec moi. » Parfait : elle avait même réussi à gâcher la surprise de Mattia. En échange de quoi ?

Elle ouvrit la main et observa la bague. Une bague d'officier, avait dit le notaire en lui montrant le nom gravé de la division qui s'était battue en Grèce. Bess avait immédiatement pensé au père de Kiki, mais elle s'était souvenue de son grade de général. Kiki l'avait confiée au notaire quelques mois auparavant. Sans doute le jour où Bess l'avait trouvée trempée dans la rue et l'avait raccompagnée en voiture. Kiki devait beaucoup tenir à cette bague, si elle avait quitté la Villa Freiberg, a fortiori par ce temps. Elle était convaincue que le notaire, expert en blasons et ornements héraldiques – la seule personne, avec Flora, à qui elle avait parlé pendant la dernière année – pourrait lui révéler la provenance du bijou, parce qu'il n'appartenait pas au général, ni à personne de sa famille. Finalement, elle avait cherché à le contacter le jeudi qui avait précédé sa disparition, elle l'avait appelé plusieurs fois, elle s'était même disputée avec la secrétaire, à laquelle

elle avait dit qu'elle voulait de l'aide pour retrouver deux personnes : Emma et Benjamin Fliri, une sœur et un frère. La bague leur revenait. Le notaire ne les avait pas trouvés. Bess non plus n'avait jamais entendu ces noms. Les détails de la vie de Kiki étaient des secrets dont elle ne trouvait pas la clé. Pourtant, elle avait accepté cette mission. Emma et Benjamin Fliri.

Kiki n'avait travaillé qu'une seule fois dans sa vie, comme ouvrière dans une usine de munitions pendant la guerre ; elle avait perdu deux phalanges à la main droite. Elle avait été mue par le désir de se rendre utile à la patrie, avait souligné le notaire avec emphase. Kiki avait obtenu une pension d'invalidité pour le restant de ses jours et elle avait profité du titre honorifique de son père. Elle s'était occupée de ses parents jusqu'à la fin, enfermée dans la maison avec eux. Elle ne s'était jamais mariée, elle n'avait pas eu d'enfant ni de famille, hormis les animaux qui lui tenaient compagnie. Donc qui étaient Emma et Benjamin Fliri ?

Elle n'entendit pas la porte s'ouvrir.

— Il avait besoin de sortir, la salua Mattia en jetant la laisse sur l'étagère, à côté des clés. Tu étais où ?

— Je suis désolée, Mattia. Le travail, je...

Charlie lui fit la fête. Au moins, quelqu'un paraissait heureux de la voir.

— Si encore ça pouvait servir à quelque chose. Mais j'ai l'impression que cette histoire de villa t'échappe. Tu t'y es cassé les dents une fois, maman. Deux, c'est trop, non ?

Il ne pouvait pas imaginer à quel point il avait raison, surtout ce soir-là. Elle caressa Charlie.

— Eh bien, tu ne dis rien ?

— À quel sujet ?

Elle indiqua le chien en souriant.

— Il a chaud, le pauvre, lança Mattia en accrochant son sac à dos au portemanteau. D'ailleurs, tu l'as trouvé où, Chewbacca ? Il faisait du stop en attendant le Faucon Millenium ?

Bess regarda Charlie, perdue.

— On peut le garder, annonça-t-elle.

— Sérieusement, maman, il vient d'où ?

Mattia ne semblait pas ému. Il avait retiré ses baskets et était en train de les ranger dans le placard.

— Tu te souviens de Flora, la dame aux chats ? Elle a eu un accident, elle est hospitalisée dans une clinique. C'est elle qui s'occupait de lui depuis que Mme Tondini est morte, mais là elle ne peut plus le garder, donc j'ai pensé qu'on pouvait s'en charger.

Mattia referma la porte du placard.

— Qu'est-ce que tu en dis ?

— Je pense qu'il va se sentir très seul sans Flora. Il a déjà perdu sa première maîtresse, en plus. Cette Kiki... Mais pourquoi on l'appelait comme ça, si son prénom était Rosamaria ?

Bess ne s'était jamais posé la question. Elle observa mieux Charlie. Sa touffe de poils devant les yeux lui donnait un air un peu stupide. Il n'avait pas l'air plus triste que d'habitude.

— Juste pour un temps, balbutia-t-elle.

— Comme tu veux.

Mattia disparut et elle resta accroupie sur le lino, caressant le chien, perplexe, vide à l'intérieur. Pourtant, quelques minutes plus tôt, elle se sentait forte et sûre d'elle. Dans l'autre pièce, un téléphone portable sonna. Mattia répondit. Un silence, puis elle perçut son pas traînant qui revenait vers elle.

— Maman, tu as prévu quelque chose ce soir ? demanda-t-il en passant la tête par la porte. Un ami m'a posé un lapin, donc j'ai deux billets pour un truc. Mais je ne sais pas si ça va te plaire.

Bess sourit. Elle ne s'y attendait pas, et l'idée d'un truc qui n'allait pas lui plaire l'inquiétait, mais c'était un bon début. *Un excellent début*, pensa-t-elle alors que la queue de Charlie la chatouillait telle une plume.

1943

Les invités arrivent

Un jour, Kiki lui avait raconté la signification de son surnom et expliqué pourquoi elle l'aimait tant. Il était lié aux petits oiseaux qui volaient dans la grande cage en osier derrière elles. Papi Hans les lui avait offerts pour lui rappeler leurs promenades en montagne quand elle était petite. Un après-midi, elle avait essayé d'imiter leur chant, et c'était si drôle que Hans avait éclaté de rire. Depuis, pour lui, elle était « Kiki ».

Ce matin-là, la cage avait été déplacée dans le jardin, bien en vue entre les tables et les fleurs ornementales. Les premiers invités arrivèrent en fin d'après-midi, mais Mme Weisshorn s'affairait depuis des jours. Entre le choix du menu avec Frau Anna et les expéditions au marché, elle n'avait pas eu un instant de répit. Elle occupait la cuisine avec la confiance d'un capitaine et elle avait enrôlé Emma, car elle avait besoin de bras supplémentaires. Benjamin jouait dans un coin, loin des allées et venues.

Une douzaine de cochons de lait tournaient sur une broche, achetés dans les fermes les plus réputées. « Au prix fort », disait la cuisinière avec orgueil. Emma soupçonnait que certains avaient été offerts par des paysans qui gardaient un bon souvenir de Hans Freiberg, mais qui craignaient surtout le caractère capricieux et imprévisible de sa fille Anna. Des dizaines de truites avaient été livrées le matin même, vivantes, dans de grandes bassines d'eau, et Benjamin s'était amusé à les attraper avec ses mains. Les pêcheurs avaient probablement vidé le fleuve. Le général allait-il s'en contenter ou céder à la nostalgie du poisson de mer, plus tendre et plus salé ?

Parfois Emma s'interrompait dans son travail, regardait par la fenêtre pour reprendre son souffle, et l'émerveillement lui faisait oublier l'empressement de la cuisinière. D'en haut, les tables rondes aux nappes blanches ressemblaient à des îles nacrées dans une mer sombre, chacune éclairée par une bougie. Les chats s'étaient cachés. Emma non plus n'aimait pas les chiens noirs qui accompagnaient les officiers. Heureusement, leurs gémissements de « mal d'amour » seraient couverts par la musique. Frau Anna avait voulu un véritable orchestre, contrebasse, violons, harpe et voix. Les hôtes arrivaient d'Innsbruck, de Vienne et de la plaine du Pô : des gens importants qui valaient bien le cristal des verres, l'argent des couverts et les bijoux que Frau Anna portait au cou.

— Tout va bien se passer, répétait Mme Weisshorn en faisant réchauffer la confiture de groseilles et en saupoudrant de sucre glace les strudels chauds.

Il y en avait à la pâte sablée, comme le voulait la tradition dans les vallées de l'Ouest, et à la pâte feuilletée, pour rendre hommage aux vallées de l'Est.

— Je suis certaine que les militaires vont mettre de l'ordre. Et ce qu'il s'est passé à la Casa del Balilla doit avoir une explication.

Tout en l'écoutant, Emma lui passait des pots de confiture et épluchait les pommes pour en tremper les quartiers dans le sucre et la cannelle. Annika avait posé à côté de la huche à pain un panier de groseilles pour la décoration, après en avoir offert une grappe à Benjamin. Emma avait répondu à son sourire et elle l'avait suivie du regard jusqu'à ce qu'elle quitte la cuisine.

— Annika sait s'y prendre avec les enfants, commenta Mme Weisshorn. Elle est douée avec Benjamin, elle ne s'est pas laissé gagner par la peur quand ton frère a paniqué. Emma, elle, avait jeté tous ses cailloux et s'était mise très en colère.

Annika était arrivée à la villa avec deux enfants un peu plus âgés que Benjamin, que l'on voyait rarement. Ils aidaient leur mère, mais Emma n'avait jamais réussi à les croiser.

— Ça doit être à cause de ce qui lui est arrivé, reprit Mme Weisshorn. Tu sais garder un secret ?

Emma acquiesça avec vivacité. Dans cette maison, tout le monde avait un secret qui ne devait pas être révélé, mais que chacun mourait d'envie de confier.

— Elle s'est enfuie de son village. On dit que c'est à cause de son fils qui a été tué. Ensuite, elle n'a plus voulu rester là-haut, à Graz.

Mme Weisshorn, inquiète de voir Emma blêmir, renifla. Peut-être regrettait-elle sa confidence.

— Qui l'a tué ?

La cuisinière lui fit signe d'ouvrir un autre pot de confiture.

— On raconte que c'est elle.

Le sang d'Emma se glaça.

— En un sens, du moins, se corrigea la femme. L'enfant était gracile depuis sa naissance et elle s'est laissé convaincre par un parent de l'emmener à l'hôpital, un hôpital spécial pour enfants. Ils l'ont ausculté et, après la visite, les docteurs ont insisté pour qu'elle signe un papier.

— Qui disait quoi ?

— À force de parler je vais faire du bouillon, pas du glaçage. Passe-moi le sucre, Emma.

— Qu'est-il arrivé à l'enfant, madame Weisshorn ?

— Il n'est jamais ressorti de là, Emma. Et elle ne l'a jamais revu. Ni vivant ni mort.

En bas, assise à l'une des tables entre les immenses braseros, vêtue d'une robe dont la longue jupe bruissait sur l'herbe, Kiki goûtait le vin qu'elle avait l'autorisation de boire ce soir-là.

— Je suis désolée pour le jardin, Herr Gunther. Si vous étiez arrivé au début du printemps, vous auriez vu les roses de mon père en pleine floraison, s'excusa Anna en pinçant ses lèvres teintes de rouge corail. Il ne reste plus que des choux, soupira-t-elle. Nous avons reçu l'ordre de nous rendre utiles en cette période de guerre et de sacrifices. La villa a dû renoncer en partie à sa beauté. Et moi, à mes roses, afin de la transformer en potager pour les nécessiteux. Je n'exclus pas de licencier les jardiniers et de me mettre moi-même à piocher comme une paysanne.

Ils éclatèrent de rire, pendant que Kiki cachait ses lèvres dans son vin.

— C'est parce que vous n'utilisez pas les bons fertilisants, intervint un de ses amis en levant son verre. Un bon vin espagnol serait parfait, qu'en pensez-vous, Frau Anna ? proposa-t-il à voix haute en chancelant. Regardez, je suis certain que vos roses repousseront en une nuit.

Il versa un long jet de vin sur les choux et hoqueta de rire. Toute la tablée se tut et il ne resta que la musique. Frau Anna leva son verre à son tour, peut-être une seconde trop tard, et sourit à travers le cristal comme si l'homme, qui aspergeait maintenant la femme assise à côté de lui en prétendant être Bacchus, n'était pas en train de gâcher une des bouteilles les plus chères de la cave. Un autre invité se leva.

— Du vin français, Werner. Il faut du bon vin français !

Entre éclats de rire et joues rouges, les propositions fusèrent : un rioja, un précieux Château-Lafite, ou encore des vins italiens – qui, même si personne n'osait le dire par respect pour le mari de Frau Anna, étaient sans doute les plus insipides.

— Messieurs, en quoi arroser la terre de vieux vin peut-il constituer un miracle ? Que ce soit dans un verre ou dans un champ, le vin descend, s'exclama Frau Anna, interrompant les enchères et réclamant l'attention.

Kiki leva des yeux inquiets vers sa mère qui brandissait un verre vide.

— Je parie ma cave entière qu'aucun d'entre vous ne réussira à remplir un verre à l'envers, dit-elle en retournant le sien.

Des voix s'élevèrent.

— Toute votre cave ? entendit-on.

Partout où Kiki regardait, elle voyait le vin de sa mère, né des terres noires volcaniques et vieilli dans le silence des fûts, renversé par jeu, dans des tentatives inutiles et vaines de retourner les verres. Il tachait les jupes de soie que les hommes s'efforçaient d'essuyer, frottant avec leurs mains ou des serviettes des parties de corps à peine voilées par le tissu, ce qui fit rougir la jeune fille.

Frau Anna ne montrait aucun signe d'agacement. Elle riait, encourageait ses hôtes, qui se souviendraient de la fête à la villa et raconteraient à quel point celle-ci était un îlot d'opulence.

— Vous êtes certaine de ce que vous faites, Anna ? demanda Herr Gunther, aussi anxieux que Kiki.

— Regardez, murmura-t-elle en s'asseyant.

Elle prit une assiette à dessert et y posa une bougie chauffe-plat. Elle versa lentement le vin dans l'assiette en porcelaine, sous les regards de son mari, sceptique, et de Herr Gunther, admiratif. Quand elle cala délicatement le verre retourné sur la bougie, la magie opéra : le vin coula dans le verre pendant que la flamme s'éteignait. Une dernière bouffée de fumée, piégée avec le liquide entre le verre et la porcelaine.

La tablée applaudit et Frau Anna brandit son trophée.

— Bien sûr, vous n'alliez pas prendre le risque de perdre le vin de votre père, rit Herr Gunther en félicitant Anna de l'avoir entraîné dans son jeu. Toutefois, ce n'était pas sa seule richesse, ajouta-t-il en indiquant la villa. Votre père collectionnait les tableaux, n'est-ce pas ?

— Les tableaux, les statues, les livres. Ma mère, Paula, disait que tôt ou tard il nous mettrait dehors, nous ses enfants, pour faire place à sa collection adorée. Elle ne l'a jamais aimée, elle.

— Les femmes de la Villa Freiberg sont dotées du sens pratique. La richesse n'a pas adouci votre tempérament. Chère Anna, je vous considère comme la plus belle victoire de votre mari, avec tout le respect que je dois à ses glorieuses campagnes.

Herr Gunther était de bonne humeur.

— L'art est un vice que seuls les puissants peuvent se permettre de cultiver, intervint le général. Aucune grande civilisation militaire n'a oublié la beauté. Elles en ont toutes fait leur fierté, le symbole de leur pouvoir. Rome, Athènes, conclut-il en regardant ses collègues militaires à la dérobée.

— Il ne reste d'Athènes qu'un tas de décombres, s'opposa Gunther, qui paraissait plus intéressé par les légumes dans son assiette que par les paroles du général. Rome a été conquise par nos ancêtres quand ils se battaient encore avec des flèches, cher Enea. La beauté peut rendre faible. La recherche de la forme parfaite aveugle. Même les Grecs l'avaient compris. Les Spartes, eux, vivaient pour la guerre. Pour défendre leur ville et repousser les frontières au-delà des limites imposées par la nature hostile.

— Mais Athènes rêvait de la mer.

— Vous êtes un incorrigible poète, mon ami, rit Herr Gunther avant de changer de sujet. Et vous, Frau Anna, avez-vous réfléchi à ce que nous avons évoqué à propos de votre petit hôte ?

13

Le billet numéro trois

Albert ignorait pourquoi il s'était mis à recopier les petits mots d'Alice. Certains le surprenaient beaucoup. Par exemple : « Regarder un film d'horreur quand il pleut. »

Le dernier film qu'ils avaient vu ensemble était un dessin animé où les protagonistes, y compris les animaux, avaient trop envie de chanter, selon ses critères à lui. Les princesses, aux voix insupportablement stridentes, ressemblaient à des enfants gâtées.

Le cinéma où il emmenait Alice petite avait été fermé et pendant des années la salle avait été utilisée par une école. Finalement, les pétitions des citoyens avaient réussi à le faire rouvrir. Albert l'avait appris par les journaux. Il passait parfois devant en allant en ville, mais il n'y était plus entré. Il accusait la coopérative et ses journées trop chargées, mais en réalité il ignorait où filait son temps.

Il avait terriblement envie d'une bière alors il sortit, pour éviter de penser aux deux bouteilles bien fraîches qui l'attendaient dans le réfrigérateur. Les publicités qui passaient à la télévision et la chaleur de l'été n'aidaient pas, et dans tous les cas on lui avait expliqué pendant son parcours de désintoxication qu'il aurait à lutter contre cet instinct toute sa vie. C'était une voix si douce qu'on n'imaginait pas qu'elle pouvait mordre. Comme les fleurs veloutées du laurier-rose, à la couleur si délicate. Pourtant, elles sont mortelles. Les plus belles fleurs, comme les hortensias, les narcisses, les rhododendrons, sont vénéneuses : chaque pétale contient une dose de cyanure.

Pédaler sur l'asphalte au crépuscule avait amplifié sa soif. Au troisième virage, il avait considéré qu'il méritait bien une bière, et au diable tout le reste.

Quelques minutes plus tard, Albert se demandait s'il était passé devant le cinéma par hasard ou à cause du billet d'Alice qui lui trottait dans la tête, alors qu'il pensait être concentré sur les œufs, le dîner, le verre de bière mousseuse, les arrêts aux stops à vélo.

Pendant qu'il cherchait une épicerie ouverte, c'était sans aucun doute le destin qui avait placé l'affiche dans son champ de vision : le remake d'un film d'horreur des années 1980 qu'il avait vu avec Margot, une histoire d'animaux enterrés dans un cimetière… indien ? Les événements bizarres se produisaient toujours dans les cimetières indiens – avec les morts qui ressuscitaient pour se venger de leurs anciens maîtres. Il faisait très chaud ce soir-là, et la salle était probablement climatisée, puisque la caissière portait un pull et un châle. Il avait pensé qu'il pourrait commander un sandwich au bar.

Quand il aperçut les boucles de Bess, il était trop tard pour faire marche arrière. Un jeune garçon apathique, au visage à moitié caché par une mèche, l'accompagnait. Albert les laissa s'installer et choisit un fauteuil deux rangs derrière, parce que partager un film avec des voisins le mettait mal à l'aise. De temps en temps, selon le degré de luminosité de l'écran, il distinguait leur tête dans le noir. Ils ne se parlaient pas, ne se passaient pas le pop-corn. Ils restaient immobiles, rigides, chacun à sa place.

Le film n'était pas mauvais. En revanche, le fauteuil lui cassait le dos et lui rappelait les salles de classe : il avait la même sensation d'être sur un banc trop étroit. Il avait vu Bess sursauter pendant une scène, elle s'était couvert les yeux.

À la sortie, alors qu'il allait enfourcher son vélo, une voix l'appela. Il fut contraint de se retourner.

14

Nager au milieu des requins

Bess ne comprenait pas pourquoi Albert, planté devant elle, son vélo en équilibre entre le trottoir et la chaussée, se justifiait et paraissait si pressé. D'ailleurs, il ne le comprenait pas lui-même. Il parlait trop, comme un disque impossible à arrêter : il était venu parce qu'à la télévision on tombait toujours sur les mêmes films, en plus il serait au frais dans la salle, puis il était passé devant par hasard, non, ce n'était pas prévu. Le film ? Oui, il lui avait plutôt plu, mais bon, encore un remake, parce que dans les milieux soi-disant créatifs on manquait d'idées. Il s'était tout de même amusé.

— Ma mère aussi, avait dit Mattia en finissant son cornet de pop-corn. Elle passe son temps dans cette villa abandonnée, elle ne va pas se laisser impressionner par trois pauvres effets spéciaux, ajouta-t-il avec un clin d'œil et un sourire malicieux. Bon, moi, j'y vais.

— Mais, pas de fête, pas de… objecta Bess.

— Un rendez-vous avec l'équipe, expliqua Mattia avant de lancer un « à plus tard » qui se perdit entre le chant des hirondelles et une sirène.

Bess acquiesça à contrecœur et le suivit des yeux, l'air mélancolique.

— À un moment, en tant que parents on devient de trop, commenta-t-elle avec embarras. Si je n'allais pas au cinéma avec lui quand un ami lui pose un lapin, je ne le verrais jamais.

Comprenant ce qu'elle ressentait, au lieu de monter sur son vélo, Albert le poussa pour marcher à ses côtés. Maintenant, elle allait lui raconter ses ennuis, ses difficultés avec son fils adolescent. Peut-être qu'elle pleurerait, des larmes trop longtemps ravalées. Et lui, il la raccompagnerait chez elle, pour ne pas l'abandonner dans la rue, le dos voûté et le regard triste.

— La Villa Freiberg est un sacré beau projet, pas vrai ? reprit-elle avec une grande inspiration.

— Oui, bien sûr, même si ça paraît énorme, répondit Albert, déboussolé par ce changement de ton. Et qu'est-ce qu'elle va devenir ?

— Une sorte de musée. Au début, j'avoue que j'étais terrorisée. Et il y a tellement de choses à ranger, à archiver, à réparer, que parfois je ne sais pas par où commencer. Mais j'ai confiance.

Albert eut l'impression qu'elle voulait se convaincre elle-même, et le silence qui suivit confirma son sentiment.

— Flora va mieux ? demanda-t-il pour combler le vide.

C'était Nino qui lui avait raconté l'accident, quand il l'avait croisé dans l'allée en train de chasser un chat caché sous sa voiture.

— Oh oui, je suis allée la voir à l'hôpital, elle va très bien. Elle passe sa journée à regarder la télé et à boire du jus de fruits. Je pense qu'elle se croit dans un village-vacances. Personne ne la supporte plus, là-bas.

— Qui s'occupe de Charlie ? s'enquit Albert en riant.

— Je l'ai emmené chez moi. Mais ça fait longtemps que je n'ai pas eu de chien. J'espère qu'il va bien et que je ne vais pas m'embrouiller dans les repas en lui donnant des saucisses au curry.

Ils éclatèrent de rire.

— Attention à Flora dans ce cas ! dit-il en mimant une expression effrayée.

— Merci, je crois que j'ai eu ma dose d'émotions fortes pour aujourd'hui.

— Les films d'horreur, ce n'est pas ton truc.

— Pas vraiment, non… J'ai du mal à comprendre l'intérêt des têtes tranchées et des plafonds qui dégoulinent de sang.

— Le film gore est seulement un sous-genre des films d'horreur.

Albert regardait ses pieds en se demandant : pourquoi les films d'horreur plaisaient-ils à Alice ? Il n'avait pas eu le temps de lui poser la question, et il aurait tant voulu qu'elle soit là, avec lui, pour lui raconter ce qu'elle n'avait qu'esquissé, et qui lui semblait soudain d'une importance vitale.

— Je crois que ce qui plaît aux gens, c'est le sentiment d'avoir le contrôle.

— Moi je perds totalement le contrôle ! rétorqua Bess en manquant de trébucher, tant elle riait. Heureusement que la salle était noire, et que personne n'a vu ma tête !

Mais Albert était sérieux.

— Quand on y réfléchit, on est assis avec notre pop-corn et on écoute une histoire qui, dans la vie réelle, nous ferait mourir de peur. Mais on sait que c'est un film, on a la certitude d'être en sécurité, que rien de ce qu'on voit ne nous atteindra. On contrôle nos peurs. On peut s'y plonger autant qu'on veut, de toute façon il ne se passera rien. C'est comme nager avec les requins et découvrir qu'ils sont végétariens.

Bess réfléchit un instant avant de murmurer :

— Comprendre les choses nous donne le contrôle sur elles.

— Je suppose, oui. Mais je ne suis pas certain que cela fonctionne toujours. C'est bien de garder les pieds sur terre, mais parfois il faut aussi accepter de les en détacher, si on veut avancer.

— Je peux vous confier quelque chose ?

— Bien sûr.

L'air était doux, le soleil ne brûlait plus. Il adorait ce moment de la journée. Quand il leva les yeux et redressa la visière de sa casquette, il vit les montagnes s'obscurcir tels des éclats d'obsidienne sur le ciel cobalt.

— La villa est un désastre. Et je n'ai pas la moindre idée de ce qu'on pourrait y trouver qui vaille la peine d'être exposé. Je me demande parfois si Kiki n'a pas tout inventé. On dirait que les lieux ont été dévastés par une tornade. Le seul endroit rangé, c'est la table de nuit de Kiki, où étaient posés un album photos et une balle usée.

— Intéressant.

Non, pas du tout, pensa Bess.

— C'était peut-être la première balle de Charlie, qui lui a prêtée pour sa collection.

Albert parvint à faire sourire Bess, toutefois l'inquiétude se lisait dans son regard.

— Tout cela pourrait n'avoir aucun sens, Albert. Kiki vivait au milieu des déchets, elle était incapable de se séparer d'un sac poubelle.

— Il y a forcément quelque chose, insista Albert, qui avait retrouvé son sérieux et essayait de se remémorer une des formules motivantes du calendrier accroché derrière la caisse, à la pépinière. Chaque maison a son trésor à sauver. Cela vaut aussi pour les personnes. Elles donnent de la valeur à certains objets, certains souvenirs. Ce n'est peut-être pas une valeur absolue, mais ça compte pour elles.

— Pas au point d'en faire un musée, soupira Bess, accablée.

Albert se sentit stupide et s'en voulut d'avoir parlé. On ne se trompe jamais quand on ne s'occupe que de ses affaires. Il aurait dû le savoir, depuis le temps.

Ils traversèrent une rue pour éviter de passer par le centre-ville. Sur le trottoir éclairé par les lampadaires brillaient des plaques en cuivre sculptées par un artiste berlinois. On les appelait les « pierres accrocheuses », mais c'était le regard qui accrochait en premier leur lumière, qui contrastait avec l'asphalte sombre. Il fallait se pencher pour lire les inscriptions : un nom, deux dates, en souvenir d'une victime de la haine nazie. Elle avait été féroce dans cette petite ville de montagne. Peut-être parce que le bonheur fait peur, autant que cette communauté disparate arrivée des quatre coins de l'Europe à l'époque : des Juifs d'Allemagne et de l'Est, réfugiés, ayant échappé aux persécutions, qui ne s'étaient jamais rendus à l'horreur et qui avaient prouvé, même brièvement, que l'on pouvait assumer son identité sans se laisser atteindre par les préjugés et le pouvoir. Cette rue pavée de plaques reliait toute l'Europe. Des millions de noms, des millions de maisons abandonnées. Des personnes qui s'étaient enfuies, des tentatives et des échecs, des élans et des rêves interrompus.

Bess les avait remarquées, elle aussi, mais elle se taisait. Albert la croyait proche, et soudain elle glissait au loin, mettant entre elle et le monde une distance qui laissa un grand froid.

— Moi je vais couper par ici, dit-elle en indiquant une avenue arborée.

Albert habitait dans la partie haute de la ville, elle, dans la basse. S'il poussait jusque chez elle, il pourrait rentrer à vélo à travers les champs. Et puis, Albert avait envie d'en savoir plus sur Kiki et la villa. Et sur Bess, qui le regardait maintenant en souriant, comme si elle attendait quelque chose. Au diable l'homme cohérent qui aurait filé en solitaire sur son vélo un peu plus tôt dans la soirée.

— Je peux vous raccompagner, proposa-t-il sur un ton qui sonnait plaintif.

— Merci, mais je suis garée ici.

— Bien. Alors on se voit à la villa.

Avant de monter dans sa voiture, Bess se retourna. Albert vit son regard perdu, concentré sur un point inconnu, l'instant d'hésitation et la tension, qui se relâcha soudain quand elle se décida.

— Albert, Kiki a laissé une cage pleine d'oiseaux à l'étage. Je ne pense pas qu'ils soient bien. Vous croyez qu'il serait possible de la déplacer dans le jardin ? Avec tous ces chats…

Albert réfléchit.

— On pourrait construire une volière, avec du bois et du grillage épais.

Ragaillardie par cette idée, Bess le remercia. Puis elle monta dans sa voiture et disparut. Albert resta immobile sur le trottoir, la pointe de sa chaussure sur une des plaques en cuivre. Il n'avait plus faim. Il avait même oublié pourquoi il était descendu en ville, au lieu de s'allonger sur son canapé, les rideaux tirés, un bocal à paillettes en guise d'étoile Polaire. Il avait très soif.

1943

Privés de cap

Kiki s'ennuyait à mourir. Elle avait trouvé un prétexte pour s'éclipser de la fête et cherchait Emma. Elle manqua renverser son amie, qui sortait par l'arrière des cuisines.

— Viens avec moi, dit Kiki en l'entraînant au pas de course.

Elles zigzaguèrent entre les tables, heurtèrent des invités et même les musiciens. Emma avait retiré ses chaussures et Kiki l'avait imitée. La végétation humide leur piquait les pieds. Une odeur de résine flottait dans l'air. Elles observèrent la fête de loin, les bras autour des genoux pour se protéger du froid.

— Ta mère a fait les choses en grand.

— Elle aime être regardée.

— Pas toi ?

— Quand elle est dans la pièce, on ne voit qu'elle.

Emma la comprenait. Elle savait ce que l'on ressentait quand on avait toujours le second rôle, quand quelqu'un volait toujours la vedette. On se découvrait méchant, rancunier, on enrageait de ne pas avoir été capable d'aimer comme on aurait dû. Comme on devait aimer son frère.

— C'est sa raison de vivre, reprit Kiki en haussant les épaules. Ce sont ses amitiés qui la sauvent.

— Comme Herr Gunther ?

Kiki acquiesça. Pourtant, cette fois sa mère se serait peut-être volontiers passée de lui. Elle l'avait entendue soupirer et couper d'un geste sec les branches de sapin pour les décorations, tout en demandant à Greta d'écrire les invitations, parce qu'elle était trop fatiguée pour le faire – alors qu'elle semblait en grande forme.

Kiki avait du mal à parler à son père depuis qu'il était rentré, quelques semaines auparavant, de même qu'à sa mère. La villa avait toujours suivi une trajectoire définie, tel un navire qui file droit. Mais ce n'était plus le cas : la ligne d'horizon s'était brisée et le ciel renversé, comme quand on franchit l'équateur et que soudain la Croix du Sud remplace l'étoile Polaire.

Son père avait été fidèle au roi et à Mussolini, le Romagnol qui s'était pris pour un aigle, et qui avait voulu conquérir les Alpes comme Hannibal, s'emparer des déserts africains comme César, et du monde entier comme Auguste. Mais il s'était retrouvé menacé par les fourches de gens durs et hostiles, parce qu'il ignorait de quel bois étaient faits les paysans habitués à lutter contre la roche et le vent pour en tirer une poignée de pommes de terre.

Frau Anna avait clarifié sa position en allant dormir dans une autre chambre, à bonne distance de celle de son mari. Parce que l'ordre de ce monde se reflétait dans celui de la villa, elle avait préféré s'éloigner du potager – et des roses remplacées par des plants de choux. Son sang bourgeois avait la nostalgie de la vieille Allemagne. Or cet Italien, qu'elle avait rencontré à une fête, elle l'avait épousé par ennui et par devoir. Il constituait le paravent derrière lequel elle pouvait continuer à sommeiller sur des oreillers de soie sans voir ce qui lui déplaisait : les rues qui changeaient de nom, le monde qui tournait plus vite et où il n'y avait plus ni bal ni fête, mais des hordes d'anciens combattants estropiés sous ses fenêtres closes, même l'été. Frau Anna s'était rebellée contre tout ceci, de la seule façon qu'elle connaissait. Jusqu'à ce qu'Enea décide d'envoyer sa lettre pour servir dans l'armée du Führer, alors elle était revenue dormir avec lui.

— Mon père a écrit au feld-maréchal Rommel.

C'était l'homme qui dirigeait la région. En souvenir des batailles menées ensemble en Afrique et au nom de l'esprit de camaraderie qui les unissait, Enea le pria de le présenter aux autorités germaniques. Il avait écrit en italien. Quelques jours plus tard, il avait reçu l'ordre d'aller servir dans le *Heeresgruppe B*, le groupe d'armées B.

— Et maintenant il se bat aux côtés des Allemands. Tu sais ce que je voudrais, Emma ? demanda soudain Kiki, les yeux brillants. Voir ce qu'il y a au-delà des murs de la villa.

Emma aurait voulu répondre qu'il y avait des gens qui survivaient, et qui parfois mouraient. Un bruissement, une respiration saccadée. Emma se retourna et son sourire s'évanouit quand elle vit Greta qui avançait vers elle, l'air bouleversé.

— On ne trouve plus Benjamin, Emma. On l'a cherché partout, mais il a disparu. On ne sait pas où il a bien pu aller et il fait noir.

Le regard de Kiki, qui passait nerveusement de Greta à elle, acheva de la plonger dans la panique.

— Il jouait dans la cuisine avec sa balle, il avait l'air tranquille. Mais quand Mme Weisshorn s'est retournée, il n'était plus là. Je suis tellement désolée. Frau Anna nous avait ordonné de ne pas le laisser sortir, elle va être très en colère.

Emma était paralysée. Elle ne se demanda pas pourquoi Frau Anna avait donné cette consigne. Elle ne pensait qu'aux soldats, aux chiens dans leurs cages, à l'obscurité qui effrayait Benjamin. Elles se séparèrent pour multiplier les chances de le trouver. Si elle perdait son frère comme on égare de vieilles chaussures, elle était vraiment la plus stupide des jeunes filles, et la pire des sœurs.

Elle traversa la hêtraie en fendant les branches avec ses bras. Elle sentit quelqu'un derrière elle. Mais c'étaient les ombres qui la poursuivaient, l'entraînaient vers la terre, dans l'obscurité de la villa.

Parfois, nous croyons avoir perdu des objets qui nous sont chers, mais en réalité ce sont eux qui nous ont échappé pour nous forcer à les suivre. Au début, nous ne le comprenons pas. Cela peut nous sembler absurde. Mais ensuite, tout s'éclaire.

L'enfant ne pouvait pas sentir le désespoir d'Emma. Il s'était retrouvé dans la remise en suivant sa balle en cuir. Elle avait roulé et l'avait entraîné à travers la fête, avec tout ce vacarme qui lui résonnait dans la tête, ces personnes qu'il ne connaissait pas, les visages, les mains cachées par des gants, les bracelets en or, les écussons des militaires, les pointes, les étoiles, les cercles et les croix. Elle l'avait mené jusqu'au cabanon en bois où étaient rangés les outils de jardin. Un lieu parfait : il n'y entendait plus les voix. La remise était un royaume paisible qui s'offrait à lui, plein de créatures minuscules aveuglées par la lumière, préférant vivre dans l'ombre et sortir la nuit. Les araignées chasseuses, par exemple. Il s'amusait à éclairer les fils de leurs toiles, qui brillaient comme de l'argent, et à surprendre les bestioles rampant à toute allure pour se cacher. Il avait même commencé à les dessiner sur des feuilles qu'il gardait toujours dans sa poche.

Mais la lampe s'était éteinte et il s'était retrouvé dans le noir. D'instinct, ses yeux avaient cherché la lueur de la lune, et en regardant en haut ils avaient rencontré une petite fenêtre. À cet instant, alors qu'il avançait à tâtons, les ombres étaient entrées, apportant un bruit de verres et de bouteilles. Et une odeur de vin.

Au début il les avait crues amies, il avait failli les saluer. Mais les ombres s'étaient entrecroisées dans un étrange ballet qui ressemblait à un combat.

Il avait entendu des voix d'hommes. Puis des boutons qu'on défaisait et des pantalons qu'on baissait. Quand il avait pris son courage à deux mains pour regarder entre deux caisses, il avait vu la lune briller sur la peau nue, glisser entre des cheveux courts, sur des épaules musclées.

Il resta caché derrière les caisses, les mains moites plaquées contre ses genoux pour résister à la peur. La poussière lui donnait envie d'éternuer. Il sentait la terreur pulser dans ses tempes, telle une décharge électrique envoyée par la scène qui se déroulait de l'autre côté de la barrière de caisses qui le protégeait.

Les respirations des deux hommes étaient monstrueuses, elles lui rappelaient le bruit du vent quand il était piégé au grenier. Il en avait reconnu un : Peter.

Tout d'un coup, ses genoux cédèrent. Il glissa en arrière et se cogna contre une planche. Silence. Puis le vent se remit à gronder, les ombres à se pénétrer et à se confondre, prenant la forme d'animaux qui le terrifiaient. Mais l'une d'elles finit par surgir de l'obscurité. L'autre le surprit par-derrière.

— Et toi, qui es-tu ? s'éleva la voix dans son dos.

Une voix pleine de terre, assourdie. Il recula, intimidé. Le visage de l'homme était en nage, son torse nu. Benjamin aurait voulu retirer ses vêtements, lui aussi, parce que sa peau le brûlait et son cœur martelait dans sa poitrine.

— C'est ça que tu cherchais ?

Sa petite balle. Sale, privée de ses couleurs. Les ombres les lui avaient volées. Et lui, il ne parvenait pas à rester immobile, comme si un essaim d'abeilles était entré dans son pantalon, dans ses oreilles, dans sa bouche, et lui piquait la langue. Quand la vague le submergea, il se mit à courir tambour battant. Il heurta l'homme. La balle tomba, roula par terre, mais il ne s'arrêta pas pour la ramasser. Il sentit le bois résister contre son épaule, le cri crépitant du vide puis, de façon inattendue et merveilleuse, la porte qui céda, et qui s'ouvrit juste assez pour le laisser sortir, arrachant son maillot au passage. Il retrouva l'air frais, l'odeur de l'herbe.

Quand il était entré dans le cabanon, il ne s'était pas aperçu que la nuit était pleine de bruits et de lumières rassurantes. La douce brise qui lui séchait la peau, par exemple. Il y avait cette lueur plus claire, satinée comme la robe de Frau Anna. L'homme à côté d'elle l'appelait d'un geste gentil. Herr Gunther ouvrit les bras et Benjamin avança vers l'allée des hortensias, laissant derrière lui les hommes qui entraient dans le cabanon, leurs armes brillant sous la lune, accompagnés de leurs chiens furieux.

L'odeur des fleurs l'envahit, elle évoquait la maison et les jeux du soir. Mais Herr Gunther ne souriait plus, et Frau Anna n'avait sans doute été qu'une hallucination. Soudain ils furent seuls, l'un en face de l'autre.

15

La volière

Nino était arrivé à la Villa Freiberg en fin d'après-midi. Charlie et son harem de chats l'avaient accueilli dans le parc. Albert s'affairait avec une échelle, des grillages, des planches et des outils. Nino lui demanda s'il comptait refermer la brèche dans le muret.

— Une volière, répondit Albert, penché sur la planche qu'il sciait avec une habileté admirable.

Il refusa sa proposition d'aide. Nino, visiblement soulagé, fit un signe à Bess, qui les observait d'en haut, derrière le bow-window. Il laissa Albert à son ouvrage.

Nino constata, avec une pointe de désolation, que les semaines se succédaient, mais que le salon était toujours dans le même état de post-apocalyptique. Bess jouait avec la petite balle moisie qu'elle avait trouvée dans la chambre de Kiki.

— Tu sais à quoi je pensais ? lui demanda-t-elle pendant qu'il posait son sac.

— Tu te disais que même dans cent ans nous n'aurons pas terminé cet inventaire ?

Bess se tourna vers lui. Elle avait relevé ses cheveux en queue-de-cheval et elle portait le jean et le T-shirt gris avec lesquels elle travaillait à la villa.

— Qu'il ressemble beaucoup à Alice.

Albert avait la même timidité, la même pudeur de ceux qui craignent de blesser les autres.

— Je l'ai rencontré hier soir au cinéma et j'ai voulu lui parler de l'iPod, mais j'ai oublié.

Elle avait même envisagé de mentionner la bague, avant de renoncer. Ce n'était pas son histoire. Ou peut-être l'était-elle devenue ? Par hasard, d'une façon étrange, comme par magie. Si le hasard existait, bien sûr.

— Ce matin j'ai mis les affaires d'Alice dans un sac et je me suis promis de les lui donner. C'est juste que je ne trouve pas le bon moment : il ne parle jamais d'elle et j'ignore ce qu'il s'est passé entre eux.

— On pense toujours qu'on a le temps, Bess, mais la vie est plus simple. Ça te semble important maintenant ? Fais-le.

Nino essayait de nettoyer une étagère avec un chiffon pour y poser ses dossiers, en pile bien ordonnée. Cela faisait trois fois qu'il repassait au même endroit.

— Parfois, je prodigue des conseils meilleurs que ceux que je me donne à moi-même, dit-il en haussant les épaules. Bon, qu'est-ce qu'on fait aujourd'hui ?

Albert entra, les chaussures pleines de terre, et demanda :

— Alors, où sont les oiseaux ?

Nino regarda Bess de travers, et celle-ci prit un air faussement mortifié.

— Je crois qu'on va installer la volière.

Nino soupira. À ce rythme, ils n'allaient jamais terminer.

Les deux hommes soulevèrent la cage, traversèrent le couloir en évitant les sacs poubelles et descendirent au jardin.

Albert avait installé la volière contre la façade arrière de la villa, à l'abri du soleil et du vent, à l'ombre des pins. Une lumière douce et dorée filtrait entre les aiguilles.

Bess se chargea de libérer les oiseaux – elle avait découvert qu'il s'agissait de *Erythrura goudiae*, connus sous le nom de « Diamants de Gould » –, qui voletèrent jusqu'au fond de la structure et s'agrippèrent aux grillages, sans avoir l'idée de se poser sur une des branches qu'Albert avait placées au centre.

— Il faut qu'ils s'habituent, assura Albert.

— Ça me semble risqué, avec tous ces chats dans les parages, s'inquiéta Nino.

— Dans la maison, ils ne prêtaient pas attention aux oiseaux. Je pense qu'ils sont tellement habitués à leur présence qu'ils ne les considèrent plus comme des proies. Et puis, le grillage est à toute épreuve.

Nino peinait à y croire. Bess savait ce qu'il pensait : la nature est dangereuse. Elle fomente des plans pour nous éliminer. Peu importe qu'on coure vite ou qu'on s'entraîne, qu'on soit malin ou intelligent. Ou confiant. Quand on est heureux, on baisse la garde.

— Alice aimait cette villa et ses chats.

— Où est votre fille, Albert ? s'enquit Nino. Elle est partie si vite.

Albert prit une grande inspiration tout en évitant son regard inquisiteur. Il glissa une cigarette rabougrie entre ses lèvres et reposa le vieux paquet de Chesterfield sur le plan de travail installé sur deux tréteaux.

— Ça vous dérange si je fume ? J'ai trouvé ces cigarettes dans la remise.

— Je ne pense pas qu'elles soient destinées à la collection. Mais fumer tue, répliqua Bess en se demandant comment il avait réussi à en allumer une, étant donné l'état du paquet.

— Le temps aussi.

Le temps vieillit et consume. Ceux qui avaient habité la villa en avaient fait les frais. Le temps tue de bien des façons. Albert sourit, mais, quand il regarda Nino dans les yeux, il reprit un air sérieux.

— Je ne sais pas où est Alice. Je ne l'ai pas vue depuis la fin de l'automne, parce qu'elle est fâchée contre moi.

Alice, qui avait quitté la villa pour soigner son sang malade. Alice qui guérissait, mais sans lui. Parce qu'il n'était pas capable de rester, ni de lui faire une surprise pour son anniversaire. Comment lui expliquer que, à sa façon, il avait toujours été là ?

Personne n'eut le courage de lui demander plus de détails. Pensant à son fils, Bess sentit monter une tristesse qu'elle connaissait bien et qui revenait sans prévenir.

Dans la volière, les oiseaux restaient immobiles, comme paralysés. Cela aurait dû être un moment de joie, pensa Bess, abattue. Dans les films en technicolor, les nuages ont toujours la couleur de la barbe à papa et les fins sont heureuses. Certes ce n'était pas le ciel, mais ce qui y ressemblait le plus, or ces oiseaux ne voyaient pas plus loin que leur bec. Elle avait espéré qu'ils prennent leur envol, libres. Cela aurait été de bon augure pour leur entreprise.

Et les voilà tous les trois, chacun perdu dans un autre temps, dans un passé et un présent qui défilait trop vite. Elle soupira en se disant que, dans le fond, elle n'avait jamais aimé ce genre de films.

16

Le billet numéro quatre

Albert éteignit son portable. Dans le potager de la coopérative, il régnait un silence irréel. Les sons électroniques s'y dilataient en un écho déchirant, qu'il n'était pas certain de pouvoir supporter. Le vert aveuglant de l'herbe et le bleu du ciel, la terre et les fleurs qui s'accrochaient au flanc de la colline, tant de beauté ne le protégeait pas de son mal-être. Il observait un de ces jeunes, en train de pousser une brouette – trop lourde –, sur un terrain parsemé de trous, lui-même muni de gants trop grands. On l'appelait « le Professeur », bien qu'il ne le soit pas, parce qu'il parlait souvent de politique et ne souriait jamais ; en général il se tenait toujours assis à l'ombre, l'air sérieux, il nettoyait les pots et les rangeait en piles, puis il répétait l'opération jusqu'à ce qu'elles soient parfaitement droites, parfaitement alignées, à une distance parfaitement égale. Plus loin une des assistantes, qui s'occupait des nouveaux venus déficients intellectuels, leur recommandait de prêter attention aux marches. Deux d'entre eux se tenaient par la main, comme des enfants. Chacun de ces jeunes avait eu des problèmes, qui les avaient menés à ce jardin d'Éden à deux pas du centre de désintoxication. Albert repensa au jour où il était entré pour la première fois dans ce lieu dont il ne saisissait pas encore le sens, au milieu de ces gens desquels il se sentait arrogamment différent.

Le tintement de la clochette l'arracha à ses pensées. Elle avait été placée sur le comptoir de sorte que les clients, autorisés à entrer dans les serres pour se servir eux-mêmes en légumes, puissent prévenir qu'ils souhaitaient payer.

Il contourna le bâtiment et entra par l'arrière.

Assis entre des sacs de terreau, Rollo fumait.

— Et la clochette ? Elle est pour les vaches ? lança Albert en traversant le local à grands pas.

— C'est la pause, chef, répondit Rollo avec un air innocent.

— Si un client a besoin de toi, ce n'est plus la pause.

— Oui, monsieur.

Ses jambes massives ne suivirent pas son élan : elles s'encastrèrent entre les caisses. Rollo profitait de la vie avec lenteur, il avait vingt ans, mais en paraissait trente. Son passé de toxicomane se lisait encore dans son regard distant et son visage de Viking qui avait accosté au mauvais endroit.

Albert lui céda la place et resta derrière lui pendant qu'il servait la cliente.

— Quand une cliente te demande la meilleure herbe pour son jardin, tu ne dois pas répondre « l'herbe est toujours bonne, madame », lui reprocha Albert quand ils furent seuls, mais « l'herbe est toujours belle, madame ». Ou parfumée, verte, décorative. Ce que tu veux, mais pas « bonne ».

La scène s'était déroulée juste avant, et ce commentaire concernait un roseau ornemental qui se plante autour des étangs et des lacs.

Rollo se retint de rire, sous sa barbe rousse. Ses cheveux, également roux, étaient ébouriffés. Albert l'avait félicité pour sa tentative de les attacher, mais de toute évidence la chevelure de Rollo ne souhaitait pas être domptée.

— Monsieur Albert, je sais qu'on a le temps, mais pour la fête de l'automne, j'ai plein d'idées.

Albert mesurait à quel point les jeunes y tenaient. La fête coïncidait avec les portes ouvertes des potagers et des serres. Les visiteurs étaient généralement de la famille des jeunes, venus admirer leur travail. Il y avait de la musique et on offrait des gâteaux faits maison et du thé glacé, servis sur des tables à tréteaux.

Le jeune rentra la tête dans ses épaules, alors qu'il disposait les laitues dans les bacs de la boutique.

— Pour les répétitions du groupe, le Professeur et moi on est en train de préparer la liste des chansons qu'on va jouer. Ça va vous plaire, monsieur Albert. Cette année, on voit les choses en grand, ça va être inoubliable.

La nouvelle recrue était au bord des larmes parce que la caisse s'était bloquée. Albert connaissait bien cette sensation d'être saisi à la gorge quand de petites choses se dressent devant nous tels des murs qu'on n'a pas le courage d'escalader. Mais parfois, il craignait de n'avoir pas assez de temps, de patience et de sang-froid pour les aider tous.

Il accueillit la cliente avec un regard noir, qu'il regretta à l'instant où il reconnut Bess. Elle devait être arrivée depuis un moment, parce qu'elle avait posé sur la table un pot de sel aux herbes aromatiques confectionné par les jeunes, un caillou peint de leurs mains maladroites et une pommade à l'aloe vera, qu'ils achetaient en gros et revendaient pour gagner quelques centimes. Mais ceux qui s'occupaient des ventes n'étaient pas forts pour rendre la monnaie.

— C'est pour mon fils.

Pendant que la jeune fille appuyait sur des boutons pour tenter de relancer la caisse, Albert lista les propriétés de l'aloe vera, un excellent décongestionnant contre la fatigue.

— Footballeur ?

— Non, il joue au hockey.

— Le chef a gagné un championnat, intervint Rollo, qui trempait des plants de basilic dans l'eau.

— Vraiment ?

— J'ai passé une saison sur le banc de touche, se défendit Albert en le regardant de travers.

La caisse émit un bruit qui ressemblait à une reddition. La jeune fille se tordait les mains et n'osait pas lever ses yeux pleins de larmes pour s'excuser auprès de Bess.

— C'est la maison qui offre, pas vrai, Martina ? la sauva Albert en prenant délicatement ses mains dans les siennes avec un sourire patient. Tu t'en sors très bien. C'est ta première semaine, n'est-ce pas ?

Elle s'empressa d'acquiescer, les yeux toujours baissés, et fila à l'arrière quand Albert lui demanda d'aller chercher un sachet.

— Alors, vous travaillez ici.

La scène avait mis Bess dans l'embarras. Elle ne lui avait jamais auparavant souri ainsi, à la fois chaleureuse et timide. Derrière elle, Albert aperçut Rollo qui levait le pouce en lui adressant un clin d'œil.

— Viens, je t'emmène faire le tour des serres, lança-t-il, passant spontanément au tutoiement.

Albert et Bess s'assirent sur un banc, à l'ombre de la vigne.

— Tu n'es pas venue uniquement pour le sel aromatique, pas vrai ? Ni pour la pommade, j'imagine.

On n'arrivait jamais aux serres par hasard. Elles étaient peu accessibles et, surtout, il ne l'y avait jamais vue depuis qu'il y travaillait.

Bess serra les lèvres en glissant une main dans son sac.

— La villa.

Albert acquiesça en souriant – il s'y attendait.

— Le notaire m'a donné ceci, dit-elle en sortant la bague, avant de lui raconter toute l'histoire. J'ai cherché dans les lettres que nous avons en notre possession les noms d'Emma et Benjamin Fliri, mais je n'ai rien trouvé. Je devrais peut-être demander à Flora quand elle sortira de l'hôpital. Je n'ai pas d'autre idée.

Pendant un moment de grande solitude, elle avait même envisagé d'interroger Charlie.

— Je soupçonne que notre Kiki aurait trouvé sa place parmi mes jeunes, plaisanta Albert. On prétend que les accumulateurs compulsifs ont souffert de graves différends avec leurs parents et ont grandi dans des environnements familiaux froids. Tu le savais ?

— Ils ont manqué d'affection.

— Certaines personnes éprouvent de l'affection, mais n'arrivent pas à l'exprimer, objecta Albert en haussant les épaules.

— Cela revient au même, conclut Bess.

— Pas exactement, mais je crois que les résultats sont les mêmes, oui, conclut-il en se redressant. Tu as dit que son père était général. Sa mère était probablement une femme peu empathique.

Il s'y connaissait, en parents de ce genre. La simple évocation de son propre père le mettait mal à l'aise.

— Quelque chose relie Kiki à Emma et Benjamin. Au début, elle a dû penser que la meilleure solution était d'apporter la bague au notaire, parce qu'elle imaginait qu'il l'aiderait à comprendre d'où elle venait. Elle l'a trouvée chez elle, mais elle ne se rappelait pas l'avoir vue avant.

— J'imagine, au milieu de toute cette confusion.

— Mais elle ne l'a appelé qu'après pour l'héritage. Elle était absolument certaine que la bague devait leur revenir.

— Comme un cadeau, supposa Albert. Ils l'avaient peut-être aidée à un moment, ou alors ils étaient simplement amis. Et Kiki voulait qu'ils aient la bague pour se souvenir d'elle.

— Ou bien cette bague ne lui appartenait pas, et devait retourner à ses propriétaires, réfléchit Bess en pensant au blason gravé dessus, et aussi au sachet rangé dans son sac qu'elle était venue remettre à Albert.

— Kiki n'arrivait à se séparer de rien, Bess, même pas de ses poubelles. Il n'y a aucune logique dans tout ce fatras. Et tu n'es pas obligée de trouver une réponse à chaque question.

Bess baissa les yeux. Elle ne pouvait pas lui en vouloir de se montrer plus rationnel qu'elle.

— C'est très beau, ici. Ce que tu fais est important, dit-elle en respirant l'odeur de lavande.

— Ils m'ont beaucoup aidé quand j'en avais besoin. Et moi, je me dois de leur rendre la pareille.

Silence. Cigales. Le vol disgracieux d'un bourdon.

— Il y a autre chose, Albert, commença Bess en prenant son courage à deux mains. On a réfléchi, Nino et moi, et on est convaincus que c'est toi qui devrais les avoir. Je sais que pour le moment, Alice et toi ne vous parlez pas, mais ça pourrait te donner une raison de la contacter.

Elle lui tendit le sachet, duquel dépassait le museau d'un ours en peluche à l'air sympathique. Mais Albert ne bougea pas. Il ne souriait plus, il n'avait plus de mots.

— J'ai cherché le bon moment, mais je crois que je ne suis pas douée pour reconnaître les bons moments, s'excusa Bess. Ce sont les objets qu'Alice avait sur son bureau. Il y a notamment son iPod et ses écouteurs.

Albert prit le sachet et fixa la peluche. Ses yeux s'assombrirent. Soudain, les serres semblèrent loin. Bess aussi. Et tout ce pour quoi il avait lutté n'avait plus de sens. Il n'aimait pas cette sensation, qui anéantissait en un instant ses efforts pour se lever le matin et trouver de la bonté dans ce coin de monde. Il cessait de courir et de se débattre. Retourner dans ces limbes où le temps ne comptait pas, où il n'y avait plus besoin de lutter, lui parut aussi consolateur que de se rendre. De nouveau, il n'y avait plus que lui et Alice.

— Je l'ai acheté pendant un déplacement avec mon équipe de hockey. À une station-service.

Il avait peut-être déjà bu quelques bières pour tromper l'anxiété du match. Mais il tenait bien l'alcool, personne ne s'en apercevait, jusqu'à ce qu'il s'écroule et dorme jusqu'au lendemain. Cela lui convenait : sobre, il était moins sûr de lui, moins fanfaron, moins l'Albert-qui-fait-rire-tout-le-monde.

— Je l'ai acheté pour Alice. Elle devait avoir six ans. Ou, cinq, parce qu'elle n'était pas encore à l'école élémentaire. C'était avant que Margot me mette dehors.

L'ours en peluche avait été le témoin de la soirée qui allait devenir le chef d'accusation, la carte que sa femme avait abattue comme un as devant le juge. Tout avait commencé par un seul mot. Peut-être juste avant, quand il n'était pas rentré de la nuit et que Margot, ne le voyant pas arriver et rongée par l'angoisse, avait appelé tous leurs amis pour avoir de ses nouvelles. Pendant ce temps, Alice dormait dans sa chambre avec son ours en peluche. Mais ensuite, il était rentré. Et ce mot avait vibré dans l'air : elle l'avait traité de « branleur ». Parmi les millions de mots possibles, elle avait choisi celui que son père lui répétait chaque fois qu'il ratait une occasion pendant un match, chaque fois qu'il renonçait à sauter sur le trampoline et en descendait les yeux rivés au sol, chaque fois qu'il courait aux toilettes, les boyaux en feu tellement il était angoissé par l'entraînement. « Branleur. » Alors le sang lui était monté à la tête. Il avait vu rouge, puis noir. Le gentil Albert, l'Albert-qui-fait-rire-tout-le-monde, avait détruit sa vie. Albert-le-méchant, le je-m'en-foutiste, Albert-le-lâche, avait pris le dessus.

— Merci, répondit-il seulement.

Cela partait d'une bonne intention. Bess était gentille. Mais il n'arrivait pas à dire quoi que ce soit d'autre. Il étouffait à ses côtés.

— Si je peux faire quelque chose…

— Merci, tout va bien, l'interrompit-il.

Silence. Stridulation des cigales.

— Il faut que j'aille voir ce que fabrique Rollo.

Le regard de Bess, insistant, profond. Son silence à lui, en guise de réponse.

Bess referma son sac, prit une grande inspiration.

— Moi aussi, il faut que j'y aille, dit-elle sans conviction.

Elle se leva, mais Albert ne la vit pas remonter l'allée, ouvrir la portière de sa voiture, se laisser tomber sur le siège, attendre un instant après avoir inséré la clé et se demander où avait été son erreur.

À son retour, Albert ne trouva personne derrière le comptoir, mais il y avait pour lui une fleur des champs, posée à côté de la caisse. Martina. Les manières uniques, simples ou compliquées, qu'inventent les gens pour se faire comprendre quand les mots ne veulent pas sortir. Il la glissa dans le sachet. Il ne méritait aucun remerciement.

Albert attendit d'être rentré pour déballer les affaires d'Alice. Il mit l'iPod dans son sac, avec la liste dont il avait rayé une phrase : « Un cadeau à quelqu'un qui ne s'y attend pas ».

Après tout, cela avait été la journée des cadeaux, pensa-t-il avec une pointe de sarcasme. Il avait offert le sel aromatique, la pommade et un stupide caillou à Bess – tu parles d'un romantique. Et il était rentré chez lui avec l'ourson, offert à sa fille une éternité auparavant. Et puis, il y avait la fleur de Martina.

Il accrocha le billet du bonheur sur le mur nu, à côté de « Caresser les chats de la Villa Freiberg » et « Regarder un film d'horreur quand il pleut ».

Toutefois, il ne voyait pas la feuille qu'il tenait dans ses mains, ni le ruban adhésif, ni même les ciseaux qui le coupaient.

Dans le couloir, comme une flamme tremblant dans l'obscurité, il y avait une petite fille aux cheveux ébouriffés, aplatis sur la nuque à cause de l'oreiller, les yeux brillants de sommeil. L'ourlet de sa chemise de nuit touchait ses petits pieds nus. D'une main, elle tenait l'ours en peluche qu'il venait de lui offrir. Elle plantait ses yeux dans les siens et il se sentit chuter.

— Tu vas où, papa ?

Sa colère s'était évanouie en même temps que son courage, et il était resté seul, le bras en l'air, les doigts encore agrippés à la poignée. Margot le fixait, écarlate, elle lui demandait du regard pourquoi il n'arrivait pas à changer, à vivre avec elles sans avoir besoin de plus. Un coup sec, un couperet. Il avait ouvert la porte et il était sorti, laissant tout derrière lui, tous les mots qu'il n'avait jamais réussi à prononcer.

1943

Anubis

Benjamin n'avait jamais remarqué que Herr Gunther portait des lunettes. En même temps, il n'avait jamais été aussi proche de lui. L'homme avait retiré son chapeau, il s'était penché pour se mettre à sa hauteur et il l'avait fixé de ses yeux noirs.

— Ça va, mon garçon ?

Ce n'était pas une meute de chiens qui avait assailli la remise, mais un seul. Il s'était jeté sur Peter et lui avait mordu le bras. Et les personnes qui avaient fait irruption n'étaient pas une armée, mais deux hommes. En silence, ils avaient invité l'ami de Peter à remettre son uniforme, veste, slip, pantalon, chaussettes, bottes à talonnettes, que le jeune homme avait enfilés à la va-vite, les mains tremblantes. Peter, lui, était toujours nu. Ils lui avaient attaché les poignets avec une corde. Du sang coulait de son sourcil et il avait du mal à tenir debout. Il avait souri à Benjamin en lui adressant un clin d'œil, l'enfant avait baissé les yeux.

— Viens, le rassura Herr Gunther en passant un bras autour de ses épaules.

Ce contact le dérangea autant qu'une piqûre de guêpe, mais il se laissa faire. Gunther saisit la laisse du gros chien noir aux oreilles en pointe, comme le dieu Anubis dans les livres. Il trottinait à côté de lui et couinait quand il lui caressait le cou. La voiture se trouvait garée à distance des autres, la portière déjà ouverte.

Herr Gunther monta à l'arrière et lui fit signe de le suivre. Les fauteuils étaient moelleux et il appréciait l'odeur d'essence. Il aima la voiture. La carrosserie rutilante, le volant et toutes ces manettes : les boutons, les miroirs, les leviers. Soudain, il pensa à Emma : il devait aller la retrouver.

— Ces dessins, dit Herr Gunther en lui montrant les croquis où il avait représenté une araignée et une phalène au charbon de bois, avant que Peter et son ami entrent dans le cabanon, c'est toi qui les as faits ?

Benjamin acquiesça avec un empressement coupable. Puis il attendit. Ses croquis semblaient plaire à l'homme. Il les regardait avec intérêt, lentement, observait les détails.

— Tu es très fort, reprit-il en se pinçant le menton pour acquiescer, geste d'approbation qui plongea Benjamin dans une étrange euphorie.

Mais il pensa de nouveau à Emma. Elle n'aimait pas ses dessins, elle y voyait quelque chose de laid et de sale. Il était tard, il devait vraiment aller la retrouver, et cacher les dessins avant qu'elle les voie. Il aurait pu les laisser à Herr Gunther, qui les retournait entre ses mains en les approchant de ses lunettes.

— Tu es très fort, répéta-t-il, et tu n'as que sept ans. Ou alors tu es plus âgé ?

Benjamin ne savait compter que sur ses doigts, mais il n'eut pas l'idée de calculer devant cet homme. Ses doigts étaient noirs de la terre qu'il avait déplacée pour débusquer les insectes. Et si Herr Gunther était comme Emma – même si, étant donné ses goûts, il ne l'était sans doute pas –, il se fâcherait.

— Tu ne parles pas, Benjamin ? demanda-t-il d'une voix soudain dure et froide. Ou on t'a ordonné de ne pas le faire ?

La portière avant s'ouvrit tout grand, laissant entrer un parfum ambré que Benjamin connaissait bien. Celui d'une femme, qui s'assit sur le siège passager sans se retourner.

— L'enfant est muet depuis la naissance.

— Il n'a jamais parlé ? Il a subi un traumatisme, un…

Frau Anna ne le laissa pas finir sa phrase. Sa voix était calme. Benjamin avait même du mal à la reconnaître, si atone, dénuée d'irritation ou de caprice, sans tristesse ni joie.

— Il est né ainsi.

— On vérifiera. En temps voulu et de la façon adaptée. Il étudie ?

— Sa mère l'a gardé à la maison. Tout ce qu'il sait, elle le lui a enseigné.

Herr Gunther acquiesça, puis son regard revint aux dessins posés devant lui, pareils à des cartes de tarot.

— Ces…

— Ils sont géniaux.

L'homme éclata d'un rire suffoqué par une quinte de toux.

— Ces dessins sont de l'art dégénéré, Anna. Il dessine comme Léonard de Vinci et il n'a que sept ans. Il pourrait reproduire le soleil, les fleurs, la façade de votre belle villa, les papillons. Mais regarde ça : il a un goût obscène pour la terre et la souillure.

— Ils lui ont fait quelque chose ? coupa court Frau Anna.

— Mes hommes ne lui ont pas touché un cheveu. En revanche, ce qu'il faisait là-dedans avec ces deux, je soupçonne que, même vous, vous l'ignorez, dit-il en caressant la joue de Benjamin. Il est clair que cet enfant ne devrait pas être ici, ma chère Anna. Il a besoin de soins et d'une prise en charge. Il faut dévoiler le mystère de ce qu'il se passe dans cette petite tête. Et de ces yeux, qui capturent tous les détails, murmura-t-il lentement en retirant sa main.

Benjamin perçut le ralentissement de la respiration de Frau Anna. Était-elle fatiguée, elle aussi ? Lui, il aurait pu s'endormir sur les genoux de Herr Gunther.

— Vous avez dit, Anna, que ma « rencontre » avec l'enfant devait se produire de façon naturelle. Cela fut le cas : une sorte de cadeau du destin qui vous a retiré la responsabilité du choix. Nous avons résolu la fâcheuse situation du cabanon et il était là. La nature est la meilleure des artistes, vous ne pensez pas ? Elle entrecroise les destinées comme les fils d'un canevas. Et elle crée des formes étranges, ajouta-t-il en passant la main dans les cheveux de Benjamin.

— Vous n'avez pas à chercher loin pour trouver les « bizarreries » de la nature, objecta Frau Anna. Vos hommes ont aussi des intérêts originaux, surtout celui qui tenait compagnie à mon chauffeur. Vous allez l'emmener à la clinique, lui aussi, pour étudier sa présumée étrangeté, la façon dont la nature joue avec les formes et les goûts des hommes ?

Gunther rit.

— C'est Benjamin qui m'intéresse, Anna.

L'enfant trouva sa caresse rassurante.

— Il intéresse la science, se corrigea Gunther. Et vous savez ce que vous devez faire. Ce qu'il se doit dans ces cas-là.

— Et si vous ne le trouvez pas si génial, si vous découvrez qu'il s'agit du caprice d'une nature fantaisiste, la même qui a créé votre homme, par exemple, que lui arrivera-t-il ?

Le silence tomba telle une chape de plomb. Frau Anna réfléchit longuement.

— Que vais-je raconter à Enea ?

— Vous lui direz la vérité : que je vous ai épargné des ennuis parce que cet enfant, comme tous les enfants, aura un jour besoin d'un médecin, et alors vous devrez répondre à de nombreuses questions. Un collègue moins patient que moi vous demandera pourquoi il ne parle pas et pourquoi il a l'air plus petit que son âge. Il voudra comprendre l'origine de sa maladie. Il voudra creuser le sujet, il vous demandera ses papiers, l'identité de son père. Il remontera de génération en génération pour savoir si c'est à cause de son sang. Et ainsi, par un hasard du destin – le même qui nous a fait nous rencontrer dans le cabanon –, il découvrira que vous avez protégé les enfants d'un traître.

Benjamin, de plus en plus certain qu'Emma le cherchait, voulait descendre.

— Prenez le dossier qui se trouve sur le siège.

Frau Anna obéit.

— Ouvrez-le.

Elle s'exécuta.

— C'est écrit là. Donnez votre consentement, donnez-lui une chance. Et offrez-la à votre famille. Vous la lui devez, non ? À Rosa, dit-il en détachant les syllabes. Je m'occuperai du reste.

Benjamin posa le front contre la vitre pour regarder en direction de la remise. Avant d'aller retrouver Emma, il voulait s'assurer que Peter allait bien. Ensuite il irait au lit comme ça, tout sale. Il se dépêcherait d'éteindre la lumière et sa sœur ne s'apercevrait de rien. Tant pis s'il se couchait tout habillé, il suffisait de remonter les couvertures jusqu'au menton. Il se sentait si fatigué. La voix de Herr Gunther paraissait lointaine.

— Je ferai en sorte qu'ils ne remontent pas à vous, Anna, dit le médecin. Et je prendrai soin de ce petit.

Frau Anna se tut. Il y avait tant de questions en suspens, tant de pressentiments qu'elle s'efforçait de refouler. Dans le fond, elle avait toujours été trop sérieuse et inquiète. Enea le lui rappelait souvent : « Prends cette vie moins au sérieux, Anna. Laisse les choses venir, tu ne peux pas tout contrôler. » Parce que tout allait s'arranger. C'était ainsi que son père avait accumulé sa fortune : il avait pris un risque, en explorant des terres vierges sur lesquelles personne n'aurait misé. Et il avait gagné.

Parfois, quand on a peur, il faut doubler, tripler l'enjeu, et relancer. Mais, la peur, il ne faut jamais la montrer.

Benjamin se réveilla en sursaut. Dans son rêve le sourire de Frau Anna s'approchait, elle l'enivrait de son parfum et lui murmurait de s'allonger et de dormir. Non, il n'était pas nécessaire de chercher Emma pour le moment. Voulait-il qu'elle apprenne, pour la remise ? Ce qu'il y faisait, tout sale de terre, avec une feuille volée ? Il lui avait encore désobéi. Comment réagirait-elle ? Il devait juste bien respirer dans le mouchoir de Herr Gunther, profiter du siège confortable et oublier sa frayeur. Elle s'occuperait de chercher Emma.

Benjamin se rappelait la vitre humide et froide sous sa paume ouverte pour saluer Frau Anna. Il avait attendu, mais elle ne s'était pas retournée, pas une fois. Il avait essayé d'ouvrir la portière pour la suivre – cela il s'en souvenait, ce n'était pas un rêve –, mais un autre homme était arrivé. Avant de se mettre au volant, il avait replacé le mouchoir sur son visage. Benjamin avait senti un mauvais goût dans sa bouche et, malgré lui, il s'était endormi.

Il n'était plus allongé sur les sièges en cuir. Et Herr Gunther avait disparu. Son cœur s'emballa, pire que s'il avait couru sans s'arrêter dans cette pièce aux murs gris et aux lits vides. *Bien sûr*, pensa-t-il en levant la tête pour accueillir la tiédeur du soleil déjà haut, *il faisait jour*, *or on ne dort pas après le chant du coq* –, Emma le lui répétait souvent.

Les fenêtres avaient des barreaux et on n'entendait aucun bruit. Le silence était plus intense que dans un bois sous la neige. Il se sentait flotter, sans prise ni cap. Pourtant il y avait un nom, griffonné sur le mur, tout tordu en majuscules, certaines lettres plus grandes que d'autres, le S un hameçon, le O une flaque, comme celles où il aimait sauter quand maman et lui allaient chercher Emma à l'école.

« Santino », un prénom italien, signe qu'il ne se trouvait pas seul, que quelqu'un était là, ou l'avait été. Quelqu'un dont il volait le lit. Il y avait d'autres noms, dans un coin. « Maria », « Carlo », Vincenzo ». Des Italiens, comme lui. Cette découverte le revigora. Mais pas pour longtemps.

Quatorze lits, deux rangées de sept, aux bords métalliques, dix barreaux de chaque côté, vingt barreaux par lit, trois fenêtres trop hautes qui divisaient le ciel, huit carrés de ciel. Il avait faim. Emma n'était pas là. Ni Mme Weisshorn. Il n'y avait personne, personne à appeler. Et lui, il ne parlait pas. Sa voix, c'était Emma, et elle n'était pas là.

Il resta immobile, sur le dos, les yeux rivés au plafond. Il les ferma, compta jusqu'à dix. *Maintenant je vais me réveiller.* Il les rouvrit, mais rien n'avait changé. Il s'assit au bord du matelas. Le lit était haut, ses pieds ne touchaient pas le sol. Il n'arrivait pas à bouger les jambes, peut-être à cause de la peur. Ou alors ça avait un rapport avec le goût pâteux qu'il avait dans la bouche depuis son réveil. Les battements de son cœur redoublèrent : combien de temps avait-il dormi ? Une nuit, une nuit et un jour entier, deux ? Il regarda ses mains, c'étaient toujours les mêmes, elles n'avaient pas grandi, petites et noires de terre, et il portait toujours ses chaussures bien lacées, son bermuda sous le genou, la chemise à fines rayures qu'il n'aimait pas, mais que lui avait offerte Frau Anna.

Frau Anna. Qui allait se lever tard, comme tous les matins, parce qu'elle se moquait des coqs, elle, elle ne connaissait que les plumes des paons – des bêtes stupides qui ne savent pas tenir le compte du temps. À cette heure, son petit déjeuner lui avait déjà été servi. Et vu qu'il ne pleuvait pas et que le soleil était sorti, elle se l'était fait apporter sous le kiosque, au jardin, plutôt que dans sa chambre. Et même si elle avait tardé, si les filles s'étaient trompées de robe et qu'elles étaient retournées la repasser, que ses cheveux après la fête avaient pris de faux plis la mettant de mauvaise humeur, en admettant qu'elle soit passée au salon bavarder avec son mari, se disputer au sujet des titres des journaux, Benjamin était certain d'une chose : à cette heure, elle avait parlé à Emma. Et Emma venait le chercher.

Il se coiffa avec les doigts, ajusta sa chemise et s'assit bien droit, mains sur les genoux, poings fermés. Il devait être impeccable, comme quand maman les préparait pour aller à l'église, Emma et lui. Cette fois, il n'allait pas mettre sa sœur en colère. Et même, il ne la mettrait plus jamais en colère, de toute sa vie.

Les heures pouvaient défiler, le ciel s'éclaircir, la lune se couler dans des nuages d'encre. Lui, il resterait assis sur le bord de son matelas. Il avait décidé que, même s'ils venaient le chercher et le traînaient par les jambes, il resterait là, le temps qu'Emma le trouve.

17

Pluie

Seule dans la villa, sous les nuages chargés de pluie, Bess dressait la liste des personnes qui lui avaient fait faux bond ce jour-là.

Thilde se sentait malade, donc Nino n'était pas venu. Ils travaillaient ensemble depuis trois ans, pourtant elle ne connaissait que de minuscules détails de sa vie privée. Elle avait vu Thilde quelques fois, dans le centre-ville. Une jeune femme solaire, obnubilée par les couleurs – elle lui avait envié sa longue écharpe en patchwork. Elle enseignait les arts plastiques dans l'école où Nino et elle s'étaient rencontrés. Bess comprenait qu'il soit tombé amoureux d'elle.

Et puis, il fallait aller chercher Flora à l'hôpital et la ramener chez elle. Bess avait appelé le service plusieurs fois. Les sorties étaient généralement le matin, mais l'infirmière lui avait laissé entendre qu'il y avait eu une complication. Rien de grave, avait-elle expliqué sur un ton sibyllin en retenant un sourire, Flora disait avoir mal aux poumons. Une demi-heure plus tard, la douleur était descendue à l'estomac. Puis elle était remontée au cœur, et aux bras. Le soir, elle avait mal partout, au point qu'elle ne pouvait plus se servir de ses jambes, même pour aller aux toilettes.

Bess s'était inquiétée, mais l'infirmière lui avait confié l'avoir entendue rire et manigancer avec son voisin venu lui apporter son jus de fruits. Selon elle, la douleur de Flora Spatt n'était qu'un refus de rentrer chez elle. Elles s'étaient mises d'accord sur le lendemain matin et Bess avait obtenu la permission d'amener Charlie, avec l'espoir que cela aiderait Flora à sortir de son lit.

Entre-temps, elle se débrouillerait. Sans Nino. Sans Albert. Seule, comme l'avait été Kiki. Elle s'était parfois sentie incompétente quand elle était avec David. Parce qu'elle oubliait de lancer la lessive et que la maison était en désordre, comme dans la famille d'où elle venait. Alors que tout dans la vie de David brillait comme une enseigne publicitaire. Mais elle savait qu'elle était une femme forte, plus forte que le chantage d'un narcissique. Jusqu'à ce jour où elle et Mattia s'étaient retrouvés dans la forêt et où, soudain, elle s'était aperçue que la petite main de son fils ne se trouvait plus dans la sienne.

Là, elle s'était sentie totalement nulle. La pire femme du monde. Qui peut être plus cruelle et égoïste, plus monstrueuse qu'une mère qui perd son propre fils ?

Elle avait été lâche de ne pas le raconter à Albert quand il lui avait parlé d'Alice. Elle était lâche aussi de ne plus rendre visite à sa mère. Sa mère qui errait à son tour dans des bois imaginaires en se griffant les bras et les chevilles, ignorant son nom et d'où elle venait. Sa transformation, son égarement, avaient été aussi imprévisibles que rater une marche : elle avait perdu sa lucidité, et son inconscient s'était réfugié dans une autre dimension.

Ce fut la même chose pour Bess quand elle avait remarqué que Mattia n'était plus avec elle : pendant quelques minutes, elle avait perdu sa lucidité, et son inconscient s'était réfugié au-delà de la réalité.

Bess traversa le salon et monta l'escalier, lampe-torche à la main.

Le grenier constituait sans aucun doute l'épicentre des catastrophes, mais le reste n'était pas dans un état beaucoup plus rassurant. Le faisceau de lumière balaya des meubles et des épaves en tous genres.

Que pouvait-elle y trouver ?

Elle aurait tant voulu disparaître une semaine, laisser à d'autres cette immense créature poussiéreuse qui l'entraînait dans sa chute. Pourtant, par expérience et grâce à son histoire avec David, elle savait que chaque seconde passée à se cacher est une dette en plus à payer. David, David. *L'apparence ne coïncide presque jamais avec la réalité*, se dit-elle en éclairant une pyramide de sacs poubelles.

— Et toi, Kiki, que cachais-tu, là-dedans ?

Soudain, fouiller dans les souvenirs des personnes, disséquer le lieu où elles avaient vécu comme si c'était un site archéologique, ne lui parut plus être une bonne idée. Chaque couche emprisonnait les restes d'une vie non racontée.

Épuisée, elle s'adossa au mur. Par endroits, le papier peint était décollé. Alors Bess eut une idée : elle l'arracha, le gratta, en fit des confettis. La colle craquait en se détachant, les couleurs émergeaient du mur, à peine jaunies. D'abord le rouge, puis des guirlandes dorées, une colombe, peut-être un pigeon, dessiné par un enfant ? Tout en haut jusqu'au plafond. Elle prit l'escabeau, examina les coins. Partout, des boucles de papier peint révélaient des décors orientaux, des fresques. Et de là-haut, derrière les meubles, elle aperçut des dizaines de tableaux. Elle souleva les bâches qui les recouvraient, lut le nom du peintre : une femme, Norma Wezil. Les arbres squelettiques sur les toiles sombres n'étaient pas son style. Mais que connaissait-elle à l'art ? C'étaient tout de même des tableaux, et surtout c'était, dans ce qu'elle avait trouvé jusque-là, ce qui ressemblait le plus à une collection.

En elle, quelque chose lâcha enfin. L'espoir papillonna dans sa poitrine. Bess se sentit de nouveau vivante et légère. Cela ne lui était pas arrivé depuis longtemps.

18

Disparu

— Alors, où est-ce que je vous emmène ? demanda Bess avec un sourire forcé qu'elle espérait convaincant.

Entre l'haleine pestilentielle de Charlie et la mauvaise humeur de Flora, elle avait du mal à se montrer joyeuse. L'habitacle de la voiture était chargé de pensées négatives et le chien puant qui occupait toute la banquette arrière obstruait la vue.

— Si vraiment je dois rentrer chez moi…

Flora marqua une pause chargée de mélancolie, décidée à distiller la culpabilité dans l'esprit de celle qui l'avait sortie de l'hôpital. Elle soupira en lançant un dernier regard au bâtiment.

— J'habite sous les arcades, dans le centre historique.

Une longue rue étroite et biscornue qui montait vers les collines, bordée de vieilles maisons. Les « arcades » étaient les anciennes devantures des ateliers et des boutiques, quand les vitrines n'existaient pas encore et que la marchandise était exposée dans la rue, sous des arches de pierre. Aujourd'hui, il y avait des magasins et des restaurants avec terrasse. Les habitations avaient été rénovées, ce qui avait fait exploser le prix de l'immobilier. Mais Bess comprit vite que le deux-pièces où vivait Flora appartenait aux quelques logements qui n'étaient pas encore passés par la case travaux. On y accédait par une cour intérieure, puis un escalier en bois noir et consumé.

— Je n'ai pas grand-chose à vous offrir.

Bess regarda autour d'elle. Les plafonds étaient hauts et grisés par la suie, les murs tachés d'humidité, l'air étouffant et les meubles rongés par les vers. Elle commençait à comprendre pourquoi Flora avait apprécié le confort de sa chambre d'hôpital. Toutefois, malgré l'atmosphère de vieille cave à jambons, la femme s'était efforcée de rendre le lieu accueillant. Sur les étagères de guingois en bois étaient posées des photos d'elle plus jeune, souriante, bien coiffée. Et une avec son mari, où ils sortaient de l'église en se protégeant d'une pluie de confettis.

Et il y avait beaucoup de livres. Des livres partout. Empilés sur le sol, utilisés comme tabourets ou table basse. Sur les appuis de fenêtre, où ils maintenaient une légère ouverture pour faire entrer l'air, même si cela ne suffisait pas à rafraîchir l'appartement.

— Ce sont des maisons anciennes, commenta Bess.

— Oui, elles datent du Moyen Âge, répondit Flora en disparaissant dans la petite cuisine. La mienne n'a pas beaucoup changé. La poussière a sans doute stratifié. Ça pourrait vous intéresser, d'un point de vue archéologique.

Elle fouillait dans la vaisselle, sous l'œil attentif de Charlie. Elle ne ressemblait pas à la Flora habituelle. Elle revint avec une petite bouteille de jus de fruits et un verre. Visiblement déçu, le chien se coucha sur le tapis à côté du canapé.

— Elle vient de l'hôpital. C'est mon voisin de chambre qui me l'a offerte. Je voulais la garder pour une occasion spéciale, mais j'imagine que vous avez soif. Il fait chaud. Et puis, c'est un peu spécial, mon retour, pas vrai ?

Bess était écrasée non seulement par la température, mais aussi par l'humidité qui imprégnait les murs et collait le T-shirt à sa peau, et par la poussière qui saturait l'air. Pourtant, il n'y avait qu'un seul jus et elle ne se sentit pas d'en priver Flora.

— De l'eau, ce sera parfait.

Sans insister, Flora retourna à la cuisine.

— Si vous cherchez les toilettes, c'est sur le palier, en commun avec les familles de l'étage.

Sa voix s'éteignit dans les bruits de pas et d'eau qui coulait du robinet.

— Vous avez l'air d'aller mieux.

— Plutôt, oui.

À cet instant, Flora se souvint de sa douleur à la jambe et se remit à boiter. *Mais du mauvais côté*, constata Bess.

— Vous avez beaucoup de photos.

— Assez.

— Et énormément de livres.

Flora acquiesça sans conviction.

— Vous savez, il y a quelques jours, je suis venue dans le quartier pour aller aux archives.

— Toujours vos recherches ?

— Oui. J'ai regardé dans les albums de famille. Vous vous souvenez de l'enfant dont je vous ai parlé ? Au dos d'une photo, il y avait une date : 1943-1944.

Bess capta enfin l'attention de Flora.

— Je ne connais pas bien ces années, poursuivit-elle.

Elle était plus au courant de l'italianisation forcée voulue par Mussolini, de l'arrivée des Italiens des régions frontalières pour coloniser les terres arrachées à l'empire Habsbourg. Elle pensait qu'après le traité de 1918, le Haut-Adige avait toujours été italien. En fait, le Haut-Adige avait appartenu à Hitler. En 1943, quand l'armée allemande perdit du terrain et se retira, les provinces de Bolzano, de Trente et de

Belluno furent réunies pour créer la zone d'opérations des Préalpes, confiée au gauleiter du Tyrol-Vorarlberg. Elles étaient devenues son ultime bastion, son nid d'aigle protégé par la roche.

— Un tribunal avait été créé pour juger les crimes politiques. Histoire de montrer que les choses avaient changé et que ce n'étaient plus les mêmes qui commandaient.

— La rafle de Malga Zonta, murmura Flora d'une voix grave. Des dizaines de partisans italiens embarqués et fusillés. C'était en août 1944.

— Une véritable annexion au Reich, même si personne n'employait ces mots, précisa Bess en cherchant la photo de la bague dans son téléphone. Ce furent les années de durcissement de la persécution contre la communauté juive et de la réintroduction de la langue allemande. De la sauvegarde de la race et des ordonnances comme celle qui interdisait aux Italiens de porter des vêtements allemands et d'adopter leurs traditions. Les années où toute la population, d'un côté comme de l'autre, fut impliquée dans la guerre.

— Les années où les hôtels furent transformés en hôpitaux et les villas ouvertes aux réfugiés et à ceux qui n'avaient plus rien. Comme la Villa Freiberg. Je sais où vous voulez en venir, Bess.

— Un nom : Emma Fliri. Kiki vous en a-t-elle déjà parlé ?

— Non, il ne me semble pas.

— Emma Fliri, répéta Bess dans l'espoir qu'un souvenir lui revienne. Kiki la connaissait. Elle lui a légué cette bague. À elle et à un certain Benjamin. Un frère et une sœur, qui ont vécu à la villa pendant une période. Ça ne vous dit rien ?

Flora regarda la photo et secoua la tête.

— On dirait un bijou important.

— Cette bague appartenait à un officier.

— Jamais rien vu de tel.

— Flora, à l'hôpital vous m'avez parlé d'un enfant qui avait disparu à la villa, l'année de cette photo. Apparemment personne ne s'est donné la peine de le chercher, c'est bizarre, non ?

Si cela lui était arrivé – et elle repensa à l'après-midi où elle avait égaré Mattia dans la forêt –, elle aurait remué ciel et terre.

— Attendez. Vous avez dit qu'ils étaient frère et sœur, c'est ça ?

Bess acquiesça.

— Je crois que le petit garçon en question avait une sœur, plus ou moins de l'âge de Kiki. Elles étaient souvent ensemble, mais elles ne se mêlaient pas à nous. Et puis, mon père et moi, on est partis vite.

— Que savez-vous d'eux ?

— Pas grand-chose, Bess. Je vous l'ai raconté, j'ai presque tout oublié de cette période. Et Kiki m'a parlé de beaucoup d'événements qui s'étaient produits à la villa. De son grand-père adoré. De leurs sorties en montagne. En revanche, elle n'a jamais évoqué ces deux enfants.

— Vous avez précisé que c'était un garçon spécial, ou quelque chose dans le genre.

— Il était dans son coin, oui. Il ne parlait pas. Les gens passaient quelques semaines à la villa, parfois des mois. Et puis ils s'en allaient, et d'autres arrivaient. Peut-être qu'ils sont repartis ensemble, sa sœur et lui.

— Vous m'avez dit qu'il avait disparu.

— Oui, parce qu'à un moment, je ne l'ai plus vu. En tout cas, il n'était pas stupide. J'en ai connu beaucoup des enfants comme ça : ils ressemblent à des carcasses vides, mais en fait ils sont trop malins pour sortir de leur tanière. Et si vous vous posez la question, non, je n'ai jamais eu d'enfants. Si c'était des miens que je parlais, je ne serais pas objective. Même quand un enfant a un cerveau d'australopithèque, ses parents le prennent pour un génie. Non, conclut-elle en secouant la tête, les enfants, ça me connaît.

Flora avait à nouveau envie de raconter.

— Dans les années 1950, juste après la guerre, mon père s'est mis à son compte. Il a accumulé une petite fortune. Vous savez, comme ceux d'aujourd'hui, qui partent de zéro.

— Un entrepreneur, suggéra Bess.

Une belle histoire de revanche, imagina-t-elle. Il avait profité du boom économique, de l'envie de se remettre d'aplomb, de construire de nouveaux hôtels, des restaurants accrochés aux montagnes, qui conservent leur charme encore aujourd'hui.

— Oui, plus ou moins. Il a acheté une baraque mobile de *würstel*. Je me souviens encore de l'enseigne colorée, qui mettait l'eau à la bouche, raconta Flora, rêveuse. C'était un beau travail, nous faisions les marchés, les foires, parfois nous nous arrêtions sur les places, moi, je l'aidais. Mes tresses sentaient la saucisse et la friture, mais j'étais une enfant joufflue et heureuse. C'est là que je l'ai vue pour la première fois : une femme en tailleur strict et chaussures à talons. J'ai toujours adoré le bruit des talons. Chaque matin, à la même heure, elle traversait la place, un sac de cuir sur l'épaule. Elle était institutrice, et j'ai décidé que je voulais devenir comme elle, me promener avec des livres sous le bras et sentir le papier.

— Donc vous êtes devenue enseignante, conclut Bess en jetant un coup d'œil aux livres qui les entouraient.

— J'ai exercé un métier magnifique toute ma vie, déclara fièrement Flora : concierge.

Elle attendit que Bess mesure la portée de sa révélation, mais en vain.

— Les livres que vous voyez m'ont tous été offerts par les écoles où j'ai travaillé. Je lisais beaucoup. Et j'étais très aimée. Je gardais les clés de toutes les salles, et parfois j'allais en ville retirer des paquets ou envoyer des lettres. C'est là, à la poste, que j'ai rencontré mon mari.

— Il était facteur ?

— Vous manquez vraiment d'imagination, Bess, vous savez ? Karl travaillait dans un bureau et, tous les mardis matin, il se chargeait d'apporter le courrier à la poste. Juste pour me voir. Ses collègues m'adoraient, même s'ils ne me connaissaient pas encore. Vous imaginez combien d'heures d'attente cela leur a épargné durant ces mois ?

Bess trouvait tout cela très romantique, mais une soudaine puanteur avait envahi l'air.

— Il faut sortir Charlie pour ses besoins du soir, dit Flora en regardant le chien. Vous voulez m'accompagner ?

Il était tard et Bess avait à faire, par exemple achever le projet d'un nouveau client et prendre rendez-vous pour l'estimation des tableaux. Mais elle accepta volontiers.

— Votre fils va être triste de ne plus l'avoir.

Elles marchaient côte à côte sur le trottoir.

— Je crois que je me suis trompée. Je suis hors du coup, Flora. Mattia n'est plus un enfant. Il a d'autres choses en tête. Les amis, le sport.

— Je comprends.

— Je peux vous poser une dernière question, Flora ? Vous avez dit que votre père était un optant qui a quitté sa terre pour aller en Allemagne. Mais ensuite vous êtes revenus. Comment cela a été de retrouver ceux qui étaient restés ?

— Oh, eux, les *dableiber*, ils étaient restés par lâcheté, Bess. Ne croyez pas ce qu'on raconte à ce sujet. Les organes de propagande avaient fait courir le bruit que, au lieu de l'Allemagne, les trains d'Hitler allaient les emmener en Sicile et les enfermer dans des camps de concentration. Mon père, qui avait les pieds sur terre, plaisantait en disant que, nous, on serait contents en Sicile aussi, parce qu'il y a la mer et qu'il fait chaud. Mais on a trimé. La ferme, les champs, tu parles ! Ils nous ont envoyés au centre d'accueil de Stamps, avec d'autres familles. Ensuite, en attendant un logement, on a vécu dans une pension à Scharnitz. Puis on nous a assigné un appartement à Innsbruck, dans la Langstrasse. En 1943, la ville a été bombardée, alors mon père a décidé de rentrer.

— Vous avez dû vous sentir trahis quand vous n'avez pas obtenu ce qui vous a été promis.

— Moi, j'étais trop petite. Et de toute façon les femmes et les enfants ne décidaient de rien. Ils obéissaient au chef de famille, un point c'est tout. Mon père n'était pas du genre à avoir des états d'âme. Je pense qu'il n'a jamais perdu de temps à regarder en arrière.

— Et même quand vous êtes rentrés, vous avez passé des années difficiles, supposa Bess en fronçant les sourcils. Les esprits étaient enflammés.

— Si vous faites allusion à ce que les optants ont fait aux *dableiber* pendant l'occupation nazie du Haut-Adige – ils ont favorisé les arrestations, les actes de vandalisme et les déportations –, je pense que vous avez raison. Mais pas mon père, Bess. Il n'est jamais simple de distinguer le bien et le mal. Chacun porte en lui un peu de lumière et beaucoup d'ombre. De la culpabilité. Kiki avait la sienne. Et si elle voulait qu'Emma et Benjamin Fliri aient cette bague, cela a un rapport avec ses zones d'ombre. Kiki était préoccupée par beaucoup de choses, comme vous avez pu le constater. Dernièrement, le passé lui rendait visite de plus en plus souvent. Pas les belles choses, comme les sorties en montagne avec son grand-père, mais les années qui ont suivi. Je ne serais pas étonnée que la Villa Freiberg soit impliquée dans ces histoires. Elle essayait peut-être de donner un sens à ses souvenirs, de faire le bilan pour trouver des réponses. Mais c'était trop tard : il y avait autour d'elle trop de confusion, trop de décombres pour que cela soit possible.

Elle leva les yeux vers les montagnes sombres, où le soleil se faufilait, posant un voile pourpre sur les choses.

— Un peu comme vous, Bess. Vous continuez de vous demander qui étaient Emma et Benjamin Fliri, mais à mon avis cela ne vaut pas la peine. C'était la guerre. Les personnes arrivaient, repartaient, parfois elles revenaient. Et d'autres disparaissaient pour toujours. C'était ainsi, conclut-elle en haussant les épaules.

1943

Cailloux colorés

— Tu en parles comme s'il était mort, Emma.

Assise dans son fauteuil près de la fenêtre, Frau Anna était concentrée sur sa broderie. Elle n'excellait pas à cet art et les filles devaient souvent démêler des nœuds et remplir des trous, avant qu'elle exhibe aux invités ses coussins et napperons de parfaite maîtresse de maison, sous les regards moqueurs des domestiques.

À cet instant précis, l'affreuse aiguille qui n'en faisait qu'à sa tête lui occupait l'esprit. Au moins, elle ne pensait pas aux deux sujets qui l'empêchaient de dormir. Le premier était l'ordonnance obligeant les familles aisées à accueillir ceux qui avaient tout perdu sous les bombardements, ou parce qu'ils étaient partis pour l'Allemagne en tant qu'optants et rentrés plus pauvres qu'avant – or elle n'imaginait pas son élégant jardin occupé par des gueux qui la salueraient le matin quand elle ouvrirait ses fenêtres. Le second sujet, plus pressant et plus piquant pour sa conscience, concernait les questions incessantes d'Emma, qui était morte d'inquiétude. À tel point que, parfois, Frau Anna se sentait elle-même anxieuse.

— Ce n'est pas la première fois que ton frère s'échappe. Quand il poursuit les insectes dans les buissons, il perd la notion du temps, avait-elle commenté en gardant son calme habituel. Il fallait s'attendre à ce que cela se produise un jour.

Mais Emma ne croyait pas à cette hypothèse. Elle avait repéré trop de détails qui ne concordaient pas. Le général s'était occupé de prévenir la police, rassembler une équipe, passer les parcs et les maisons au peigne fin. Emma avait attendu en ville avec Kiki, Mme Weisshorn, Greta et Annika. Quand elles avaient traversé le Corso Impero, à chaque cri des jeunes garçons qui vendaient le journal, elle sursautait. Elle s'attendait au pire. Elle regardait tout ce qui l'entourait sous une autre perspective : les canaux qui irriguaient les vignes autour de la villa n'étaient plus des veinules d'eau limpide où plonger ses pieds nus, mais des sillons de boue, grouillant d'animaux se nourrissant de putréfaction. Les reflets du crépuscule devenaient du sang qui gouttait d'un petit corps étendu. L'animation du marché, le dédale des ruelles du centre historique, n'éveillaient plus sa curiosité, ne l'emplissaient plus d'odeurs et de couleurs, de l'arôme des beignets et des sourires des vieilles. Elle ne voyait plus que des ombres qui poursuivaient Benjamin, l'attrapaient et l'emmenaient loin d'elle. Par moments, elle avait la sensation qu'ils n'étaient séparés que par un voile de soie impalpable. Elle n'avait pas le courage de demander à Annika ce qui était arrivé à son enfant. Quand elle le fit enfin, au coin d'une rue, la femme évita son regard.

Son fils était un bébé à la peau fripée, aux cheveux noirs. Mais il avait une petite protubérance dans le dos, comme une queue de cartilage. Annika s'en était aperçue tout de suite, la sage-femme aussi. Pour quelques sous, elle avait rédigé un rapport pour le médecin de famille. Annika avait refusé de se séparer de son fils, elle était prête à lui donner tout l'amour dont il avait besoin. Mais un matin, après deux jours de fièvre, il s'était réveillé cyanosé. Il avait du mal à respirer. Elle l'avait emmené au service pédiatrique de l'hôpital. Elle avait fini par signer des papiers et quitter la chambre, seule, le cœur gros. Elle ne l'avait pas revu. Transféré, décédé : on ne lui avait rien dit de plus. Elle n'avait pas pu enterrer le petit corps. Sur le dossier, les données ne correspondaient pas : il ne lui manquait aucune dent et il n'était pas aveugle de l'œil gauche, comme indiqué. Elle avait pensé à une erreur. La lettre qui l'informait de son décès était tapée à la machine. Un employé avait simplement ajouté un nom et une date au stylo. Annika soupçonnait que beaucoup de parents d'enfants « imparfaits » avaient reçu de telles lettres. Tous disparus, jamais revenus, ou bien décédés comme le sien, sans laisser aucune trace.

Emma l'avait écoutée avec attention. Les bruits du marché s'étaient tus, les odeurs avaient disparu et le soleil s'était caché derrière la crête, en même temps que l'obscurité grandissait en elle.

Quand ses pensées devenaient trop noires, elle les tenait à distance en aidant Annika à la cuisine. Parfois elles se taisaient, bercées par le bruit de l'eau sur les assiettes savonneuses ou par le crin qui balayait le parquet. D'autres fois elles se racontaient leurs rêves, même si Emma n'arrivait pas encore à penser à l'avenir, parce qu'elle se sentait coupable. Elle espérait voir Benjamin débouler sur la pelouse ou sortir de la remise. Elle le cherchait quand elle rentrait de l'école, tous les jours elle demandait des nouvelles aux concierges, est-ce que par hasard ils avaient vu un enfant l'attendre devant le portail ? Avant de retourner à la villa, elle faisait deux fois le tour du quartier, renonçant quand la nuit tombait. Mais Benjamin ne revenait pas. Il s'était perdu, il avait été effacé, comme les dessins sur les cailloux qu'elle avait lavés à l'eau. Disparu comme Peter, dont on disait qu'il était rentré chez lui, mais qui avait oublié de la saluer, de même qu'il avait oublié son paquet de cigarettes, posé sur une caisse dans la remise. Emma l'y avait laissé : il lui appartenait et elle espérait qu'il reviendrait bientôt le chercher.

Le soir, elle ne trouvait pas le sommeil. Elle fixait le lit vide, puis la chouette qui la regardait, posée sur une branche juste devant sa fenêtre. Elle semblait lui demander pourquoi elle n'était pas soulagée, maintenant qu'elle avait tout son temps pour elle. Il n'y avait plus de bizarreries dans son monde, désormais : elle serrait dans sa main une poignée de cailloux qui se confondaient enfin avec les graviers du beau jardin de Frau Anna. Identiques aux autres. N'était-ce pas ce qu'elle avait désiré, au moins un instant ?

19

Le billet numéro cinq

Albert rêvait. Mais pourquoi, alors que les gens normaux s'inventent des vies extraordinaires dans leurs songes, lui revivait en boucle des scènes qu'il aurait volontiers oubliées pour toujours ?

Il se revoyait, jeune, quelques kilos en moins, portant déjà une casquette. Il entendait la voix de son père. Comme s'il était là, devant lui, dans la pièce, entre le poster de Green Day et le drapeau de son équipe de hockey. Mais son père était mort, il l'avait longuement regardé avant que son cercueil soit scellé pour toujours. Il avait fixé son visage lisse, le pli arrogant de ses lèvres, ses sourcils ombrageux, froncés même dans le sommeil éternel, et il avait craint qu'il puisse se réveiller.

Les pas. Un-deux. Un-deux. Le grincement de la porte.

— Où est mon dîner, Albert ? Tu l'as oublié, espèce de branleur ?

Le verre qui frottait contre l'acier.

— Je t'ai demandé où il est, criait-il de la cuisine.

Une décharge électrique le sortait de sa torpeur.

— Partir a été la meilleure décision de ta mère. Abandonner son branleur de fils qui pisse dans son froc.

Albert sortait de la pièce et l'odeur de vin lui retournait l'estomac. Son père avait bu, de nouveau. Dans le couloir, le pantalon ouvert, il s'appuyait au montant de la porte pour garder l'équilibre.

— Laisse-moi passer.

— Où tu vas, branleur ? Voir tes petits copains ? Pourquoi tu ne ramènes pas une fille à la maison, Albert ? Tu as des problèmes avec les filles ?

Il ne pouvait pas regarder son père dans les yeux quand il était dans cet état.

— Je t'ai dit de me laisser passer. Ton steak est au frigo, là où on met le dîner de ceux qui rentrent avec deux heures de retard.

— Mais alors tu es gentil. Une vraie petite femme d'intérieur.

— Pousse-toi !

Albert serrait les poings si fort que les jointures de ses doigts étaient blanches.

— Tu veux y aller ? Vas-y, Albert, vas-y ! De toute façon, tu finis toujours par revenir. Tu n'as pas d'autre endroit où aller, branleur.

Dans son rêve, Albert ouvrait la porte et se retrouvait dans un quartier sombre, comme si quelqu'un avait accéléré le film de sa vie. Une voix lui murmurait que ce n'était pas un film, mais la réalité. La nuit était froide et Albert n'était plus si jeune. Il avait de la barbe, quelques kilos de trop, la même casquette. Ce sont des choses qui arrivent, dans les rêves. Le temps se distend, se raccourcit. Il se dirigeait vers la fête d'anniversaire d'Alice – il ne le lui avait pas encore souhaité, il avait oublié, mais cela ne faisait pas de lui un mauvais père. Il comptait bien se faire pardonner. Dans le fond, Alice lui ressemblait, donc elle comprendrait. Elle qui voulait avoir l'air dure et qui se cachait derrière une nouvelle couleur de cheveux. Albert savait quelle fragilité dissimulait sa frange rose et sa tempe rasée.

Il était fatigué, il avait bu parce qu'il n'arrivait pas à dire non à ses amis, rencontrés en chemin. Il avait envie d'être l'Albert-qui-fait-rire-tout-le-monde. Il n'était pas censé, juste après, croiser des clients de la serre et les appeler « poulettes », ni rire de satisfaction devant leur regard ahuri. Mais c'était arrivé, et à cet instant il s'en moquait. Qu'ils aillent tout raconter à la Sainte Inquisition, les grands chefs de l'association qui gérait les serres. Il savait ce qu'il faisait. Il avait même réussi à trouver la fête, près du fleuve, en suivant les lumières colorées des derniers bars du centre, qui descendaient vers ce qu'on appelait « la Gorge », coincée entre des rochers, dont des gens se jetaient parfois, conscients qu'ils n'en reviendraient pas. C'était aussi là qu'on vendait les meilleures glaces et que les lycéens se cachaient pour fumer quelques joints sur les bancs couverts d'inscriptions. Il y avait de la vie : au diable les pensées tristes. Il avait besoin de la douceur de la famille qu'il avait perdue, de la douceur d'Alice, comme quand il la mettait au lit et qu'il s'allongeait à côté d'elle pour lui lire un conte. Albert avait sommeil. Il voulait retourner dans sa chambre à petits carreaux roses, la border et lui faire un bisou de bonne nuit sur la joue, où ses taches de rousseur évoquaient des étoiles. Sa petite fille. Les étoiles. Un lit chaud.

— Merde, papa, tu es dans un sale état.

Dans son rêve, Albert ouvrait soudain les yeux. Alice et une douzaine de jeunes gens l'entouraient. Certains riaient. *Bien*, s'était-il complimenté, il restait le sympathique Albert qui savait amuser la galerie.

Mais Alice n'était pas de cet avis. Elle l'avait attrapé par le bras et fait lever de la table. Albert avait renversé un plateau de petits fours. Il avait de la crème dans les cheveux.

— Qu'est-ce qu'il s'est passé ?

Il ignorait comment il s'était retrouvé là, ivre mort.

Il se rendait compte de la gravité de ses actes. Mais bon. Que pouvait-il faire pour effacer ce regard déçu du visage d'Alice ? Que pouvait-il faire, s'il n'était capable que de blesser ceux qui l'aimaient ?

Par exemple, Albert, répondre à ton fichu téléphone.

Il fut soulagé d'entendre la voix de Bess, même s'il eut du mal à répondre, parce que sa bouche était encore pâteuse de sommeil et qu'il ne trouvait pas ses mots. La matinée était largement entamée, mais il fut rassuré quand elle lui rappela que c'était jeudi. Il ne travaillait pas ce jour-là. Juste après, elle lui fit une proposition.

20

Le gramophone

Albert marchait aux côtés de Bess, sous le soleil de la fin de journée, un lacet défait. Il avait enfilé ses baskets à la va-vite pour la rejoindre et n'avait remarqué ce détail que chez l'antiquaire. Il lui semblait impoli de s'accroupir pendant qu'elle essayait de soutirer des informations sur les tableaux. En vérité, il avait accepté de l'accompagner, mais il n'était pas certain que ce soit une bonne idée. Elle s'était mis en tête qu'il s'agissait d'œuvres de valeur. Pourtant l'antiquaire les avait observées, en retirant ses lunettes et en reculant d'un pas, et n'avait pas paru du même avis. Albert eut l'impression qu'ils perdaient leur temps.

— Ce n'était pas une bonne idée, murmura Bess, de mauvaise humeur, comme si elle lisait dans ses pensées. Il faut s'adresser à quelqu'un d'autre pour expertiser les tableaux. Il faudra deux mois pour les analyser, et encore plusieurs semaines pour obtenir une estimation.

Trop long.

— C'est typique des gens qui travaillent en costume-cravate ou en tailleur. Circonvolutions, formalités. Moi, je ne leur ai jamais fait confiance. Et j'inclus les assistantes sociales, les policiers, les avocats, les espions et les psys.

— C'est ton expérience personnelle qui parle ? l'interrogea Bess en riant.

Albert ne répondit pas.

Ils traversèrent la ville. La nuit tombait, mais les rues étaient encore noires de monde. Des touristes, des couples qui s'installaient aux terrasses des cafés, des musiciens.

— Regarde, ils l'ont fermé.

Albert sortait rarement en ville, mais ce bar était l'un des repaires de son adolescence, caché sous une galerie où l'on vendait maintenant des chaussures et des vêtements à la mode, où le moindre article coûtait un mois de son salaire.

— Oui, il y a quelques années.

Bess y venait avec le père de Mattia, même si le qualifier de « père » était hasardeux, puisqu'il avait oublié qu'il avait un fils et qu'elle avait dû se battre pour obtenir une pension alimentaire. Le bar était une cave étroite et malodorante, mais dotée de lumières stroboscopiques façon années 1970.

— C'est dommage, ils passaient de la bonne musique, souvent du reggae. Surtout le mercredi.

— Tu y allais, toi aussi ?

Bess acquiesça.

— J'ai eu une vie bien remplie, avant la Villa Freiberg, plaisanta-t-elle.

Elle ne se rappelait plus quand elle avait cessé d'aller danser. On ne sait jamais quand on fait quelque chose pour la dernière fois, parce ce serait insupportable. Nous sommes des êtres finis qui passons notre vie à essayer de l'oublier et à nous croire immortels.

— Oui. Et maintenant, plus de musique.

Malgré sa boutade, Albert se sentit envahi par la nostalgie quand il pensa à l'iPod d'Alice qui était toujours dans le sac.

Ils étaient entrés dans la galerie. Les touristes n'y passaient pas, parce qu'il n'y avait que les bâtiments décrépis de la gendarmerie.

Albert se demanda, furtivement, quel effet cela ferait d'écouter de la musique avec Bess, de partager des écouteurs comme des ados. De découvrir les chansons d'Alice. Celles qu'elle avait choisies, qu'elle avait voulu conserver. Il ne connaissait pas ses goûts. Qu'est-ce qui était à la mode pour une jeune femme née après les années 1970 ?

— Je n'ai pas envie de rentrer chez moi. Mattia est sorti et Charlie est rentré chez Flora.

— Moi non plus.

Albert prit une grande inspiration.

— Mais tout de même, y aller maintenant…

Bess avait compris.

— Et travailler…

— Dans le noir…

— Faire du bruit…

— Risquer de réveiller les fantômes…

Ils évoquaient le seul endroit trop plein de pensées et de souvenirs pour que les leurs y trouvent une place. Un endroit où les montagnes de papier étouffaient le bruit des pas.

— Ce n'est pas une mauvaise idée.

— Pas mauvaise du tout.

Ils s'éclairèrent avec leurs téléphones portables, puis avec les lampes-torches laissées au grenier. Ils se perdirent de nouveau en conjectures sur la valeur des tableaux.

— Je suis désolé de te décevoir, Bess, mais à mon avis ce sont des croûtes.

— Je ne dirais pas cela. Ils ont du caractère et ils sont très… aérodynamiques.

Albert leva les sourcils.

— Dans le sens où, si on les lance par la fenêtre, ils prendront leur envol ?

Il éclata de rire, mais Bess n'y voyait rien de drôle.

— À cause de l'utilisation de la couleur. Un coup de pinceau typiquement impressionniste, très rare de nos jours.

Albert acquiesça, faisant mine d'être convaincu. Soudain, une lueur argentée attira son attention. Il disparut dans un recoin, fouilla une montagne de déchets, manqua finir dedans. Il déballa, froissa du papier, retira de la poussière. Quand il émergea, il souriait. Il serrait contre lui une machine monstrueuse, avec un gros entonnoir, qui ressemblait à une cloche gigantesque.

— Sacrée trouvaille ! commenta-t-il en regardant le gramophone d'un air satisfait.

La base, en chêne rouge, avait échappé aux vers. Bess était convaincue qu'il fonctionnait encore. Elle observa la manivelle, les décorations du support, le plateau où poser les disques.

— La voix de la villa, déclara-t-elle en aidant Albert à l'installer sur le bureau.

Ils passèrent encore du temps à débarrasser les détritus : Bess les emballait et Albert transportait les sacs jusqu'à la voiture garée devant le portail de la villa.

— Nino est toujours au chevet de Thilde ?

— Oui, elle a eu la grippe. Il revient au bureau la semaine prochaine.

Bess ferma un sac avant de le passer à Albert.

— C'est un beau couple, je trouve. Ils ont de la chance. Tu savais que Kiki ne s'était jamais mariée ? Elle n'avait que ses chats. Et Charlie.

— On choisit sa famille, Bess.

— Peut-être. David, mon ex, disait que je ne suis pas douée pour prendre soin des autres.

— Depuis quand il n'a pas vu Mattia ? demanda Albert en soulevant le sac.

— Depuis que nous nous sommes séparés, juste avant de devenir des personnes horribles qui passent leurs journées à se disputer.

Elle avait parlé trop vite. Elle scruta l'expression d'Albert pour évaluer les dégâts.

— Ne t'en fais pas, Bess. Quand Margot m'a mis à la porte et a changé la serrure, je l'ai détestée, mais je pense que c'était la meilleure décision, pour elle et pour Alice. Ma fille était petite et je ne lui donnais pas le bon exemple. Margot avait appris à se sauver des mensonges d'un alcoolique.

Albert jeta la poubelle contre le mur avec les autres.

— Parfois, quand je vivais dans la rue, je pensais que si je mourais, personne ne s'en apercevrait. On me trouverait le lendemain matin et on me jetterait à la décharge avec les détritus. Pas d'enterrement, pas d'ami pour évoquer mes qualités. Pas de couronne de fleurs. Je le méritais. Je n'ai pas fait grand-chose de bien.

Bess laissa tomber le papier qu'elle tenait à la main. Elle regarda Albert. Le gramophone. La musique lui chatouillait le cœur, même si elle ignorait s'il fonctionnait encore. Elle imaginait la caresse des mains qui avaient dû l'effleurer, les fêtes d'anniversaire, les soirées d'été, quand les fenêtres étaient ouvertes pour laisser entrer la lumière dorée du soleil et que les notes se diffusaient dans le jardin.

— Répète ce que tu viens de dire.

— Je n'aurais jamais voulu de ça, Bess. J'étais différent. Toujours ivre. Je me cachais, sans doute. Si j'avais vraiment pu disparaître, je…

Bess lui prit la main.

— Non, ce que tu as dit sur l'enterrement. Albert, si mon intuition est juste, nous avons peut-être une chance de retrouver Emma.

1943

Narcisse Noir

Emma et Kiki s'étaient donné rendez-vous à la remise. Elles étaient sorties en catimini de la villa où elles avaient laissé le gramophone allumé pour couvrir les bruits. La musique résonnait jusque dans le cabanon.

Emma jouait nerveusement avec le paquet de cigarettes qui avait appartenu à Peter. Kiki était assise en face d'elle. Sous la lumière froide de la lune, elle ressemblait à sa mère. Emma ne remarqua qu'à ce moment ses yeux étirés, le pli parfait de sa lèvre supérieure et l'implantation de ses cheveux. Assise sur une caisse en pin, elle balançait ses jambes.

— Tu ne peux pas accuser mon père, Emma. Il a fait son possible pour retrouver Benjamin.

— Alors pourquoi il n'a pas réussi à le trouver ? C'est un enfant et il est facilement reconnaissable.

— Tu ne veux pas voir la réalité en face, Emma.

Ses jambes pendaient maintenant, immobiles. Elle parlait d'une voix lente et grave.

— Benjamin ne parle pas, il a du mal à s'orienter et c'est toujours toi qui l'as aidé.

— Que veux-tu dire ?

— Il lui est peut-être arrivé quelque chose. Tu ne peux pas te cacher éternellement derrière les autres, prétendre que mon père n'a pas fait assez, que Frau Anna est froide et se comporte comme s'il n'avait jamais existé. On se défend comme on peut contre la douleur.

— Qu'est-ce que tu en sais, toi ? demanda Emma, aveuglée par la colère.

— Je ne sais pas ce que vous avez vécu, Benjamin et toi, mais les choses ne sont faciles pour personne.

Pensait-elle à la guerre ? À la façon dont, en quelques mois, la villa s'était repliée sur elle-même ? Il n'y avait plus d'orchestre ni d'invités importants, fini les belles fêtes de Frau Anna. Ou aux nuits sans sommeil de son père, à ses gestes nerveux, au camp que le général avait choisi et à la défaite qui se profilait ? Cela sentait la potence, la peur et la fuite. Surtout dans cette cahute. Le sang doit être lavé par le sang, chaque souffrance demande son tribut de nouvelle souffrance. Celui qui avait volé serait spolié, volé à son tour. À condition que, en échange du salut, il renonce à quelque chose d'important et brise ainsi la chaîne. Elle, elle avait perdu son frère.

— Il y a une chose que je ne t'ai jamais dite, Emma.

Kiki serra les lèvres.

— Cela concerne Benjamin ?

— Lui et toi. Mais c'était il y a un moment, j'ignore quel sens cela a. Voilà pourquoi je ne t'en ai jamais parlé.

— Nous nous sommes toujours tout dit.

— Je ne voulais pas te faire peur. Mais Benjamin a disparu, et tout peut être important.

Emma n'aimait pas la façon dont Kiki évitait son regard. Elle avait l'impression qu'il allait se passer quelque chose de terrible. Elle voulait savoir, mais elle avait peur.

— Crache le morceau.

D'habitude Kiki souriait toujours en entendant cette expression. Pas cette fois-ci.

— Les parents et le frère de Peter sont venus à la villa. Son frère lui ressemble tellement que ma mère a failli s'évanouir. Ils étaient hors d'eux. Ils ont accusé mon père. Ils ont proféré que cette maison abritait le mal et qu'ils avaient toujours dit à Peter de rester sur ses gardes. Son frère a défié mon père, il a crié qu'il savait ce qu'il essayait de cacher et pourquoi il hébergeait les enfants de l'officier italien.

Les mots de Kiki la transpercèrent.

— Benjamin et moi ?

— Je pense, oui. Je n'ai pas entendu la suite, parce qu'ils sont rentrés dans la maison. Greta n'a pas pu écouter, elle non plus.

— C'était quand ?

Kiki haussa les épaules.

— Je ne sais plus, précisément. Benjamin venait de disparaître.

— Tu n'as pas demandé d'explications à ton père ? Et tu en as parlé à personne, même pas à moi ?

Emma se sentait trahie, amputée, sans savoir quelle partie d'elle manquait.

— Je te l'ai dit, Emma, je ne voulais pas te faire peur. Et puis, qu'aurais-je pu te raconter ? Ma mère racontait que ces gens cherchaient un prétexte pour nous extorquer de l'argent, qu'à cette heure, Peter prenait sans doute le soleil au bord d'un lac. Et toi, tu cherchais ton frère, tu ne pensais à rien d'autre. Tu n'écoutais personne, même pas moi.

— Si tu étais vraiment convaincue que cela n'avait pas d'importance, nous ne serions pas ici, à l'heure qu'il est.

Kiki n'avait rien à répliquer.

— Voulais-tu m'aider, Kiki, ou bien défendre quelqu'un d'autre ? De quel côté es-tu ?

La vérité, qui s'étalait devant ses yeux, la blessait.

Kiki ne comprenait pas.

— Si le général y était pour quelque chose, de quel côté serais-tu ?

Emma trouva de nombreuses réponses dans le silence de son amie, dans ses pupilles qui vibraient d'incertitude. Plus qu'elle ne l'aurait imaginé.

— J'aimais Benjamin, autant que toi.

Emma sourit, mais sa gorge brûlait.

— Tu en parles comme s'il était mort. Pour moi, Benjamin vit toujours et il vivra toujours, parce qu'il est mon frère. Toi, tu ne sais pas ce que cela veut dire, avoir un frère, quelqu'un qui compte sur toi, quelqu'un à protéger.

Il est si douloureux de se sentir vulnérable, de découvrir que notre erreur retombe sur la personne qu'on aurait dû préserver de la douleur, sur quelqu'un qui nous appartenait plus que nous-même.

La lumière qui entrait par la fenêtre éclairait la moitié du visage de Kiki, laissant une de ses pommettes dans l'ombre. Emma avait envie de quitter cette maison sans se retourner, parce qu'elle avait brisé son cœur à chaque latte de plancher qui craquait, à chaque soupe remuée dans la marmite par les cuisinières, à chaque fil d'araignée emprisonné dans la rosée. Tout lui rappelait Benjamin. Elle n'appartenait plus à la villa.

— Je vois bien que tu voudrais partir, Emma, et je sais que tu le feras. Mais cette famille est la mienne. Moi, je reste. Que puis-je faire d'autre ?

— Si je reviens, dans très longtemps, je te trouverai encore enfermée dans ces pièces, entre les statues de la collection de ton grand-père. Rien n'aura changé, même pas une planche de cette remise qui tombe en ruine, et tu sais pourquoi ? Parce que tu es comme les chats et les oiseaux que tu as domestiqués. Tu penses n'être à l'abri qu'ici. Tu ne comprends pas comment les gens peuvent survivre dehors.

Emma reprit son souffle. Elle n'eut pas la force de s'arrêter là et de tourner les talons, malgré son envie.

— Mais il n'y a rien de dangereux au-delà de ce portail. Tu as peur de voir la vérité. Les amis de ton père ont arraché ces hommes à leur foyer, Kiki, ils ont frappé des vieillards et mis des enfants dans un train. Ce sont les mêmes hommes qui buvaient du vin avec le général et qui dansaient avec Frau Anna. Toi, tu es comme tes parents, qui voient et qui entendent, mais qui sont trop occupés à obéir aux ordres pour se demander si c'est juste.

— Je te l'ai répété, je ne sais rien de Benjamin.

— Si tu savais quelque chose, tu me le dirais ?

Emma s'était levée et toisait Kiki, toujours assise sur sa caisse en bois. Son cœur battait si vite qu'il résonnait dans l'obscurité.

— Je te le dirais, Emma.

— Jure-le-moi.

— Je te promets que je vous aiderai, Benjamin et toi. Si je découvre ce qui lui est arrivé, je ferai tout pour que tu le saches et pour que vous vous retrouviez.

Emma avait envie de serrer Kiki dans ses bras pour laisser couler sa colère et faire la paix. Cela aurait été comme glisser dans le sommeil après avoir pleuré, le même oubli, le même trouble qui efface le monde et le temps. Elle l'aurait tant désiré. Mais elle resta immobile, les muscles contractés.

— D'accord, Kiki. Tu as promis.

En rentrant, elles trouvèrent les lumières du salon allumées et Frau Anna écarlate, les cheveux en bataille, en train de décrocher les lourds tableaux de Fraulein Wezil des murs. Les femmes de chambre guettaient avec appréhension le moindre frémissement de ses lèvres.

Kiki s'était promis de filer discrètement dans sa chambre, mais elle parla sans réfléchir :

— Qu'est-ce qu'il se passe, maman ?

— Regarde, lança-t-elle comme s'il n'y avait rien d'insolite à ce que Kiki soit debout à cette heure, en indiquant d'un geste las la lettre abandonnée sur le fauteuil. Ton grand-père, ajouta-t-elle, au bord des larmes.

— Il est mort ? demanda Kiki, dont les jambes tremblaient.

— Mais non, il nous enterrera tous. Bien pire, Rosa. Il dit qu'à partir de maintenant, nous ne pourrons plus compter sur lui financièrement. « Tu es entourée de toute cette beauté, Anna », récita-t-elle de mémoire. « L'âme n'a besoin de rien d'autre pour trouver la sérénité. »

Comme s'ils ne devaient pas manger ou se vêtir.

— Éteins cette musique, Rosa, ordonna-t-elle. Tu sais que le Führer la déteste, le parti l'a bannie. La dernière chose que je veux, c'est avoir d'autres problèmes.

Il y avait des espions partout, surtout parmi les voisins les plus aimables. Frau Anna n'était pas en colère uniquement contre son père. En fait, elle aimait la voix de Marlene Dietrich. Et elle aimait son nouveau gramophone. Pourtant, elle avait de bonnes raisons d'être de mauvaise humeur : c'était la faute de Fraulein Wezil si Herr Freiberg était retourné en Bavière. Il n'y était pas allé seul. Le vieux avait emmené la belle enseignante. Il avait rajeuni. À chaque ride qui quittait son sourire, une liasse de billets s'envolait de son portefeuille pour payer les nouveaux vêtements de la jeune femme, les vacances au bord du lac, l'organisation d'expositions pour ses tableaux. Et leur achat, naturellement. En effet, à la Villa Freiberg, tout le monde soupçonnait que seul un homme aveuglé par l'amour pouvait apprécier de telles obscénités. Les décrocher des murs constituait la vengeance de Frau Anna, mais aussi une libération pour eux tous.

Le blanc était infiniment préférable à ces désolantes taches de goudron.

Frau Anna savait aussi que, en soulevant le couvercle de la marmite des péchés de son père, elle évacuerait la pourriture. Or il était plus sage de la garder bien fermée, parce que sinon la puanteur se serait accrochée à leurs vêtements, aux murs, à leur peau, elle aurait fini par se confondre avec son parfum *Narcisse Noir*. Et peut-être que, au fond de cette casserole nauséabonde, stagnaient également ses propres péchés.

21

Anges et démons

Le prêtre préparait une fête pour collecter des fonds. Sous la direction des anciens, de jeunes gens en uniforme scout déroulaient et accrochaient des banderoles, montaient des stands et des comptoirs pour transformer la pelouse autour de l'église en un joyeux parc d'attractions. Ce n'était pas le meilleur moment pour évoquer un enterrement, mais don Stefano avait l'habitude de passer de l'onction des malades à la communion, et vice-versa.

Quand Bess lui expliqua la raison de sa venue, l'homme n'exprima aucune surprise. C'était Albert, en parlant d'enterrements et de fleurs, qui lui avait donné l'idée. Elle recherchait la femme qui avait apporté la couronne de fleurs à l'enterrement de Kiki. Le souvenir de Bess était vague, un fauteuil roulant, une silhouette aperçue à travers une vitre striée par la pluie. Elle savait que ce n'était pas Flora. L'amie de Kiki avait dissipé ses doutes : ce jour-là, elle s'était occupée de Charlie. « Vous devriez le savoir, Bess, les chiens ne sont pas admis dans une église. » Flora n'avait pas regretté de ne pouvoir assister à la messe, étant donné sa relation avec Dieu. « Moi je parle, il m'écoute. Mais je pense qu'il porte un casque antibruit », avait-elle déclaré en souriant.

Bess avait seulement besoin d'un petit coup de pouce du destin. La liste des présents n'était pas longue. Cependant elle n'avait jamais espéré, même dans ses moments les plus optimistes, que don Stefano lui ouvrirait la porte du paradis avec autant de naturel. Il se souvenait bien de l'enterrement :

— Emma, oui, elle s'appelait Emma. Elle est arrivée au début de la messe, et elle est repartie juste après.

Il se rappela un détail qui lui avait semblé étrange, parce que cette femme sortait de nulle part.

— Elle a dit s'appeler Emma Fliri et elle a ajouté que Kiki aimait les fleurs de montagne.

Bess blêmit.

— Mais je ne sais rien d'autre sur elle, ajouta-t-il.

La porte du paradis se referma lentement.

— Elle vous a parlé de Kiki ou de son frère Benjamin ?

Le sourire de don Stefano était impénétrable. Bess aurait pu lui confesser n'importe quoi, même un crime.

— J'ai quelque chose pour elle, reprit-elle avant de se corriger, ou plutôt, Kiki a laissé quelque chose pour elle, et je crois que c'est important. J'ai besoin de la voir, juste une fois.

Le prêtre réfléchit.

— Fabio, répondit-il soudain. Il pourra peut-être vous aider.

Bess suivit le doigt tendu du prêtre qui indiquait les jeunes garçons portant les tables : uniforme scout trop étroit, cheveux rasta noués en queue-de-cheval, chewing-gum à la bouche. Elle se dirigea vers lui.

— Fabio ?

— Lui-même, dit-il en la fixant. On se connaît ? Je vous ai déjà vue quelque part, il me semble, ajouta-t-il, la table au bout des mains. Vous voulez nous aider, madame ?

Bess attrapa le petit côté du meuble.

— Attention, c'est lourd.

— En effet, nous nous sommes déjà rencontrés, si on peut dire. À un enterrement.

— Pas le mien, j'espère.

Le garçon éclata de rire et la table pencha dangereusement.

— C'était au début du printemps, vous accompagniez une femme âgée en fauteuil roulant.

— Oui, je fais ça souvent. Donc c'était bien moi.

— Vous vous souvenez de la femme…

— Attention, baissez la tête, arbre en vue.

— Emma Fliri. Ce nom vous parle ?

Fabio fronça les sourcils.

— Non. Attention à la pierre, suivez-moi, par ici.

— Il n'y avait personne d'autre à l'enterrement. Juste cette femme. Et une énorme couronne.

Le garçon s'arrêta net. Bess avait mal à l'épaule, mais elle ne lâcha pas la table.

— Bien sûr ! L'enterrement de la propriétaire de la villa, celle avec un nom bizarre. Vous saviez qu'elle vivait dans une maison gigantesque et ne sortait jamais ? Bien sûr que je m'en souviens. La femme en fauteuil n'habite pas la région. Je l'ai raccompagnée jusque chez elle. Sympathique. Elle ne parlait pas beaucoup.

— Elle vit loin d'ici ?

— Plutôt, oui. En Allemagne.

Ils posèrent la table à l'ombre des marronniers. Bess accueillit avec gratitude les parfums du jardin aromatique, qui se mêlaient à celui des braseros.

— C'était sur mon chemin, alors je l'ai déposée, sinon elle aurait fait le trajet en car. J'allais rejoindre les elfes.

— Pardon ?

— Vous n'avez jamais entendu parler de la forêt de Hambach ?

Bess secoua la tête.

— Vraiment ?

— Non, vraiment.

— C'est dommage. Quoi qu'il en soit, la femme que vous cherchez vit là-bas, dans une maison de repos.

Soudain, l'émotion s'empara de Bess : elle l'avait trouvée. Elle eut envie de sauter au cou du jeune homme. Ou bien d'appeler Albert sur-le-champ.

— Si vous avez du temps, on a besoin d'aide pour les autres tables. Et comme ça, je peux vous raconter ce qu'il s'est passé dans la forêt de Hambach. Vous allez avoir du mal à me croire.

Le garçon sourit.

Bess regarda les tables empilées : il y en avait suffisamment pour toutes les questions qu'elle voulait lui poser sur Emma Fliri. Elle prit son courage à deux mains et souleva la première. Elle avait tout son temps. Toute sa force. Rien ne pouvait la dissuader de rester.

22

La forêt

— Ces jeunes ont vraiment vécu dans des cabanes suspendues entre les arbres pendant plus d'un an ? Pour sauver une forêt des bulldozers ?

— C'est une forêt millénaire, Albert. Ils se sont pris pour ses anges gardiens. Ils se sont laissé pousser la barbe et les cheveux. Ils se nourrissaient de baies. Ils avaient construit un véritable village suspendu.

Albert était dubitatif.

— Et comment ils ont réussi à la sauver ?

La main accrochée à la poignée au-dessus de la vitre, il appréciait le paysage. Les montagnes cédèrent la place à des plaines dorées de champs de colza, parsemées de fermes isolées qui se regroupèrent en villages, puis les villages devinrent des villes et disparurent dans d'autres forêts.

— C'est une histoire bizarre qui te plairait.

Les pensées de Bess étaient très loin de la forêt de Hambach. Elle se demandait ce qu'elle allait dire à Emma. Par où commencer ? Elle l'avait tant cherchée sur les photos de la villa, dans les silences qui s'intercalaient entre les souvenirs de Flora. Et maintenant qu'elle l'avait trouvée, elle sentait plus nettement la présence de Kiki. Le passé avait des trames infinies, et il suffisait de tirer un fil pour les défaire et les comprendre. Ce fil était attaché au poignet d'Emma. Elle avait peur de découvrir ce que cachait réellement la villa. Ou de découvrir que toutes ses hypothèses se révélaient fausses.

— Regarde, c'est là ! s'exclama-t-elle en indiquant un panneau.

Elle prit le virage un peu trop vite. Les maisons blanches aux toits rouges se trouvaient nichées dans des champs traversés par des moissonneuses. Elles se concentraient ensuite en villages, parsemés de jardins et d'arbres qui prenaient progressivement le dessus sur la périphérie, jusqu'aux dernières routes englouties par la forêt.

Trouver la maison de repos dans le village, qui comptait moins de cinq cents habitants, fut plus simple que dénicher un verre intact à la Villa Freiberg.

Pour la première fois, en nommant Emma Fliri, elle eut l'impression de ne pas s'être trompée. À l'entrée, on les orienta vers l'arrière du bâtiment. Bess vit leur reflet dans une porte-fenêtre : Albert disparaissait derrière elle, ombre aux mains dans les poches, le visage caché par sa casquette.

Le jardin où ils entrèrent n'avait rien à voir avec la forêt de sapins et de plantes invasives qui entouraient la Villa Freiberg. Il n'y avait ni haies touffues ni recoins secrets pour se cacher. La lumière se répandait partout, sur les tables en fer forgé, sur les bancs bien alignés devant la roseraie parfaitement entretenue. L'odeur de thym et le scintillement de l'étang au crépuscule les guidèrent jusqu'à une femme, assise à une petite table où étaient posées trois tasses : elle les attendait. En approchant, Bess se surprit à constater que durant toutes les semaines passées à la villa, elle n'avait jamais imaginé Emma Fliri aujourd'hui.

Il manquait un élément. Il y avait le temps de la villa, le temps de l'adolescence de Kiki et des photos en noir et blanc, du gramophone, des fêtes, le tout mêlé à une guerre qui restait en dehors de tout cela, effacée par le crayon qui changeait les lieux et les dates au dos des photos. Et puis il y avait le présent qu'elle affrontait chaque matin, fait de murs fissurés, de papier peint abîmé, de chats qui colonisaient les endroits ensoleillés. Malgré tout, la villa refusait de raconter la catastrophe. Elle se recroquevillait sur elle-même pour conserver jalousement son secret. Elle l'avait caché, protégé et, à force de le garder pour elle, elle l'avait sans doute détruit. Peut-être ne restait-il que du sable.

Pourtant, Emma avait survécu. Et Bess l'avait trouvée. La femme leva les yeux, les mains croisées pour cacher leur tremblement, et Bess lui rendit son sourire, même si autour le parc vacillait au point qu'elle perdit l'équilibre.

Chemisier blanc au col amidonné, regard sûr et transparent : Bess avait en face d'elle l'incarnation de la fragilité qu'elle percevait chaque fois qu'elle mettait les pieds dans la villa et les mains dans ses histoires. Pourtant Emma était bien plus : une femme âgée qui, ce matin-là, s'était levée tôt pour se coiffer et se parfumer, et qui les avait attendus jusqu'à ce que son thé refroidisse dans la théière des grandes occasions. Sans doute cette journée avait-elle passé plus lentement que toutes les années loin de Kiki.

Mais quand Emma commença à parler, Bess eut l'impression que sa fragilité n'était qu'une projection de la sienne. Elle se sentit hors de propos, hors du temps, à l'instant exact où tous ses espoirs entraient en collision avec la réalité.

1943

Le cimetière des larves

Benjamin devait se souvenir. La couleur de leurs cheveux était la clé. Chaque soir, il comptait les lits. Facile : deux rangées de sept. Sept d'un côté et sept de l'autre, séparés par un couloir étroit. Ils dormaient dans la *Alte Haus*, le bâtiment central de l'édifice aux fenêtres toutes identiques. La lumière entrait par fragments, dessinait sur le sol des lignes, des angles, des sillons, à cause des barreaux dont elles étaient dotées. Pour la nuit, on ne lui avait fourni qu'une couverture en laine rêche qui grattait comme du papier de verre.

Il ne devait pas se laisser distraire, mais se concentrer très fort sur la couleur des cheveux, parce que dans la pièce aux fenêtres qui coupaient la lumière en tranches, il se produisait un phénomène étrange. De nouveaux enfants arrivaient, mais le nombre de lits restait identique. S'il prêtait attention à leur couleur de cheveux, il comprendrait qui manquait, qui venait d'arriver, quel lit était réutilisé. Et ceux qui partaient, où étaient-ils ?

Le soir, ils dînaient tous ensemble au réfectoire, mais à des tables différentes selon le service. Parfois, les infirmières leur donnaient même du pain noir. Un demi *paarl* toutes les deux chaises.

Benjamin regardait son assiette. En passant entre les tables, il avait lorgné dans celle des autres et il s'était attardé un instant de trop. Dans son dos, une fille lui avait donné un coup de coude entre les clavicules : « Dégage, abruti », avait-elle dit sèchement, d'une voix dénuée de gentillesse, qui ressemblait beaucoup à celle d'Emma, mais qui ne s'adressait jamais à lui sur ce ton, même quand il la mettait en colère, et il s'était retourné, le cœur gros. La fille avait les cheveux frisottés, plaqués sur les tempes par deux barrettes un peu tordues. Les carreaux de sa robe s'élargissaient au niveau du ventre, mais ses bras étaient maigres, ses épaules et ses coudes pointus, au point de trouer son chandail. Elle lui fit signe d'avancer : il bloquait la file. Benjamin alla s'asseoir à sa table les yeux baissés.

Autour du bâtiment, la terre cultivée par les pensionnaires offrait plus de nourriture qu'en ville. Il était allé aux potagers, lui aussi, avec les hommes et les femmes qui sortaient en rang à l'aube et rentraient le soir après s'être cassé le dos toute la journée.

Les yeux rivés sur sa soupe, il se demandait où passaient tous les légumes cultivés, récoltés puis stockés dans de grands paniers en bouleau et dans des caisses : on leur donnait uniquement les restes, avec lesquels Frau Anna n'aurait même pas nourri les chats de son jardin. Dans la bouillie flottaient des grumeaux qui ressemblaient à des vers de farine. *Le cimetière des larves*, pensa-t-il en les ramassant avec sa cuiller. Il avait de la peine pour elles.

— Ça, ça ne se mange pas, abruti.

La fille s'était assise à côté de lui, à califourchon sur le banc, sous les yeux alertes des infirmières et des hommes vêtus de blanc postés à l'entrée.

— Tu viens d'arriver, pas vrai ?

Benjamin acquiesça avec tant de fougue que la soupe gicla de sa cuiller.

— Tu ne parles pas ?

Benjamin se tut suffisamment longtemps pour que la fille perde patience.

— D'accord, tu es muet. Ne t'inquiète pas, tu seras en bonne compagnie ici. On est tous des rats de laboratoire. Vraiment tous, ajouta-t-elle en indiquant un vieil homme. Lui, c'est Virgilio. Tu sais ce qu'il faisait, dehors ?

Benjamin scruta le visage creusé de l'homme, qui lui offrit un sourire édenté. Enseignant, médecin ? Peut-être que ses petits-enfants ou son chien l'attendaient quelque part.

— Il était frère capucin à Bressanone. Tu sais où c'est ? C'est une grande ville avec une église qui a une cloche très haute, mais moi je n'y suis jamais allée, expliqua la fille en mangeant avec appétit, sans prêter attention aux larves qui finissaient dans sa cuiller. Ce sont les autres frères qui l'ont amené ici, un soir. Ils ne savaient plus quoi faire de ce diable. Ils ont dit aux docteurs qu'il était « agité ». Il te semble agité, toi ?

Benjamin se tourna lentement. L'homme mangeait, et son autre main s'affairait sur sa braguette. Il frottait sur son pantalon, entre ses jambes. La fille éclata de rire.

— Il fait toujours ça. Ça énerve les infirmières, mais il ne réagit pas aux coups. Un jour, deux types lui ont donné une botte d'herbe en lui disant qu'il devait la mettre dans son pantalon. Le vieux s'est exécuté et il s'est mis à crier comme un fou. Tout le monde riait et se moquait de lui. Quelle rigolade !

Benjamin ne trouvait pas l'histoire amusante, mais il ne pouvait pas contredire la jeune fille.

— Je suis sûre que ces murs n'ont jamais entendu un boucan pareil. On aurait dit un tremblement de terre. Tu n'as pas compris ?

Plus loin, les infirmières étaient déjà en train de débarrasser les assiettes vides – la soupe était avalée jusqu'à la dernière cuillerée.

— C'étaient des orties !

La fille éclata de rire et se retourna. Benjamin se hâta de ramasser les cadavres de larves avec ses doigts et de les glisser discrètement dans sa poche, en faisant attention à ne pas les écraser. Au moins, ils ne finiraient pas à la poubelle. Il pourrait peut-être les enterrer au jardin, entre les fleurs.

— Cette fille, là, poursuivit-elle en désignant la table derrière eux, il vaut mieux que je ne te raconte pas son histoire, parce qu'à mon avis tu n'as pas le cran pour l'entendre. Elle s'appelle Angela. Mais ne te laisse pas berner par son prénom, et garde plutôt tes distances, elle n'a rien d'angélique. Au fait, moi, je m'appelle Usci, dit-elle en se penchant pour attraper le morceau de pain noir qui restait sur la table d'Angela. Et je sais ce que tu as remarqué dans la file d'attente : les assiettes ne sont pas toutes remplies pareil. Ils servent plus de soupe à certains. Ça dépend combien ils ont besoin de toi. Vu la tienne, à mon avis tu ne sers pas à grand-chose.

Elle se tut soudain : Angela lui avait bloqué la main et ne la lâchait plus. Elle la fixait de ses yeux noirs, muets, sans peur. Le pain lui appartenait, même si Benjamin se demandait pourquoi les infirmières n'avaient posé sur les tables qu'une moitié à une personne sur deux.

Usci se jeta sur elle, elles se tirèrent les cheveux si fort que leurs bouches se tordirent. Un crachat atterrit sur la joue de la jeune fille, ce qui augmenta sa rage. Benjamin aurait voulu aider Usci, mais il ne savait pas quoi faire. Certaines infirmières accoururent et les frappèrent avec des baguettes en noisetier pour les séparer, griffant leurs bras et leurs épaules. Celles qui étaient restées à la porte, les bras croisés, avaient l'air de bien s'amuser.

On emmena Angela et Usci, qui se retourna pour saluer Benjamin avant qu'on l'entraîne. Une idée se forma dans la tête du petit garçon : une demi-miche de pain pour que ceux qui n'en recevaient pas volent celle de leur voisin. Une demi-miche de pain pour décider qui en méritait, que ce soit par la force ou par la malice. Usci possédait les deux, alors pourquoi était-elle entrée dans leur jeu ? Benjamin la suivit du regard. Le pain était tombé par terre, entre les éclats d'assiettes et les verres cassés. Personne ne le ramassa. Les yeux baissés, les plus petits vidaient consciencieusement leur assiette.

Benjamin marchait avec précaution pour ne pas trébucher. On l'avait emmené aux potagers, mais Willi, l'homme qui veillait sur eux, avait vite compris qu'il n'était bon à rien. « Il a deux mains gauches », aurait dit Frau Anna, oubliant que son mari était gaucher. Ou bien – songeait Benjamin en trimant sous le soleil – Frau Anna voulait souligner que son mari était inapte à commander, à prendre des décisions, à écrire des lettres ou même à accueillir des invités.

Benjamin suivait Willi et les autres, qui étaient chargés de bêcher et de ramasser les légumes. L'air frais du matin et la brise du soir ne laissaient jamais présager la chaleur étouffante de la journée.

La clinique était divisée en deux blocs : les hommes dans le vieux bâtiment, un ancien couvent, les femmes dans le « nouveau », bien qu'il n'ait rien de neuf : le crépi était abîmé, les salles de bains répugnantes et il y régnait une puanteur terrible. Un rectangle central séparait les deux parties. Les plus jeunes passaient souvent d'un côté à l'autre, en théorie parce que les femmes appréciaient prendre soin des plus jeunes, qui étaient heureux de recevoir un mot ou un geste de gentillesse féminine, une attention. Cependant, dans les faits, personne ne prenait soin de personne : la faim s'imposait sur tout – l'air, les pensées, les souvenirs –, la fatigue dilatait le temps. Et il y avait les médicaments, parfois les coups, quand on ne sortait pas assez vite d'une pièce, qu'on n'avalait pas son comprimé à temps. Selon Benjamin, les plus jeunes, qui faisaient des allées et venues tels des poussins, profitaient simplement que les bâtiments étaient moins surveillés, les infirmières plus distraites. Il avait vu des employées mettre du pain dans leur poche, ou une boîte d'antidouleur. Elles glissaient de tout, dans ces grandes poches bien profondes. Benjamin imaginait une vaste mer où ils dérivaient tous sur le même radeau bancal. Parfois, il prenait l'eau et quelqu'un coulait dans les abysses.

Willi lui tendit le panier et le sachet de cendres.

— Tu ne parles pas, mais tu as une bonne vue, mon garçon, dit-il en lui désignant la rangée de laitues.

Il s'en était aperçu un matin, pendant que les autres prenaient une pause. Benjamin s'amusait à suivre de gros escargots roses. Il les attrapait entre son pouce et son index et il les laissait glisser sur son bras.

Ainsi, le soir où il aurait dû être envoyé dans le bâtiment central avec une note – il n'avait pas encore compris à quoi servaient les notes, mais le visage de Willi n'était ni heureux ni bienveillant quand il en prodiguait une –, on l'avait chargé de ramasser des escargots. Il devait les traquer, suivre les traînées argentées et les petites morsures qu'ils laissaient sur les feuilles, les attraper, les déposer dans un panier et les relâcher loin du potager, là où ils ne mangeraient pas les légumes.

On aurait pu construire des pièges, Benjamin aurait su comment faire, mais il n'avait aucun espoir qu'on lui donne un jour du miel ou de la bière, ou même du sel, qui de toute façon aurait séché la terre. En revanche, il y avait beaucoup de cendre. Escargots et limaces l'évitaient, parce qu'elle adhérait à leurs corps mous et humides. Mais la pluie de la nuit en effaçait toute trace, aussi il devait tout recommencer le lendemain.

Benjamin regardait la masse gélatineuse dans le panier et soupirait en demandant aux limaces de lui pardonner ce déménagement. Lui aussi avait changé plusieurs fois de maison. Cependant, Emma avait toujours été avec lui. Il agrippa son blouson pour éloigner l'idée de la grande main chaude de sa sœur qui serrait la sienne.

Ce matin-là, le soleil avait fait sortir les limaces de leur cachette. Elles étaient affamées, comme lui. Alors qu'il versait des cendres sur les haies qui bordaient les potagers, il imagina soudain sous ses doigts la consistance crémeuse de la ricotta, et sur sa langue le goût de sucre mélangé aux œufs de la tarte au fromage blanc, dont l'odeur emplissait parfois la cuisine de la villa. Il porta les mains à sa bouche, glissa entre ses lèvres une bouchée toute chaude. Qui bougeait, se débattait. Saisi d'horreur, il renversa le contenu du panier, et la limace qu'il avait portée à sa bouche s'enfuit. Il ne pouvait pas manger de créature vivante. Pour la première fois de sa vie, Benjamin se sentit un monstre.

Il tenta de retrouver son entrain. Emma le lui disait toujours : pour éloigner les pensées, fais travailler tes muscles, Benjamin. Cela valait peut-être pour la faim, aussi.

Il avait besoin de cendre supplémentaire. Willi et les autres étaient loin, alors il se dirigea vers le bloc des hommes. Il pensait trouver ce qu'il cherchait au sous-sol. Près des poêles, il restait toujours un peu de cendre que les femmes n'avaient pas utilisée pour laver le linge.

Pourtant, il n'avait pas imaginé qu'il ferait si sombre, là-dedans. Il avança sans bruit. Ses yeux s'habituèrent à l'obscurité. Les caves étaient froides et humides, des araignées pendaient dans les coins et lui caressaient les épaules. Des portes rongées par les vers cloisonnaient les espaces. Les murs étaient en pierre. Au-dessus de sa tête se situaient les cellules, plus de la moitié orientées au sud, neuf à l'est, trois au nord, deux à l'ouest. Il visualisait le plan comme s'il avait une carte devant les yeux. À ce moment précis, il se trouvait sous la zone est, où étaient conservés les cadavres pour être disséqués avant l'inhumation, à côté d'une pièce dont personne ne parlait jamais. Il valait mieux se taire, ne pas l'ouvrir, garder ses distances, disait-on. Un frisson parcourut sa nuque et son dos. Soudain, il constata avec joie qu'il marchait sur de la cendre. Il se baissa pour en ramasser. Il fallait agir vite et sortir d'ici. Quand sa main heurta un objet ratatiné qui se déplaça, il recula et plissa les yeux. L'aspect, la taille, la moisissure : c'était une pomme, qui roulait vers lui. Mais la brise qui arrivait des couloirs n'avait pas pu la faire bouger. Benjamin s'approcha lentement de la forme sombre dont elle s'était détachée. Une silhouette recroquevillée qui respirait, haletait. Deux yeux étincelèrent. L'enfant lui sourit. Alors Benjamin vit sa bouche édentée, sa paupière gonflée. Il était accroupi dans un coin, les ongles noirs de terre. Benjamin attrapa la pomme et s'enfuit en courant.

Une pomme moisie. Qui fondit sur sa langue comme la meilleure des douceurs. Il aurait bien le temps de se demander qui était l'enfant et ce qu'il faisait là. Avant de revenir le chercher. Ou de l'oublier. Le vide le saisit, plus fort que la faim : il regrettait le jardin de la Villa Freiberg, il regrettait ses jeux. Emma lui manquait. Elle aurait su quoi faire, elle.

23

Les morts s'en moquent

— Donc la Villa Freiberg est toujours sur pied.

— Plus ou moins, répondit Bess en pensant aux tonnes de poubelles qui l'attendaient.

Emma secoua la tête.

— Je l'ai dit à Kiki, la dernière fois que nous nous sommes parlé. Je lui ai dit : cette maison t'enterrera, Kiki. Je l'ai peut-être même appelée par son prénom, Rosamaria. Cela la mettait en colère. Seule sa mère l'appelait ainsi. Je parie que les lieux n'ont pas beaucoup changé depuis cette époque.

— En effet, il y a énormément de travail dans la villa. Kiki n'aérait même pas, de peur que l'air déplace la poussière sur les meubles. Ces derniers temps, elle avait vraiment du mal à s'occuper de la maison et du jardin.

— Les chats. Il y en a toujours eu beaucoup.

— La colonie est encore bien nourrie, intervint Albert, assis un peu à l'écart, avec un demi-sourire.

— J'ai été très impressionnée par eux, en arrivant à la villa. Je pense que pour Kiki ils ressemblaient le plus à une famille. Sa mère n'était pas affectueuse. Je ne me souviens pas de l'avoir vue embrasser sa fille. Le général, lui, était rarement présent, et toujours occupé. Mais je doute que vous soyez venus jusqu'ici pour écouter mes vieilles histoires, poursuivit-elle en servant le thé, après avoir gentiment refusé l'aide de Bess. Alors comme ça, c'est vous que Kiki a choisie.

Bess acquiesça. Albert et elle avaient résumé les derniers mois avec des mots qui, bien sûr, n'étaient pas ceux qu'ils avaient préparés : Bess n'avait pas anticipé qu'elle serait aussi émue. Et surprise de rencontrer une femme qui restait froide et distante, ou sur la défensive. Pendant le voyage, elle avait réfléchi à comment présenter les choses, et elle s'était demandé s'il existait une façon simple de raconter des histoires compliquées sans les trahir.

— Elle a laissé un testament. Elle voulait que vous et votre frère ayez ceci, expliqua Bess en sortant le sachet en velours de sa poche, avant de l'ouvrir pour lui tendre la bague. Elle avait l'intention de vous écrire pour vous préciser les raisons de cette décision, mais elle n'en a pas eu le temps.

La femme hésita avant de la saisir délicatement. La caresse du métal la surprit. Elle la scruta longuement, sans parler. Enfin, elle trouva le courage de demander :

— C'est Kiki qui vous l'a donnée ? C'est elle qui l'avait ?

— Pas directement, madame Fliri, mais la bague était dans la villa et Mme Tondini a laissé des consignes très claires à son notaire.

— Comment est-elle arrivée à Kiki ? murmura la femme.

Soudain Bess perçut toute la valeur de la bague, toute la force qui lui avait permis de traverser le temps et qui faisait trembler la main qui la tenait.

— Nous espérions que vous pourriez nous le dire.

— Elle appartenait à mon père. Il connaissait les parents de Kiki. Après sa mort, mon frère et moi nous sommes installés quelque temps chez le général. Elle n'a vraiment rien laissé d'autre ? Un mot, une explication ?

— Elle a seulement précisé que la bague devait revenir à Emma Fliri et à son frère, Benjamin Fliri. C'est par chance que nous vous avons trouvée.

— Benjamin. La dernière fois que j'ai vu mon frère, c'était il y a si longtemps. Nous étions encore des enfants. Je n'ai pas non plus eu de nouvelles de Kiki, depuis mon départ de la villa.

— Je suis vraiment désolée.

— C'était un enfant très particulier.

Flora l'avait qualifié de « spécial ».

— Nous avons eu une violente dispute, juste avant qu'il disparaisse. Je n'ai jamais ressenti de douleur aussi forte. Même après la mort de nos parents.

Bess détourna le regard.

— Sans lui, je n'ai pas pu demeurer à la villa. J'ai erré. Au début, je suis restée avec une femme qui avait travaillé pour Frau Anna. Elle s'appelait Annika. Quand elle est partie, j'ai décidé de la suivre. Elle m'a trouvé une place de serveuse à l'hôtel où elle avait été embauchée. Elle était très liée à Benjamin. C'est son fils qui m'a téléphoné, peu avant la mort de Mme Tondini. Dans mon souvenir, il n'était qu'un gamin, encore plus chétif que mon frère. Il m'a dit que Kiki me cherchait et qu'elle n'avait trouvé que le numéro d'Annika. Elle était morte depuis plusieurs années, mais Kiki l'ignorait. L'homme m'a raconté qu'elle voulait me parler d'une affaire urgente et importante. Il ignorait de quoi il s'agissait – c'était typique de Kiki, elle gardait tout pour elle –, mais elle paraissait très agitée et confuse. Me chercher après si longtemps : je me suis demandé ce qui lui était passé par la tête. Mais nous n'avons jamais réussi à nous revoir. On m'a raconté qu'elle était partie dans son sommeil.

— Elle voulait peut-être vous parler de la bague.

— Dans tous les cas, moi j'en ai terminé avec la Villa Freiberg, dit Emma en fixant l'anneau, comme si elle n'arrivait pas à y renoncer, mais n'avait pas la force de le garder. Terminé, répéta-t-elle tout bas.

— Je suis vraiment désolée pour votre frère, madame Fliri. Vous n'avez jamais pensé qu'il pourrait être vivant, quelque part ?

— D'où vous vient cette idée ? se raidit la femme.

— Kiki l'a précisé dans son testament : cette bague doit vous revenir à tous les deux.

Albert se gratta nerveusement la nuque.

— Vous pensez vraiment que je ne l'ai pas cherché, Bess ? Mme Tondini ne savait même pas que j'étais encore vivante. Peut-être qu'elle s'en moquait, d'ailleurs. Quelle crédibilité peuvent avoir ses paroles ?

— Nous sommes ici, vous et moi, à présent. Cela doit signifier quelque chose.

— Je vous remercie de m'avoir apporté la bague, soupira Emma. Quel que soit le chemin qui l'a conduite à Kiki et à la Villa Freiberg, je suis heureuse de l'avoir retrouvée.

Bess croisa le regard d'Albert, qui lui fit signe qu'il était temps de partir. Ce serait tout, pour ce soir-là.

— Kiki avait peu d'amis. Mais à la fin, c'est de vous et de votre frère qu'elle s'est souvenue, déclara Bess en se levant. C'est ce qui compte, non ? Et vous avez été la seule à l'accompagner, à l'église.

— Il m'a semblé juste de la saluer une dernière fois.

— Un geste qu'elle aurait apprécié.

— Un geste idiot, répondit Emma en lui serrant la main, les yeux plantés dans les siens. Les morts s'en moquent. Les morts ne sentent rien. Ceux qui croient entendre leur voix sont des idiots ou des fous. Je vous souhaite bonne chance, Bess.

Emma prit la canne posée contre sa chaise et se leva.

— Attendez, madame Fliri. Je ne sais pas pourquoi, mais cette villa est importante pour moi, plus que de raison, et elle l'a aussi été pour vous et votre frère. Je crois que Kiki voulait nous transmettre un message à travers cette bague.

Bess emboîta le pas à Emma, qui traversait déjà le jardin. Une infirmière lui lança un regard noir, mais elle la suivit tout de même dans le hall.

— Vous savez de quoi il s'agit, n'est-ce pas ?

Emma se retourna et soutint son regard avec l'orgueil retenu de toutes les années qui manquaient à Bess et de toutes les histoires qu'elle n'avait pas vécues. Seulement entendues.

— Ce qui se passait là-bas était un mystère pour moi aussi. La seule qui savait était Kiki, mais désormais il est trop tard pour le lui demander. J'ai commencé à vivre quand j'ai ouvert le portail et que je suis partie.

— J'ai du mal à vous croire, Emma. J'ai vu les photos de Kiki et celles de Benjamin, ses sourires.

— Quand je suis partie, j'ai dû apprendre à me débrouiller seule. Ni Frau Anna, ni le général, ni même Kiki, ne sont venus me chercher. Une fois, je suis revenue à la Villa Freiberg. Quand ma vie avait enfin pris une direction plus heureuse. J'avais bien gagné dans l'hôtel où je travaillais, et j'y avais rencontré l'homme qui est devenu mon mari. Nous nous sommes installés ici, dans cette région, dans un petit village près d'une immense forêt qui aurait tant plu à Benjamin. Quand le bonheur a frappé à ma porte, ma culpabilité et ma souffrance m'ont ramenée à la Villa Freiberg. Je devais savoir ce qui était arrivé à Benjamin pour le laisser partir définitivement. Naïf, n'est-ce pas ? L'amour est un sentiment plus résistant que le diamant. Il a une âme sombre et le temps se dépose à sa surface pour le faire briller encore plus. Je suis donc allée chez Frau Anna, je lui ai dit que je voulais voir Kiki et le général, que j'avais besoin de connaître la vérité. Et vous savez ce qu'il s'est passé, Bess ?

Bess écoutait, parfaitement immobile.

— Je n'ai vu ni le général ni Kiki. Anna a prétendu qu'ils étaient absents et elle m'a assuré qu'ils avaient fait tout leur possible pour Benjamin. Pour mon bien, il fallait que je l'oublie. Que j'aille de l'avant. Elle a été gentille – elle l'était toujours –, elle a fait préparer le thé et installer des roses fraîches pour embellir le salon, qui m'a semblé obscur et dépouillé. Il restait bien peu de la richesse passée. Mais Frau Anna était une grande dame, ajouta Emma avec ironie et douleur, peinant visiblement à poursuivre. Elle m'a donné de l'argent pour le train du retour, une petite contribution, avait-elle expliqué. Comme si j'étais encore la fillette sans père arrivée chez elle pendant la guerre. Naturellement je ne suis pas partie, mais restée en ville quelques jours. Je suis retournée sur nos lieux, à Benjamin et moi, j'ai posé des questions. Je n'ai trouvé que le vide et le silence.

— Je suis désolée.

— Je vais vous donner un conseil, Bess : veillez sur les personnes que vous aimez, donnez à la Villa Freiberg sa juste place, mais ne vous laissez pas dévorer par ces pierres. Je vous assure que rien de ce qui se trouve à l'intérieur ne vaut la peine d'y perdre ne serait-ce qu'une seule pensée.

24

Le billet numéro six

Pendant le trajet du retour, Bess garda le silence. Albert aurait voulu trouver les mots, redevenir un instant l'Albert-qui-fait-rire-tout-le-monde. Mais cet Albert n'existait plus et c'était sans doute mieux ainsi. Il avait accompagné Bess parce qu'il aimait être avec elle. Parfois, il avait du mal à contenir les sensations et les émotions qui le submergeaient.

— C'est une chauve-souris, dit-il, ignorant pourquoi il en parlait précisément à ce moment-là.

— Quoi ? demanda Bess, concentrée sur la route.

— C'est une chauve-souris qui a sauvé la forêt. J'ai regardé sur Internet.

Les lèvres de Bess esquissèrent un sourire.

— Une espèce protégée, en voie d'extinction, qui vit uniquement dans cette forêt. C'est incroyable. Tout ce bazar, et puis un petit animal de dix grammes parvient à lui seul à mettre en panique une armée de bulldozers, bloquer les charges de la police et faire reculer le projet.

— Tu aimes ce genre d'histoires, non ?

— Oui, reconnut Albert en regardant par la fenêtre. L'ingrédient magique.

— Qui ne fonctionne pas toujours.

— Tu devrais être satisfaite et fière de toi. Tu as trouvé Emma, tu lui as remis la bague. Tu as respecté la volonté d'une vieille femme que tu connaissais à peine. Tu as bouclé la boucle, Bess.

— Tu as toujours été aussi optimiste, Albert ?

Elle, oui. Albert, pour sa part, ne savait que répondre. Toutefois, depuis le soir où il avait ouvert le bocal d'Alice, il avait découvert qu'il valait mieux laisser les choses venir, parce qu'elles trouvent toujours le moyen de se combiner entre elles et de suivre leur route, parfois avec des trajectoires imprévisibles. Le seul effort consistait à trouver le mécanisme pour ouvrir la boîte.

La route traversait des bois. Albert apercevait les cabanes où il aurait voulu grimper avec Alice.

— Pourquoi as-tu tant peur des arbres, Bess ?

Elle le lui avait avoué : le parc de la Villa Freiberg l'inquiétait. Elle n'aimait pas se retrouver sous les branches qui cachaient la lumière. Tout y était ombre et humide. Si on a peur d'un parc, sauvage certes, mais toujours un parc, alors d'une forêt ! Albert n'avait jamais rencontré de victime d'une telle phobie. En réalité, il n'avait jamais rencontré personne qui ressemble à Bess.

— Je n'ai pas peur. Je n'y trouve rien de poétique.

Ces arbres ressemblaient à des os et des tendons qui se croisaient, se contorsionnaient pour chercher de l'air, comme elle à cet instant précis. Elle remontait le temps, transportée par les paroles d'Albert, vers un souvenir qu'elle ne lui révélerait jamais : le jour où elle avait perdu Mattia dans les bois.

— Je ne suis pas entrée dans une forêt depuis la petite enfance de Mattia. Mon ex-mari nous y traînait tous les dimanches.

— Et ça ne te plairait pas ? Même une forêt qui a douze mille ans, comme celle de Hambach ?

Bess secoua la tête.

— Je n'arrive même pas à imaginer une époque aussi lointaine.

Albert et Bess ne s'arrêtèrent pas dans la forêt, ils ne grimpèrent pas à une échelle de corde effilochée. Et ils n'allumèrent pas l'iPod d'Alice pour découvrir les chansons qui lui tenaient compagnie.

La nuit soufflait sur les arbres, qui s'inclinaient pour respirer son odeur : ces images s'imprimèrent dans l'esprit d'Albert, défilant aussi vite que la route, et son envie d'être avec Bess et sa peur de la sentir distante. De la perdre.

— Et si on essayait de téléphoner au fils d'Annika ?

La voix de Bess le sortit de ses pensées.

— L'homme que Kiki a contacté en espérant qu'il l'aiderait à retrouver Emma ?

Bess acquiesça.

C'était une idée. Peut-être motivée uniquement par leur frustration et par leur refus obstiné d'accepter que cette histoire n'aurait pas de fin. S'arrêter aurait signifié prendre acte. Peut-être roulaient-ils trop vite. Albert le comprit quand il vit une voiture de police sur le bas-côté et qu'ils durent s'arrêter et expliquer qu'ils étaient parfaitement capables de mettre un pied devant l'autre. Ils étaient pressés, tout simplement, avec Flora blessée, les visites médicales à domicile à organiser, et la colonie de chats affamés qui les attendaient pour le dernier repas de la journée.

1943

Wunderkammer

Maria, Vincenzo, Santino, Carlo. Benjamin répétait les noms gravés sur le mur derrière son lit, qui tournaient dans sa tête avec la voix d'Usci, puisqu'il ne connaissait pas la sienne.

Le souffle court, il attendait Herr Gunther dans une pièce vide. Il avait la sensation d'être encore dans le couloir de la zone sud. Il avait été stupide au point d'oublier ce que l'on racontait sur cette aile du bâtiment, et il s'y était retrouvé par hasard en montant au bureau du docteur, comme chaque mercredi. Maria, Vincenzo, Santino et Carlo. Cette rengaine ne suffisait pas à effacer les images qui le poursuivaient. Il sentait encore l'odeur de désinfectant et de métal. Le triangle de lumière projeté sur le sol par la porte entrouverte. Et ce détail à la fois frappant et familier : une myriade de bocaux entassés dans la petite pièce. Énormes, minuscules, transparents, verts, bleu lapis-lazuli, de toutes les formes, ventrus, allongés, en amphore. Empilés sur des étagères en bois sombre ou des consoles en noyer. Et dedans – il l'avait vu, il l'avait vu de ses yeux qui ne le trompaient jamais – des os, un amas de peau plongé dans de l'eau gélatineuse jaunâtre, dont pointaient deux petites mains flétries.

Derrière lui, l'infirmière avait refermé la porte.

— Vous êtes toujours tellement curieux, et cette *wunderkammer* vous attire comme un aimant. Pourtant, un jour, vous oublierez tous que vous l'avez vue. Toi aussi, Benjamin.

Elle lui avait souri en l'escortant jusqu'à la pièce habituelle, où il répétait maintenant les noms lus sur le mur derrière son lit, en attendant le docteur. Il se concentrait sur la photo du calendrier. Il connaissait désormais par cœur tous les jours de tous les mois de 1943 et 1944. Par exemple, il savait que le 2 juillet était un vendredi, quel jour de la semaine tombait Noël, et ainsi de suite. Et il avait repéré la preuve qu'il cherchait : il se trouvait vraiment dans une clinique, une sorte de petit hôpital. Il l'avait compris grâce à la photo sépia : une énorme croix était dessinée sur le toit.

— Tu es en sécurité, ici, dit Herr Gunther en arrivant.

La porte n'avait pas fait de bruit et Benjamin sursauta en entendant sa voix. Il se tourna et baissa les yeux sur la feuille blanche. Il n'avait rien dessiné.

L'homme paraissait de bonne humeur, et il avait tout son temps. Il portait une veste, un pantalon foncé, des chaussures en cuir, son chapeau habituel, une chemise bleu ciel, une montre – élégante, avec un bracelet noir, semblable à celle du général – et des lunettes à fine monture en argent qui se courbaient derrière ses oreilles comme les pattes d'une mante religieuse. Il s'arrêta devant la photo que Benjamin avait étudiée.

— Ça sert pour les avions. Quand ils voient ce signe d'en haut, expliqua-t-il en caressant la croix de son pouce, ils savent qu'ils doivent faire attention et ne pas lancer de bombes.

Il faudrait qu'il en parle à Frau Anna, qui n'aimait pas les croix. Elle disait que Jésus avait été cloué à une croix en bois et qu'en porter une au cou était de mauvais goût. Un soir, le général lui en avait offert une en or. Elle n'avait pas fait d'histoires, toutefois, elle ne l'avait jamais portée, et à la place, Benjamin avait vu pendre à son cou une aigue-marine.

Herr Gunther avait enfilé la blouse laissée par l'infirmière à l'endroit habituel, derrière la porte, toujours sur le même cintre, troisième crochet en partant de la gauche. Il s'agenouilla à côté de Benjamin et attendit que l'enfant le regarde.

— Tu devrais dessiner, Benjamin. C'est pour cela que tu es ici. J'ai vu tes dessins, quand nous nous sommes rencontrés dans la remise, et ils m'ont beaucoup plu. Pourtant, on me dit que tu refuses. C'est vrai ?

Benjamin considéra qu'il avait de la chance de ne pas parler : cela lui évitait de répondre aux questions difficiles, qui nécessiteraient trop de mots, de mots qui n'existaient pas et qu'il faudrait inventer.

Herr Gunther avait ouvert un tiroir et son sac, dont il avait sorti des objets étranges. Il appelait la fiole sombre « le collyre magique », mais Benjamin ne l'aimait pas. Il n'aimait rien dans cette pièce. Il regarda la porte, que l'infirmière avait pris soin de refermer. Ils laissaient toujours Herr Gunther seul, comme s'ils ne voulaient pas savoir ce qu'il faisait. On ne lui demandait rien, les autres médecins ne s'adressaient à lui que rarement et il semblait n'en ressentir ni le besoin ni le manque.

— Tu ne parles pas, tu ne nous révèles pas tes talents, murmura le docteur en approchant la canule en verre dont il venait d'aspirer quelques gouttes du liquide de la fiole. Tu es paresseux, Benjamin. Et les enfants paresseux ne vont nulle part. Ils deviennent de plus en plus paresseux, à tel point qu'ils arrêtent de bouger, de manger, de se coiffer. Ils sont couverts de poux, leurs cheveux sont emmêlés, leur peau devient du papier mâché et elle finit par s'effriter comme du sable.

Chaque strophe de sa cantilène accompagnait une étape de son rituel : se sécher les mains avec la serviette en coton, contrôler la graduation et la couleur du liquide, ajuster ses lunettes.

Tout en maintenant ses paupières ouvertes, il lui inclina la tête en arrière. Le collyre brûlait. Voulait-il lui arracher les yeux, les mettre dans un bocal et les exposer dans son cabinet de curiosités ?

— Mais il y a un autre moyen, pour que tu contribues à la société. Ce que nous allons découvrir sur la réaction de tes yeux pourrait sauver de nombreuses personnes. Tu devrais en être fier.

Il fit tomber la dernière goutte.

Benjamin serra fort les paupières pour les libérer des larmes. Malgré sa vue brouillée, il apercevait toujours la feuille et le crayon sur la table. Il aurait voulu s'en servir, mais ses mains tremblaient et la mine n'arrivait pas à toucher le papier. C'était à cause d'eux, de ses dessins, qu'Emma s'était fâchée et que maintenant elle mettait tout ce temps pour arriver. Pourtant, il le sentait : il devait juste faire preuve de patience.

Chaque jour ressemblait au précédent. Avec une seule différence : il se réveillait plus déterminé que la veille à surveiller la porte par laquelle sa sœur entrerait. Il se levait à l'aube – pantalon, chemise, chaussettes, chaussures –, il se peignait soigneusement, raie sur le côté, mèche plaquée contre l'oreille, il ajustait son col et il s'asseyait au bord du matelas, les bras sur les genoux, les mains croisées. Et il attendait Emma. Il regardait les autres glisser de leur lit. Ils faisaient la queue aux latrines, s'habillaient, sortaient pour aller petit-déjeuner au réfectoire. Ils revenaient. Lui, il restait immobile malgré son ventre qui criait famine, le regard fixe qui se posait parfois sur ses chaussures, juste pour s'assurer que les lacets étaient bien faits, les boucles de la même taille. Jusqu'à l'arrivée de l'infirmière. Qui en avait appelé une autre, qui en avait appelé une troisième. Il devait se lever, cette fois encore, même s'il ne comprenait pas bien ce qu'elles faisaient là.

Il était allé chercher Usci, en passant devant des cellules pleines d'hommes squelettiques recroquevillés sur des lits métalliques et enveloppés dans des draps tachés d'urine. Quand il finit par la trouver, dans le secteur des femmes, il était clair qu'elle avait passé les vingt-quatre dernières heures hors de la clinique – au moins en pensées –, dans un endroit tout à elle, caché entre ses rêves.

Personne ne l'avait arrêté, parce qu'il y avait moins de surveillants. Il aurait dû se sentir plus libre, mais il n'y arrivait pas. S'il n'y avait plus de règles pour séparer les bons des méchants, pour décider à quel point on était important et où on devait aller, alors à quoi fallait-il s'attendre ?

— Bonjour, garçon muet, l'accueillit Usci.

Elle remontait lentement des profondeurs où elle était allée se réfugier. Elle avait beaucoup dormi et avait du mal à tourner la tête sur son oreiller pour le regarder dans les yeux. Elle ne lui avait pas demandé quelle heure il était, au grand soulagement de Benjamin : il n'aurait pas su quoi lui répondre. Le soir approchait, il en était certain, parce que le soleil descendait vers les cimes des sapins, mais il avait du mal à tenir le compte du temps. Il connaissait Usci depuis peu, pourtant il sentit quelque chose lui chatouiller le ventre, qui ressemblait à de l'euphorie. Il était difficile de nouer des amitiés. Et la scène de la bagarre entre Usci et la fille au réfectoire, pour le pain, lui avait fait très peur. Cependant, Usci avait été la première à lui parler, et la seule, d'ailleurs. Elle l'avait éclairé sur cet endroit dont il avait tant de mal à comprendre les règles. Il approcha son mouchoir de la main étendue le long du corps de la jeune fille – il regarda la bosse sous le drap, à la hauteur du ventre – et le déplia pour elle. Il y avait glissé une noix décortiquée, qu'il avait trouvée sous l'arbre dans le jardin, et des baies rouges cueillies sur un buisson. Il avait observé pendant des heures les oiseaux se poser sur les branches et détacher des grappes de fruits pour les emporter dans leur nid ou les dévorer en deux coups de bec. Alors il n'avait pas écouté les infirmières qui recommandaient de ne rien cueillir, surtout pas les baies rouges, qui étaient toxiques. Il en avait glissé une dans sa bouche, les yeux fermés, et son jus sucré s'était répandu sur sa langue. Il en avait salivé.

Usci aussi les aimait. Elle les suçait lentement.

— Je vais mieux, maintenant.

Ses lèvres étaient gercées, sa peau fine et blanche comme le mouchoir où Benjamin avait caché ses trésors et sur lequel il avait écrit les noms, en cachette. « Maria, Vincenzo, Santino, Carlo », lut Usci à voix haute en détachant bien les syllabes et avec plusieurs pauses. L'effort lui fit froncer les sourcils.

— Qu'est-ce que ça veut dire ?

L'enfant indiqua le mur et tourna le poignet en l'air, mimant le geste d'écrire. Usci le regarda avec un mélange de curiosité et de défiance. De son bras levé, il indiqua sa chambre.

— Sur ton mur ? Ces noms sont écrits sur le mur de ta chambre ?

Benjamin acquiesça en soupirant de joie. Usci était lente et ensommeillée, mais elle le comprenait mieux que les infirmières.

— J'ai compris : ce sont les Italiens de Trente.

Elle le fixa de ses yeux verts taillés comme des diamants. Quand Benjamin se concentrait et suivait leur lumière, soudain il la trouvait magnifique. Il ne voyait plus ses cheveux emmêlés, ni ses sourcils trop fournis. Le regard d'Usci avait une lueur particulière, visible uniquement de très près.

— En revanche, je ne crois pas que tu aies vu un enfant au sous-sol, dit-elle en lisant la phrase écrite d'une main tremblante et incertaine. Si tu te caches, ils te trouvent. Et si c'est quelqu'un d'autre qui le dissimule… Non, se corrigea-t-elle, personne n'est assez stupide pour risquer sa vie en camouflant un enfant idiot.

Benjamin repensait à la scène, aux paupières gonflées, à l'arc des dents qui remplissait le visage du petit être comme une tranche de courge picorée par les corbeaux.

— Sais-tu où nous sommes, Benjamin ?

Il haussa les épaules. Indiqua les noms.

— Beaucoup de gens arrivent ici, de tous âges. Parfois ils restent peu, quelques jours, d'autres fois plus longtemps. Je ne sais pas d'où tu viens, mais tu arrives du sud, on t'a fait passer la frontière. Nous sommes dans un village qui s'appelle Hall.

Benjamin indiqua de nouveau les noms sur le mouchoir.

— Je n'étais pas là quand ils sont arrivés, mais on m'a raconté qu'ils étaient vraiment nombreux. Ils venaient tous du même endroit, un asile de Trente.

Il fronça les sourcils et Usci sourit. Il l'aida à s'asseoir, le dos bien droit. Il gonfla l'oreiller avec son bras et l'installa le plus confortablement possible.

— Tu ne sais pas ce qu'est un asile et tu ne sais pas ce que tu fais ici.

Ce n'était pas une question. Maintenant, Benjamin voyait bien son ventre. Il s'y connaissait mal, mais il avait l'impression qu'Usci était « double ». Ils l'appelaient comme ça, Emma et lui, quand ils croisaient une femme enceinte. Mais Usci n'était pas une femme, elle avait quatorze ou quinze ans, à peine plus qu'Emma. Même si, à ce moment précis, Benjamin ne lui donnait pas d'âge.

— L'asile est un endroit où on enferme les fous, comme Virgilio. Et si tu es ici, peut-être que tu ressembles à Virgilio, mais que tu ne le sais pas encore. Ou alors, tu devrais poser la question à ton ami docteur qui t'a amené.

Benjamin sentit ses yeux le brûler.

— On ne s'échappe pas d'ici, Benjamin. Beaucoup essaient, tu sais ? Mais ils les traquent et ils les rattrapent. Toujours. Pour moi, c'est différent, affirma-t-elle, le regard fier. Moi, je partirai juste après avoir accouché.

Elle avait ri de son silence.

— Ne me dis pas que tu n'avais pas compris, garçon muet.

Benjamin s'empressa d'acquiescer.

— Mon père connaît des docteurs de l'institut et ils ont pensé que c'était une bonne idée que je vienne passer mes derniers mois de grossesse ici. L'enfant est mieux surveillé et, à part les vers, la nourriture n'est pas mauvaise. Bien sûr, l'endroit est ce qu'il est et la compagnie aussi – sans vouloir t'offenser –, mais, ensuite, je ferai ma valise et je te dirai au revoir.

En écoutant Usci, Benjamin eut une idée qui l'électrisa : elle allait pouvoir chercher Emma et lui transmettre un message.

— Ne t'agite pas comme ça, garçon muet. Bien sûr, qu'il a un père !

Benjamin secoua la tête et la tira par la blouse. Mais Usci ne réagit pas.

— C'est un très beau garçon, il travaille dans notre ferme. Je vais lui donner beaucoup d'enfants. Je veux plein de marmots, ajouta-t-elle avant de s'assombrir. Angela a tué le sien, tu sais ? C'est pour cela que je ne la supporte pas.

Benjamin avait entendu cette histoire, par bribes, racontée par de nombreuses bouches. Chaque fois, il avait tendu l'oreille et s'était senti trahi par Usci qui n'avait pas voulu la lui relater. Les médecins en parlaient quand Angela sortait de l'infirmerie, et les vieilles infirmières adressaient aux jeunes qui l'accompagnaient au réfectoire des coups d'œil pleins de sous-entendus. Elle, elle regardait sans voir. Elle était arrivée à l'institut escortée par les gendarmes.

À Benjamin, elle rappelait Frau Anna, bien qu'elle ait la moitié de son âge. Comme elle, elle restait à l'écart, les yeux fixes. Bien sûr, Frau Anna donnait des ordres et évoluait dans son royaume où chaque chose lui appartenait, le front altier et le dos droit. Mais Benjamin l'avait observée, sous le kiosque, au crépuscule ou le matin tôt, avant que le reste de la maisonnée se réveille. Il avait épié Frau Anna quand elle se croyait seule, et il s'était aperçu de l'immobilité de son visage assailli par les ombres, qui s'estompaient dès qu'une domestique arrivait. La solitude et la mélancolie ne la quittaient jamais vraiment. Pas dans les ordres qu'elle donnait, ni dans sa manie des détails, ni dans l'excitation apparente qui précédait un dîner avec des invités. Mais dans ses gestes manqués : Frau Anna ne concédait ni un baiser au général à son retour, ni une caresse à Kiki, ni un rire quand Mme Weisshorn racontait une de ses irrésistibles blagues. Le bonheur n'entrait jamais dans ses yeux. Pourtant, elle aurait eu de nombreuses raisons d'être heureuse. Angela n'en avait aucune, elle.

Elle venait de Colle Isarco, où elle travaillait comme servante chez une tante. Elle avait donné naissance à un enfant. Elle avait accouché seule après avoir caché sa grossesse, dont elle n'était même pas certaine avant de voir le bébé. Benjamin n'avait aucune idée de comment naissaient les enfants, mais le ventre plein d'une femme lui rappelait le cocon d'araignée qu'il avait découvert derrière une malle à la villa. Un jour, il avait surpris de minuscules ombres à contre-jour, qui se tortillaient, enveloppées d'une membrane transparente. Elles avaient fini par percer le sac et une multitude de créatures aux longues pattes fines avait couru dans toutes les directions, s'agrippant aux murs à une vitesse incroyable, comme si chacune savait déjà où aller, comment chasser pour se nourrir, comment être au monde. Il les avait suivies, le cœur gonflé d'émerveillement. L'enfant d'Angela, lui, n'avait pas su quoi faire.

Il était sorti à moitié et elle avait dû le tirer avec ses mains. Puis elle s'était levée et elle avait appelé sa tante. Mais elle n'avait pas pu rester debout. Elle ne se souvenait plus rien de ce qui avait suivi. Au réveil, elle n'avait pas tout de suite pensé à l'enfant, toutefois elle avait trouvé étrange qu'il ne pleure pas. Il était froid et immobile. Elle voulait le dire à sa tante, mais elle avait eu peur, alors elle l'avait caché sous l'oreiller. Sa tante allait s'en apercevoir, en changeant les draps. Ce n'était pas arrivé. Le soir, Angela l'avait emporté dans la grange, à cause de la mauvaise odeur qu'il dégageait.

— Quand je ne serai plus ici, ne t'approche pas d'elle, garçon muet, dit Usci en se caressant le ventre. Je passerai Noël chez moi. Je retrouverai mon homme. Toi aussi, tu as quelqu'un qui t'attend ?

25

Le coup de téléphone

La route glissait sous eux.

Albert avait proposé de la remplacer au volant, mais Bess, agacée par le temps perdu à négocier avec la police, n'avait rien voulu entendre. Comme si cela ne suffisait pas, Nino ne répondait pas au téléphone. Il avait envoyé un message sibyllin avant de disparaître : « Je t'appelle dès que je peux. »

La police et le message de Nino n'avaient pas convaincu Bess de renoncer à son enquête sur l'histoire de la bague. Elle avait lancé l'appel sur haut-parleur. Une voix masculine, lente et précise, s'était excusée : il aurait aimé aider cette femme – Kiki –, mais sa mère, Annika, était morte quelques années auparavant et elle n'avait jamais parlé de la guerre, même avec ses petits-enfants.

— Kiki était si heureuse de m'avoir trouvé. Elle assurait qu'elle avait les adresses de toutes les personnes qui avaient travaillé à la villa, mais ma mère n'était pas restée longtemps. Ça, je peux vous le dire : elle travaillait dur et n'avait jamais assez d'argent, parce que les patrons aimaient mener la grande vie, mais gardaient leur bourse bien fermée. Kiki avait fini par remonter à l'hôtel où ma mère avait travaillé après son départ. Et de cette façon, jusqu'à moi.

Il marqua une pause. D'un geste, Bess suggéra à Albert de prendre des notes.

— J'ai appris que la dame était morte. Je suis désolé. Son amie Emma, Emma Fliri, je l'avais trouvée, vous savez ? Ma mère était restée en contact avec elle, et elle conservait toutes les cartes postales qu'elles s'étaient envoyées dans des boîtes en carton. Kiki et Emma devaient se rencontrer.

Le récit de l'homme s'interrompait exactement au même point qu'eux. Quand Bess avait coupé le haut-parleur, Albert n'avait noté qu'une phrase, au dos d'une boîte de réglisses : « Appel de Kiki, jeudi soir, 22 heures. Cherchait Emma Fliri. Très nerveuse. »

— Jeudi soir, le jour où elle a appelé le notaire pour lui dire que la bague devait revenir à Emma et Benjamin Fliri. Qu'est-ce que cela veut dire, à ton avis, Albert ?

Ils auraient pu répondre à l'unisson, parce qu'ils arrivaient à la même conclusion : ce voyage ne marquait pas la fin, mais le début de nouvelles questions.

— Kiki avait trouvé quelque chose d'important, qu'elle devait à tout prix communiquer à Emma. Il était urgent pour elle de la retrouver, parce qu'elle voulait lui parler, supposa Albert.

— Quelque chose d'important, répéta Bess dans un murmure, qui concernait Benjamin.

26

Nino

Revoir le portail de la villa ne les avait jamais mis d'aussi bonne humeur.

— Ces chats mangent énormément, non ? demanda Albert.

— Oui. Avant de mettre les pieds à la Villa Freiberg, je n'en avais aucune idée. Parfois, je me dis qu'on pourrait ouvrir un jardin zoologique.

Bess sortit de la voiture. L'heure du dîner était passée depuis longtemps. Ils n'avaient bu qu'un café et ils avaient faim. Toutefois, il fallait procéder à la distribution de croquettes avant d'espérer trouver un restaurant ouvert. Ou alors attendre le petit déjeuner, parce que la fatigue lui faisait tourner la tête encore plus que la faim, et elle rêvait d'un lit où passer les douze prochaines heures.

— Si on compte sur Nino pour s'en charger, on peut attendre longtemps. Et s'il arrive quelque chose à un seul de ces chats, Flora nous fera la peau.

Elle était sortie de l'hôpital, mais à condition de rester en observation encore quelque jours – après le vacarme qu'elle avait fait, et vu son âge, les médecins avaient choisi la prudence. La dernière visite médicale la contraignait à manquer le tour du soir : elle s'en plaignait chaque fois auprès de

Bess, qui avait du mal à la convaincre que pas un seul des félins de la colonie ne risquait de mourir d'inanition. Elle les trouvait plutôt en surpoids. Flora soutenait que les chattes étaient enceintes, ajoutant tout bas, mais suffisamment fort pour être entendue, qu'elle savait tout de même distinguer la céramique de la porcelaine.

— Nino ne t'a pas rappelée ?

Bess vérifia son portable : ni appel ni message. De Mattia non plus. L'odeur de goudron et de plastique brûlé atteignit Albert avec la force d'un coup de poing dans le ventre. Pourtant, la voiture ne présentait aucun signe de panne, et il ne voyait aucun nuage de fumée. Bess était trop occupée à chercher les chats.

— C'est bizarre, ils ne viennent pas à notre rencontre, lança-t-elle. Et ça pue le cadavre. C'est quoi, la recette de ces croquettes ?

— Ils les plongent dans de l'huile de foie de morue, soupira Albert, le sac à la main.

Il doutait que l'odeur de fumée vienne de là.

— Ça réveillerait un mort.

Il n'était pas mécontent de ne pas sentir les chats passer entre ses jambes et lui couper la route, mais elle avait raison. Généralement ils les accueillaient au portail, la queue dressée, dans un concert de miaulements, et ils ne filaient qu'après avoir obtenu leur pitance. Ce n'étaient pas les caresses qu'ils venaient chercher.

— Peut-être qu'il est trop tard pour eux aussi.

Il s'apprêtait à demander à Bess si elle acceptait de laisser la nourriture sur le muret, puis ils pourraient aller s'acheter un sandwich. Il n'en eut pas le temps : elle s'immobilisa et retint son souffle.

Albert suivit son regard jusqu'aux bow-windows, dont s'élevaient des nuages de fumée. L'odeur provenait de là, portée par le vent. Mû par un réflexe atavique, il chercha la main de Bess pour l'entraîner dans la direction opposée. Mais ce qui comptait pour elle – et peut-être aussi pour lui – se trouvait devant eux, derrière les arbres qui brillaient à la lueur effrayante du feu. Sans réfléchir, ils traversèrent le jardin. Albert leur fraya un chemin entre les branches basses.

Malgré la mise en garde des sapins qui criaient en brûlant, les avertissaient que cette histoire concernait la maison et elle seule, Bess et Albert s'élancèrent vers la porte d'entrée.

1943

Cendres

— Que se passe-t-il, Benjamin ? Tu as bien travaillé, aujourd'hui, mais pas autant que d'habitude.

Willi avait pris le panier que Benjamin lui tendait, les mains noires de terre. L'objet avait été tressé par des femmes de la clinique qui s'adonnaient à de nombreux travaux manuels : tissage, vannerie, couture.

Benjamin n'arrivait pas à réfléchir. Ses yeux le brûlaient, surtout la nuit. À l'instar d'un feu sous les paupières impossible à éteindre. Le matin, il avait remarqué que les traces des limaces se confondaient avec le vert des feuilles. Il s'était frotté le visage, mais cela n'avait fait qu'augmenter le brouillard. À la fin de la journée, son panier n'était pas plein à ras bords, comme les autres jours.

— Viens, rentrons, dit Willi en lui ébouriffant gentiment les cheveux.

Benjamin appréciait cet homme aux mains rugueuses, au visage creusé par le soleil et par le vent, de peu de mots, qui lui passa le bras autour des épaules pour l'encourager. Willi remarqua ses yeux rouges et irrités, mais il ne fit aucun commentaire. Une fois, il lui avait confié que, petit garçon, il lui ressemblait : au vacarme de la vie, il préférait les histoires qu'il s'inventait. Sa mère était une femme bonne qui ne sortait jamais de chez elle, car elle craignait que l'air la corrompe. Sa peau était devenue grise, à force de rester enfermée à nettoyer, coudre et attendre. Son père, un représentant de tabac, avait oublié qu'il avait un foyer. Il emmenait son fils dans ses tournées et ne manquait jamais une halte à l'auberge, où la virilité se mesurait au nombre de verres vides alignés sur la table. En grandissant, Willi avait compris qu'on n'avait jamais fini de prouver qu'on était un homme et il s'était attiré les ennuis, jusqu'à se retrouver dans ce lieu, où il avait arrêté de boire. Toutefois, un danger plus grave semblait les y menacer.

Il y avait encore beaucoup de choses que Benjamin ne comprenait pas. Il avait vu une infirmière aux poches gonflées de pommes pénétrer dans la zone sud de la cave. Elle en était ressortie quelques minutes plus tard, les poches vides et le teint blême. Il aurait voulu demander à Willi s'il connaissait le petit garçon qui y vivait, s'il savait qui l'avait amené.

Le bruit de grosses roues le fit sursauter. Deux fourgons noirs remontaient la route en direction de la maison à la croix sur le toit. Il n'avait jamais vu personne arriver, hormis Herr Gunther dans sa belle voiture conduite par son chauffeur. Il ne pouvait pas s'agir de nouveaux patients, parce que la maison était pleine à craquer.

— Tu es un bon garçon, Benjamin.

Willi ne prêtait aucune attention aux camions. Il n'avait pas accéléré le pas ni changé de direction, il ne s'était pas retourné : Benjamin aurait dû être rassuré. S'il y avait eu du danger, il le sentirait dans sa voix, dans les petits mouvements de son corps, dictés par le cœur plus que par la tête.

L'air piquait, encore humide de la pluie de la veille qui avait détrempé le tapis de feuilles, foulé par les chaussures, les carrioles et les bêtes. Dès le matin, il était devenu boue. Là où ils se trouvaient, on voyait à peine les véhicules, mais

Benjamin les devinait. Et il entendait les cris. Une femme refusait de sortir de la maison.

— Ça te fait peur d'être ici ?

La voix de Willi le ramena à la terre brune sous leurs pieds, à l'odeur des étables devant lesquelles ils s'étaient arrêtés.

Il secoua la tête.

— D'accord, répondit Willi en remontant son gros sac rempli d'outils, qui pesait sur son épaule. Bon, moi je dois aller réparer une mangeoire. Tu peux m'attendre ici, si tu veux.

Benjamin n'avait aucune envie de rester seul. Il préférait la compagnie des vaches. Quand Willi disparut dans l'étable, il eut la nette impression que la température avait chuté d'un coup. Pourtant aucun nuage ne cachait le soleil. Pour se distraire, il étudia la façade en bois sombre. L'étable pouvait contenir trois douzaines de têtes de bétail et deux chevaux. La porcherie, à côté du poulailler, au moins soixante cochons. Mais il ne restait que quelques vaches, au museau triste et aux côtes saillantes, et un cochon qui fouillait dans la boue.

Benjamin regarda autour de lui. La cour était entourée d'un mur qui faisait au moins deux fois sa hauteur. Il paraissait impossible de s'échapper – Usci le lui avait dit –, mais il y avait un portail, au-delà duquel personne ne s'aventurait, et qui restait ouvert. De l'autre côté des grilles blanches, on apercevait la tige en pierre d'une fontaine. En été, on aurait pu s'y baigner, néanmoins les infirmières ne l'auraient jamais permis. Benjamin avait bien besoin d'un bain. Soudain, son ventre se noua. Pas à cause du froid, ni de l'envie d'aller aux toilettes, mais si fort que cela lui coupa le souffle.

Maintenant, les cris lui donnaient des frissons. Il plissa les yeux pour mieux se concentrer sur la scène qui se déroulait devant lui, à côté des bâtiments. Les infirmières qui surveillaient la cour échangèrent un regard et montèrent l'escalier au pas de course en direction du bâtiment central, où se trouvaient les bureaux et l'infirmerie. Benjamin entendit d'autres cris, impossible de dire si c'étaient des hommes ou des enfants. Il vit des vieux aux cheveux blancs pleurer dans un coin comme des nouveau-nés. Mais c'étaient les femmes qui le terrifiaient.

Au début de son séjour, les internées qui s'agitaient de cette façon recevaient une injection, ou avalaient sous la contrainte un breuvage pendant que quelqu'un leur tenait les bras si elles se démenaient. Au bout d'un moment, elles se calmaient et tombaient dans un sommeil profond qui pouvait durer des jours, comme cela était arrivé à Usci. Désormais, ils n'utilisaient quasiment plus de médicaments pour les calmer, et leurs cris étaient déchirants.

Benjamin avait peur. Les gens étaient rassemblés et alignés devant les fourgons. Il n'y avait personne dans les alentours, personne aux champs. Et Willi avait disparu. Il ne voulait pas qu'on le trouve là. Les cris retentissaient si fort qu'il tremblait.

Il fixa le portail : il fut tenté de le franchir, de partir. Soudain il sentit des picotements dans ses jambes, il s'approchait de la fontaine. Tout était silencieux. Qu'aurait fait Emma, à sa place ? Il n'avait pas de balle à envoyer pour lui indiquer le chemin. Les papillons étaient cachés dans leur chrysalide pour l'hiver. Et lui, aurait-il dû se lover dans un cocon jusqu'au retour du soleil ?

— Hé, gamin.

Benjamin se retourna. Willi était sorti de l'étable. Il le rejoignit et lui tendit un morceau de fromage.

L'enfant le fourra dans sa bouche, mais elle était desséchée par la peur. Ils descendirent vers la place où stationnaient les camions. Par réflexe, les yeux de Benjamin revinrent au portail.

— Si j'étais toi, je n'irais pas de ce côté, dit Willi en regardant dans la même direction. Tu sais ce qu'il y a, là-bas derrière ?

Benjamin jeta un coup d'œil au-delà des buissons.

— La poussière des morts. Certains malheureux sont enterrés, d'autres brûlés. Quand tu marches sur la terre, pensant remplir tes poumons d'air frais, en réalité tu respires un enfant. Ou une vieille. Ses os, murmura lentement Willi. Ses os, devenus poussière.

Benjamin ne respirait plus. Il se souvenait de la cendre qu'il répandait pour éloigner les limaces, de toutes les fois où il y avait plongé les mains, et il eut un haut-le-cœur.

— Mais ce n'est peut-être pas vrai, reprit Willi en riant.

Il avait retrouvé sa bonne humeur. Benjamin poussa un soupir de soulagement. Il se remit à marcher, la place était toute proche.

— Ce sont des choses qu'on raconte, mais on vit parmi les fous, Benjamin. Il est impossible de distinguer ce qui est vrai et ce qui provient de leur imagination, expliqua-t-il en se tapotant le front du doigt, oubliant qu'il était interné, lui aussi, qu'il avait été amené de force et qu'il n'avait pas le droit de partir.

Sur la place, une longue file de personnes disparaissait dans un fourgon aux vitres teintées, en partance pour on ne savait où. Une femme criait. L'arrivée des véhicules avait semé la pagaille. Willi s'en aperçut enfin, mais garda son calme.

— Moi aussi, au début, j'avais peur de tous les bruits, de toutes les rafales de vent qui apportaient une drôle d'odeur. De nos jours, les médecins ne font plus allégeance à Asclépios, mais à Hitler. Toi, tu peux t'en sortir, mon garçon. Fais ton travail, occupe-toi de tes affaires sans te mêler de celles des autres. Et conserve bien ton nom. Qu'il ne finisse sur aucune liste. Sinon, ils te mettent dans une de ces voitures noires et tu ne revois plus les potagers.

Ils contemplaient la file humaine. Les médecins en blouse blanche contrôlaient la sortie du bâtiment. L'un d'eux, épuisé, les lunettes embuées, appela Willi. Il avait besoin de son aide pour discipliner le torrent humain.

Quand Benjamin rentra, il avait toujours le goût doux et beurré du fromage sur la langue, mais il n'en profitait pas parce qu'il sentait encore le poids du danger sur ses épaules. Les couloirs étaient vides, au réfectoire les tables n'étaient pas encore dressées. Il traversait les pièces en écoutant l'écho de ses pas. Il eut l'élan de fouiller dans sa poche pour caresser sa balle en cuir et deviner quelle couleur touchait sa main. Il stoppa net : elle était restée à la Villa Freiberg, avec Emma et tout ce qu'il avait perdu. Parfois, un cauchemar nocturne faisait tout remonter : le jardin et le soleil qui se glissait dans l'herbe haute au-dessus de lui, la cuisine avec les casseroles en cuivre, sa vieille maison et le sourire gentil de papa qui devenait celui du général. Emma.

Les voix qu'il entendit remplacèrent ses souvenirs. Il y avait quelqu'un, de l'autre côté de la cloison. Benjamin posa la main dessus pour garder l'équilibre : les pierres ont toujours une histoire à raconter. Il s'arrêta dans le couloir, à quelques pas de la pièce où une femme, aux vêtements de paysanne, un manteau de voyage sur les épaules, brandissait un papier. Un infirmier l'écoutait, le visage fermé.

— Mon fils est sain, c'est écrit là. Signé par un docteur d'Innsbruck.

Benjamin ne s'attarda pas sur la paysanne aux yeux cernés de fatigue, ni sur l'infirmier qui cherchait le nom sur la liste et le trouvait parmi ceux qui devaient partir. Il ne voyait que l'enfant à côté d'eux : les paupières gonflées, le sourire édenté. Il semblait encore plus maigre que dans la cave. La femme souleva brusquement le maillot de son fils, jusqu'à ses épaules voûtées.

— C'est comme ça que vous les soignez ? En écrivant leur nom entre leurs omoplates, comme on marque les cochons ?

Elle avait parlé plus fort, la voix brisée par l'agitation. Elle frottait sur l'inscription pour l'effacer et, sous sa main, l'enfant se tortillait comme un pantin cassé.

— C'est une précaution pour ne pas les perdre pendant le transfert, se justifia l'infirmier.

— Les transférer, mais où ? On ne m'a rien communiqué. Ça fait un moment que je ne reçois plus de lettres. Et vous n'avez jamais répondu aux miennes. Je veux parler à un docteur.

Une odeur nauséabonde arriva aux narines de Benjamin. Pourtant, les latrines n'étaient pas à cet étage. Maintenant, l'enfant, recroquevillé dans la même position qu'à la cave, s'agrippait à la jupe de sa mère. Avait-il le même âge que lui ? En tout cas il venait d'Italie, comme lui, d'un village de l'autre côté de la frontière que la femme n'avait pas mentionné – elle avait simplement raconté le voyage qu'elle avait entrepris pour faire signer ce papier. Un papier légal qui comportait un tampon, une date. Ils devaient lui rendre son fils, qui n'était pas si maigre à son arrivée, malgré la dysenterie. Certes il était plus lent que ses frères, il ne mangeait pas seul, il parlait peu et d'une voix métallique, à son âge il ne savait pas lire, ni écrire, ni compter, peut-être d'ailleurs qu'il n'apprendrait jamais. Mais son cœur battait, il avait des parents qui l'aimaient et dont il connaissait les prénoms, les seuls qu'il avait appris à prononcer quand il avait peur la nuit ou besoin qu'on le prenne dans les bras. Parce qu'il ressentait la douleur, la nostalgie, la joie, la solitude, l'espoir. Son cœur était comme le sien.

Un bruit de pas contraignit Benjamin à se tapir dans l'ombre. Suivi de deux infirmiers, un médecin entra dans la pièce. Il prit la liste des mains de l'homme debout devant la paysanne et il contrôla le papier qu'elle lui tendit sans quitter son fils des yeux – elle le serra contre elle.

Un des deux infirmiers avait regardé dans sa direction. Il ne l'avait pas vu, mais Benjamin s'était empressé de rebrousser chemin.

La femme et l'enfant continuèrent d'occuper ses pensées. Quand il colla le nez à la vitre, dans le silence du dortoir, il les vit dans la cour, deux silhouettes qui quittaient le bâtiment, main dans la main, puis disparaissaient lentement. Pour la première fois, Benjamin ressentit la violence d'un sentiment jusque-là inconnu : il aurait voulu être cet enfant, qui lui avait fait si peur quelques jours plus tôt et qui traversait maintenant la cour pour s'en aller, la main dans une autre main qui le guidait. Cela arriverait peut-être, il devait garder confiance, être patient, croire en Usci qui, une fois dehors, irait chercher Emma de sa part.

La femme poussa délicatement son fils de l'autre côté du portail et, au lieu de le suivre, elle fit un mouvement étrange : elle revint sur ses pas. Quand Benjamin vit se détacher du mur l'infirmière qu'il avait surprise les poches pleines de pommes, il comprit. Les deux femmes s'étreignirent, puis l'infirmière s'écarta et vérifia les alentours, parce que personne ne devait savoir qu'elle avait caché l'enfant en attendant que sa mère vienne le chercher. Elles étaient peut-être amies. Avait-elle prévenu la mère de ce qu'il se passait, de la liste ? Qu'arrivait-il à celles et ceux qui montaient dans les fourgons aux vitres teintées ?

Benjamin n'allait pas le découvrir par lui-même. Parce que, si cette mère avait réussi à emmener son fils, cela voulait dire qu'il y avait un moyen, un espoir de rentrer à la maison. Alors qu'il contrôlait sa respiration pour se calmer, il crut entendre la voix d'Usci, dont les mots arrivaient sur les ailes d'une phalène qui répandait dans l'air une poussière empoisonnée : « On ne s'échappe pas d'ici, Benjamin. Beaucoup essaient, tu sais ? Mais ils les traquent et ils les rattrapent. Toujours. »

27

Je t'emmène avec moi

Bess était essoufflée et ses mains tremblaient, aussi il lui fallut une éternité pour trouver les clés de la villa dans son sac et ouvrir la porte. En attendant, Albert essayait d'évaluer l'ampleur de l'incendie. Une fumée abondante s'échappait du salon, mais le premier étage semblait épargné. Pour le moment.

— Il y a toutes les photos à l'intérieur, dit Bess en grimpant les marches du perron quatre à quatre, pendant qu'Albert se trompait en composant le numéro des pompiers. Et les lettres. Et les tableaux.

— Qu'est-ce que tu fais, Bess ? lança-t-il en la retenant par son blouson.

— Laisse-moi.

— Qu'est-ce que tu fais ?

La température avait monté de plusieurs degrés. Arrivée en haut, Bess essaya d'ouvrir la porte du salon, qui était bloquée. Les langues de feu grimpaient jusqu'au plafond et dévoraient les ombres. Ils entendaient maintenant le crépitement, qui évoquait les sabots d'un troupeau au galop, et le craquement des pages qui se froissaient avant de devenir cendre.

— Je dois aller chercher les photos.

— Les pompiers arrivent. Sors d'ici, Bess, c'est trop dangereux.

À ce moment-là, la porte s'ouvrit sur la pièce en proie aux flammes. C'était un four, la bouche de l'enfer. Bess semblait vouloir s'y jeter.

— Je t'ai dit de sortir d'ici ! Ça ne vaut pas la peine de risquer ta vie pour quelques photos.

Elle le regarda dans les yeux. Et Albert eut l'impression que l'incendie brûlait à l'intérieur de ses pupilles emplies de colère et de désespoir. Elle se dégagea, mais il la rattrapa.

— Qu'est-ce qui vaut la peine pour toi, Albert ? répliqua-t-elle d'une voix froide et assurée. Parfois, je ne comprends pas pourquoi tu t'es laissé entraîner dans cette histoire. Quand est-ce que tu accepteras qu'Alice ne reviendra pas juste parce que tu jettes des sacs poubelles et des vieilleries pour lui prouver que tu as une vie, au lieu de la chercher vraiment ? Tu as loupé le coche, Albert. Alors que moi, je peux encore faire quelque chose. Laisse-moi.

Albert hésita.

— Qu'est-ce qu'il se passe, maintenant c'est toi qui as peur ? Et tes beaux discours sur l'importance de ne pas renoncer ?

Pendant un instant, Albert ne vit pas Bess devant lui, mais Margot, et son père, et Alice, qui vibraient tous ensemble dans une flamme qui l'engloutissait. Et lui, il n'était plus qu'un papier qui se transformait en poussière. Un lâche qui continuait à fuir.

— Bess, dit-il en lui serrant plus fort le bras.

— Qu'est-ce que tu as l'intention de faire ? Me traîner dehors, reprendre la voiture et courir au bar ?

Albert ferma les yeux. Cette attaque était plus douloureuse que la pire des brûlures. Si elle voulait vraiment se jeter dans le feu pour ces stupides papiers, sans se demander si le prix à payer en valait la peine, tant pis. Des années auparavant, quand l'alcool lui montait encore à la tête au lieu de l'anesthésier comme une dose de morphine, il avait été pris dans une bagarre qui avait mal tourné, surtout pour les tables et les miroirs du bar. Depuis, il s'était promis de ne plus jamais employer la force pour faire changer les gens d'avis. Et là, même serrer le bras de Bess était de trop. Sauver ces photos était son choix, il devait le respecter. Il suffisait de reprendre son souffle et d'accepter qu'il n'était pas tout-puissant. Il ne l'avait jamais été, d'ailleurs, son entourage passait son temps à le lui rappeler.

Une respiration, deux battements de cœur. Alice, sa frange rose et ses petits mots à paillettes. Trois. Une porte qui claquait, les lumières d'une maison qui s'allumaient, mais lui était dehors, sous la pluie. Quatre. Les baffes qu'il n'avait jamais rendues parce qu'on ne frappe pas son père. Cinq. Les serres qui se remplissent de poussière dorée le matin, le travail, se casser le dos, se défoncer les poumons, se traîner au lit le soir, se réveiller le lendemain matin pour recommencer. Mais il était vivant. Il se trouvait là parce que Bess le voulait, même si elle ne le lui avait jamais vraiment demandé, et il ne comptait aller nulle part ailleurs. Albert cessa de compter et ouvrit les yeux.

— Je suis désolé, Bess, mais je ne peux pas.

Il retint son souffle et l'entraîna. Il la serra jusqu'à sentir son cœur battre. À partir du lendemain, il respecterait à nouveau sa promesse de ne pas interférer avec le destin des gens, lui qui ne comprenait pas le sien. Mais pas maintenant. Parce qu'il tenait réellement à Bess.

28

Ce qu'il reste des rêves

Assis côte à côte dans le parc, Albert et Bess regardaient la villa, sidérés et confus. Les gyrophares des camions de pompiers éclairaient la façade et les sirènes retentissaient. Ils s'étaient assurés que les oiseaux de la volière allaient bien. Maintenant, ils attendaient. Ils avaient essayé de se rendre utiles, mais les pompiers leur avaient fait comprendre que, malgré leurs bonnes intentions, ils dérangeaient. Le mieux à faire pour eux était de se calmer et de s'éloigner. Chacun son rôle.

— Tu crois que quelqu'un a mis le feu volontairement ?

— Dans quel but ? demanda Bess en haussant les épaules. On n'embête personne. Le dernier à être entré est Nino. J'ai essayé de le joindre, mais son portable est toujours éteint.

Elle soupira.

— À l'intérieur, il y avait toutes les photos et documents que lui et moi devions archiver.

— Je suis content que ça se soit passé ainsi.

Que ces papiers aient brûlé et que tu sois ici avec moi.

Il ne dit pas ce qu'il pensait.

— Pour toi, la Villa Freiberg n'a jamais eu aucune importance. Moi, j'ai l'impression de la perdre.

— La vie ?

Il aurait voulu la consoler, mais il laissa échapper cette mauvaise blague, qui la rendit encore plus triste.

— Tout ce sur quoi je misais. La parole donnée à Kiki. Et à Mattia.

Son envie de démontrer qu'elle était capable de mener un projet à terme. Pas un mariage, ni une nouvelle maison où habiter avec son fils, mais cela comptait tout de même, parce que ces dernières semaines elle avait reporté sur la Villa Freiberg son enthousiasme et sa conviction que tout peut s'arranger quand on est déterminé. Elle chercha la caresse de l'herbe sous ses mains. La suie lui brûlait les yeux. La lutte est toujours inégale : on se bat contre quelque chose de visible et de palpable – des murs décrépis, des meubles à déplacer –, mais on ne s'aperçoit pas que notre véritable ennemi est à l'intérieur de nous. Il est fait d'une matière invisible, extensible, qui nous échappe.

Les pompiers se trouvaient toujours à l'intérieur. Bess suivait leurs silhouettes du regard. Ils violaient le lieu où Kiki était née, les histoires conservées parmi les meubles, les tableaux et les photos. Les bottes et les roues foulaient l'herbe, effaçaient les pas de ceux qui y avaient marché, les gestes de toutes les mains qui avaient pris soin de la villa et de ses murs.

Kiki avait tout conservé et maintenant, en regardant la villa se battre avec orgueil contre le feu et l'assaut du temps, Bess comprenait à quel point elle aimait cette maison qui n'était pas la sienne. Elle tenait à chaque recoin, à chaque casserole en cuivre, à chaque verre ébréché. C'était le temps qu'elle y avait passé, c'était l'espoir de ne pas être balayée, c'était le désir que Mattia se sente fier d'elle – elle qui l'avait arraché à son père, qui ne lui avait jamais offert le chien dont il rêvait, qui l'avait égaré dans les bois quand il avait cinq ans parce qu'elle se disputait au téléphone avec David, elle ne savait même plus pourquoi. Quand elle avait compris qu'il avait disparu, elle avait perdu la notion du temps et de l'espace. Elle avait parcouru le sentier dans l'autre sens, elle était retournée au point de départ, les bras écorchés par les ronces, tremblante de peur, incapable de réfléchir et même de se souvenir de son prénom. Elle avait fini par l'apercevoir, assis sous un arbre, ses petits pieds couverts de boue. Moins d'une demi-heure plus tard, mais pendant ces trente minutes, elle était morte. Peut-être Kiki avait-elle senti tout cela, quand elle lui exposait ses requêtes et que Bess n'arrivait plus à respirer parce que les arbres de la villa lui rappelaient cette autre forêt ? Ce que personne d'autre n'avait jamais perçu ? Avait-elle reconnu en elle quelque chose d'elle-même ?

— Je sais que, pour toi, Kiki n'était qu'une folle. Mais c'était une folle qui me faisait confiance. Dans ma vie, on m'a toujours tout pris, Albert. Elle, elle a été la seule à me donner quelque chose sans rien exiger en échange.

— Elle t'a demandé des sacrifices, du temps, répliqua-t-il, choqué, en haussant un peu le ton.

Il lui semblait impossible qu'elle ne comprenne pas.

— Si cette villa part en fumée, c'était son destin, reprit-il. Tu as apporté la bague à Emma, tu as accepté d'entrer dans la villa et de te débarrasser de tout ce dont Kiki n'a jamais pu se séparer. Tu as même failli te jeter dans les flammes. Où t'arrêteras-tu, Bess ?

Un jeune pompier avança sur la pelouse et se plaça devant eux. Il releva la visière de son casque et scruta Albert avec attention, sans aucune sympathie.

— Tout va bien, madame ? s'enquit-il gentiment.

Elle acquiesça en s'efforçant de sourire. Sa confiance s'évaporait dans l'air dense de suie. Albert disait-il vrai ? Ils avaient rendu la bague à Emma, elle avait essayé de mettre de l'ordre dans les affaires de Kiki et d'écouter la villa, en espérant que tôt ou tard elle lui suggérerait où chercher et quelle direction prendre. Mais à présent, elle ne voyait que de la fumée, qui éloignait à nouveau son véritable désir : se cacher pour toujours.

— Vous voulez de l'eau ?

La proposition ne valait pas pour Albert.

— Le monsieur me semble agité.

— Pas du tout, se défendit Albert.

Mais l'autre ne le laissa pas poursuivre.

— Vous voulez bien venir avec moi, madame Waldner ? demanda-t-il en faisant signe à Bess de le suivre.

Albert resta assis sur l'herbe humide de la nuit. Il avait envie de s'allonger, de fermer les yeux et de se réveiller le lendemain matin sous le soleil, seul sur un voilier. Loin, très loin des autres.

Bess revint, un album à la main.

— Ils m'ont laissé prendre ça.

L'album photos de Kiki, qu'elle conservait dans sa table de nuit avec une petite balle usée et une poignée de rêves.

— Et ça, dit-elle en montrant la carcasse d'un téléphone portable à moitié brûlé, qui pendait quelques instants plus tôt à un fil, et que les pompiers avaient arraché à ce qu'il restait de la prise.

Albert se rappela l'avoir vu sur le bureau de Nino. Nino penché sur l'écran, Nino lisant et relisant les messages de Thilde. Nino le refermant et le rangeant avec soin dans son sac.

— Je suis désolé. Pauvre Nino.

Bess secoua la tête et le laissa tomber dans l'herbe.

— Ne sois pas désolé. Nino va devoir nous expliquer un certain nombre de choses, vu qu'il a oublié son téléphone ici.

Et branché à une prise défectueuse. Mais Bess était trop fatiguée pour prêter attention aux détails.

1943

Baies rouges

Les yeux de Benjamin le brûlaient et il avait du mal à trouver les cailloux de la bonne taille, les baies bien rouges ou les morceaux d'écorce : il s'orientait au toucher et à l'odeur. Dans son esprit, la poupée prenait forme, avec sa branche de bouleau en guise de sourire et ses boutons pour les yeux. Il volait des brins de paille dans les clapiers, puis il cherchait la meilleure nuance de couleur pour lui faire des cheveux. Pourtant, ce que tenait Usci dans ses mains ressemblait plutôt à une boule de chutes de tissus et de sacs à patates : ce monstre ne se rapprocherait jamais de la poupée parfaite que Benjamin imaginait.

— Quand on prépare un cadeau pour une personne qui compte, dit Usci toujours concentrée sur son ouvrage, on ne doit pas se laisser distraire par les mauvaises pensées. Il faut être entièrement à ce que l'on fait.

Elle retint son souffle et enfonça la tête – une chaussette remplie de paille, plantée sur une tige en bois – dans le corps de la poupée fourré de trois poignées de graines volées aux poules. Mais elle appuya trop fort, créant une poupée sans cou à la tête écrasée, comme une courge.

Benjamin abandonna les épis à côté de sa chaise et s'assit par terre, le regard rivé sur la couture d'où sortaient des brins de paille et des graines. Quel dommage d'avoir gâché toutes ces graines de tournesol. Il mit dans sa bouche une poignée des baies rouges qu'il avait ramassées pour Usci. Elle l'imita. Depuis qu'il les lui avait fait goûter, elle en raffolait.

— Moi je pense à ma petite fille, qui aura une poupée magnifique. Et toi, garçon muet, à quoi penses-tu ?

Le silence qui suivait les questions d'Usci était toujours glacial. Benjamin aurait pu répondre qu'il pensait à la villa, à son père ou à Emma. Mais cela aurait été faux. En fait, il se demandait ce qu'ils faisaient là, dans cette maison avec la grande croix sur le toit. Les pensionnaires se rencontraient uniquement pour travailler aux champs et manger au réfectoire. La nourriture était tout ce qui les reliait. Pour le reste, comme auraient dit les infirmières, ils étaient des coquilles vides. Usci, elle, était envoyée à de nombreux endroits différents, chaque fois avec une nouvelle mission, comme s'ils ne savaient pas quoi faire d'elle. Elle aidait à balayer, elle nettoyait les latrines. Les infirmières répétaient qu'elle avait les yeux rapprochés et une grande bouche, comme si ce n'était pas bon signe. Usci prétendait ne pas les entendre, ou alors elle ne les entendait vraiment pas. Elle était perdue dans ses pensées, dans sa tête pleine de ces histoires que Benjamin avait toujours du mal à comprendre. Il n'avait jamais prêté attention à la distance entre ses yeux. Quoi qu'il en soit, il ne lui trouvait rien de bizarre. À ce moment-là, elle était assise dans l'herbe, la jupe relevée au-dessus du genou, mais elle s'en moquait parce qu'elle devait absolument finir sa poupée. Elle tordait, pliait. Soudain, la marionnette lui échappa des mains et elle poussa un cri en posant les mains sur son ventre. Le jus rouge des baies lui coulait entre les dents et Benjamin dut rassembler son sang-froid pour ne pas prendre la fuite. Il regarda le mouchoir ouvert : il n'en restait presque plus.

Usci avait mangé beaucoup de baies, bien plus que lui, or les infirmières avaient prévenu qu'elles étaient toxiques. *Pourtant les oiseaux les grignotaient*, pensa-t-il pendant qu'elle se tordait en grinçant des dents. Lui aussi en avait mangé, et il n'avait pas mal au ventre, ni la vue plus brouillée que d'habitude, contrairement à Usci, dont les yeux se voilaient. Et si une des baies était vraiment toxique ? Il flottait entre les hypothèses qui se formaient dans son esprit, de la plus terrible à la plus inoffensive, jusqu'à ce que la voix d'Usci formule des mots, dont il finit par comprendre le sens :

— Appelle quelqu'un.

C'était un appel à l'aide, un cri animal. Benjamin partit en courant, plus vite que le vent.

29

Souviens-toi de nous

Bess n'en était pas certaine, mais cela lui semblait vrai : quand nous ne savons pas répondre à une question, nous restons comme suspendus à plusieurs mètres du sol et nous mettons un pied devant l'autre tels des funambules, en essayant de parer les mouvements de la corde. Nous imaginons que si nous avons la force de domestiquer le fil, il supportera notre poids, notre inconstance. Mais la corde suit ses propres lois, ou n'en suit aucune : elle est indifférente. Alors nous survolons le monde, chacun sur sa corde. Le plus souvent, nous nous préparons seulement à atténuer l'impact d'une chute.

Comme une amitié qu'on ne comprend plus, ou une langue de feu qui brûle la terre, traçant un avant et un après.

Ils travaillaient ensemble depuis trois ans, pourtant Bess n'était jamais allée chez Nino et Thilde. Ils vivaient dans une villa à deux étages, entourée d'un jardin soigné où les feuilles colorées des fruitiers s'entassaient sur la pelouse tondue. Des haies la séparaient de la rue, une artère calme d'un paisible quartier de banlieue, peuplé de gens travaillant dans le centre-ville. De vieilles fermes jouxtaient des villas modernes. La campagne se battait encore avec la modernité accélérée par les voitures, la frénésie des hôtels et les cars de touristes. Quelques virages plus loin se dressaient des centres commerciaux sortis de terre à la place d'anciens vergers, vendus à la hâte par des paysans partis vivre ailleurs, pour travailler moins dur.

Le quartier était surplombé par le château et par la Muta, la Muette, une montagne dont Bess ignorait l'origine du nom. En allemand, on l'appelait Mutspitze, le « sommet du courage ». L'histoire des noms est toujours étrange. À l'arrivée des ouvriers italiens appelés par le Duce pour peupler la ville, les panneaux avaient été changés du jour au lendemain, traduits de l'allemand à la va-vite. Il suffisait d'une assonance, de l'écho d'un son pour transformer les noms, comme si leur histoire ne comptait pas. Bess comprenait que l'on puisse éprouver du ressentiment, ou craindre d'être dépossédé de son passé, de voir effacées les empreintes de ceux qui nous ont précédés. Si on perd le cap et que, en se retournant, on ne reconnaît plus la route, alors comment rentrer chez nous ?

Les pierres de la Villa Freiberg lui rappelaient que sa terre avait été achetée, vendue, négociée de trop nombreuses fois. Où étaient les frontières, maintenant ? Nino et Thilde, eux, s'étaient trouvés malgré la géographie : un Italien de la mer, une Sud-Tyrolienne qui sentait l'arnica et l'herbe des montagnes. Ils s'étaient rencontrés dans l'école où ils enseignaient tous les deux à l'époque.

De toute évidence, Nino n'attendait pas de visite, et encore moins celle de Bess, toutefois la surprise ne suffisait pas à expliquer son air tendu. Il la salua froidement, planté sur le seuil, raide comme un piquet.

— Je peux entrer ?

— Bien sûr, Bess, pardonne-moi. Je t'en prie, entre.

Dita bondit de derrière le canapé, puis fila se cacher dans le jardin.

Nino ne savait rien de l'incendie de la villa. En revanche, elle se mit à lui parler des peintures qu'elle avait découvertes sur les murs, cachées sous le papier peint, dans la salle de bains et le couloir. Bess s'efforça de donner le change : la chaleur des flammes avait probablement endommagé les fresques – son cœur se serra quand elle pensa à tout ce qui était perdu.

Puis Thilde arriva et la prit pour une collègue qui travaillait dans la même école qu'elle. Elle lui posa des questions sur les élèves et les nouvelles classes. Bess resta sans voix, cherchant désespérément à croiser le regard de Nino pour obtenir une explication. Quand Thilde se leva pour apporter le gâteau, oubliant qu'il avait déjà été servi et mangé, Nino baissa les yeux.

— C'était cela que j'essayais de te dire, Bess. Hier, je suis rentré précipitamment chez moi parce que la voisine a vu Thilde sortir en pantoufles sous la pluie. Elle racontait qu'elle allait voir sa mère. Mais sa mère est morte l'année dernière. Je ne compte plus les repas de Dita, qui a la nausée parce qu'elle lui sert des croquettes au moins trois fois chaque matin. Je vis avec la peur que le pire se produise, j'y pense chaque fois que mon téléphone sonne.

Bess observa Thilde, qui était allée s'asseoir sur un banc du jardin, les mains sur les genoux. Dita avait sauté dans ses bras et elle la caressait avec un sourire enfantin.

— Un jour, ma femme me regardera comme elle t'a regardée tout à l'heure, en se demandant qui est cet homme assis sur son canapé. Alors il faudra que je sois assez fort pour lui rappeler qui nous avons été.

Il lui parlait comme si cela paraissait difficile à comprendre. Mais Bess en savait bien plus que Nino ne le pensait.

— Certains jours, le nom d'un lieu ou de son plat préféré suffira. D'autres, il faudra une photo. Je suis en train de toutes les cataloguer.

À cette fin, il utilisait le même programme qu'à la villa.

— J'en avais besoin pour moi. Pour nous. Au moins, le tricot l'aide à se distraire, dit-il en dévoilant fièrement ses chaussettes dépareillées. Mais au fait, reprit-il après une courte pause, avec tout ça, je ne t'ai pas demandé si tu as localisé Emma et Benjamin Fliri.

Elle lui raconta sa découverte, la bague, Emma.

— En quelque sorte, tu les as aidées à se retrouver. Et Benjamin ?

Bess secoua la tête. C'était une autre histoire, plus difficile à expliquer.

Elle était arrivée chargée de questions et de mots, il ne lui en restait plus aucun. Elle regardait les chaussettes de Nino, le contraste des couleurs de la laine, et elle repensait à l'écharpe de sa mère, à la femme rousse ressemblant à la Danaé de Klimt qu'elles avaient vue au musée quand Bess était petite. Ses parents l'avaient emmenée à Vienne pour visiter la ville où sa mère avait étudié les beaux-arts, avant de rencontrer le garçon aux cheveux longs qui devint son mari. Dans un van décoré de fleurs orange, ils étaient allés jusqu'au Népal où – ainsi le racontait la légende familiale – Bess avait été conçue, sous un ciel qui sentait le jasmin, après une soirée passée à rire en buvant du thé vert dans la même tasse.

Bess était tombée amoureuse de Vienne, de son vent froid, des galeries pleines de tableaux, des tapis rouges et des escaliers en marbre où se reflétait la lumière, des cafés où jouaient des musiciens en tenue élégante, faisant voler leurs doigts sur les touches de longs pianos à queue et vibrer leurs archets sur des violons aux voix de sirènes. Elle était aussi tombée en amour devant sa mère, qui souriait en permanence et lui achetait les meilleurs gâteaux, qui prenait soin d'elle. Elle qui se sentait minuscule dans une si grande ville, où sa mère évoluait avec l'aisance d'une princesse.

Mais c'était il y a longtemps. Un temps qui n'existait plus. La Danaé aux cheveux décoiffés par le vent, dormant sous une pluie d'or dans le cadre d'un tableau, n'allait plus se réveiller. Il restait d'elle une écharpe colorée, que Bess nouait chaque matin autour de son cou comme un porte-bonheur.

Sur le chemin de la Villa Freiberg, Bess vérifia l'heure sur sa montre : elle avait le temps de passer la voir. Elle ne possédait plus d'excuse. Ses mains devinrent moites, son pied perdit le contact avec l'accélérateur. Elle baissa la vitre pour laisser l'air entrer. S'habituerait-elle un jour à la maladie de sa mère, à l'idée de découvrir chaque fois que l'âge avait emporté des souvenirs pour les remplacer par des fantaisies dont Bess était parfois exclue ? Trouverait-elle le courage de la serrer contre elle sans sentir que sa mère ne la reconnaissait pas ? Mattia avait raison : elle évitait, elle reportait, comme une enfant qui ne veut pas rentrer chez elle parce qu'elle va y trouver une chambre vide.

30

La lettre

La dernière personne qu'elle souhaitait voir pénétra dans le parc de la villa juste après elle, comme si elles avaient rendez-vous. Et cette personne n'était pas seule. Le visage caché sous sa casquette bleue, Albert tenait le portail ouvert pour faire entrer les jeunes gens arrivés avec lui, chargés de boîtes et d'outils. Ils marchaient en file indienne, regardant autour d'eux, attirant l'attention d'un camarade par un coup de coude, indiquant le porche, les bow-windows, les fenêtres. Parfait. Après l'invasion des pompiers, il ne manquait plus que l'équipe des serres. Bess sourit en refusant de penser aux catastrophes qui s'annonçaient. Albert la salua d'un geste de la main. Il était radieux et visiblement plein de bonnes intentions.

— Bonjour, Bess. Je te présente mes assistants spécialisés. Le Professeur, dit-il en désignant un jeune homme à lunettes, chemise blanche boutonnée jusqu'en haut et regard sérieux. Et voici Rollo et Martina, poursuivit-il en présentant ceux qui vinrent lui serrer la main. Les autres arriveront pour le deuxième tour.

— Qu'est-ce que vous faites là ? lui demanda Bess après l'avoir attiré à l'écart.

— On est venus s'occuper du jardin.

Le Professeur s'était approché discrètement.

— Et cette autre affaire, Albert ? suggéra-t-il à voix basse.

— Quelle « autre affaire », Albert ? répéta Bess.

Albert prit une grande inspiration.

— Les travailleurs de la coopérative ont eu une idée très intéressante.

Les mains croisées dans le dos, le Professeur acquiesçait.

— Cette année, les bénéfices de leur fête de fin d'année seront cédés à la villa.

Bess aurait voulu lui rétorquer qu'elle n'avait besoin de rien. En plus, elle n'était pas certaine que Kiki aurait apprécié : ouvrir la villa à des hôtes intéressés par sa collection – si collection il y avait – était une chose, mais y accueillir des jeunes susceptibles de chambouler le peu qu'elle avait réussi à ordonner, une autre.

Derrière Albert, ils souriaient en observant la maison, ébahis par ce qu'ils voyaient : une tête de cerf accrochée sur le fronton – une vraie ou en céramique ? –, les bow-windows du premier étage qui évoquaient un aquarium gigantesque où fluctuaient des algues, l'odeur de résine, la roseraie. Tous, sauf le Professeur, qui étudiait Bess et la façade de la villa avec une précision d'ingénieur.

— Monsieur Albert, pour la musique, vous croyez que là-bas…

— On en parlera plus tard.

— La musique ?

— Rien d'important, Bess, la rassura Albert. C'est pour mettre un petit fond sonore quand on travaille. Une radio, quelque chose comme ça.

Bess le regarda de travers.

Le soleil qui entrait par les fenêtres, la lumière des premiers jours de l'automne et les feuilles rouges à travers les vitres encourageaient la lucidité. Bess estimait les dégâts.

L'incendie était parti du bureau où travaillait Nino. Les secours avaient pris la peine de sortir les poubelles de la chambre de Kiki, où elle avait encore peur d'entrer. « Vu qu'on est là, madame », avait dit en souriant un des jeunes pompiers. Les sacs avaient été jetés. Il ne restait que des papiers et des journaux, que Bess s'était promis de trier ce jour-là.

Les chats couraient sur les appuis de fenêtres, plongeaient dans les cartons. Il fallait les chasser pour atteindre les documents. L'enveloppe se retrouva entre ses mains avant que le chat roux de Kiki y passe ses griffes et la déchire.

Bess la caressa. La colle avait séché : l'enveloppe avait été ouverte puis refermée par une autre main. Son regard se posa distraitement sur les noms, puis elle les relut plusieurs fois, le cœur battant. Au début, elle crut qu'il s'agissait des documents dont lui avait parlé le notaire, où Kiki expliquait pourquoi la bague devait revenir à Emma et Benjamin. Mais les noms sur l'enveloppe – trop grande pour contenir uniquement du papier à lettres – ne semblaient pas écrits de sa main. Après des semaines passées au milieu des documents, des listes et de petits mots, Bess était certaine de reconnaître son écriture. Or elle ne lui ressemblait pas. Elle éparpilla le contenu de l'enveloppe sur la table : une lettre manuscrite du général et une liasse de feuilles tapées à la machine. Un dossier médical, à première vue. Elle le parcourut avec attention, oubliant le reste. Elle reprit son souffle, fit un pas en arrière, l'étudia de loin. Les chats, lovés sur l'appui de fenêtre, lui tournaient le dos.

Depuis sa conversation avec Emma, Bess avait envisagé toutes les possibilités. Elle s'était demandé ce qui était arrivé à Benjamin, comment un enfant pouvait disparaître ainsi. Certes c'était la guerre et, comme l'avait dit Flora, les gens arrivaient, repartaient, disparaissaient. Mais elle n'était pas préparée à ce que racontaient ces feuillets.

1943

Là où restent les souvenirs

Le ventre des femmes ne se casse pas comme le cocon d'une araignée : un bébé humain n'est pas pressé, il ne souffre pas de la faim vorace du prédateur qui le fait partir immédiatement à la recherche de viande, il n'a pas de pinces pour rompre la membrane qui l'a nourri. Il glisse du giron qui l'a gentiment accueilli, il passe de l'obscurité à la lumière, ses yeux se ferment dès que l'air lumineux les effleure. Le ventre d'une femme ne se brise pas comme un vase en argile et la vie n'émerge pas de ses fissures. L'ancienne et la nouvelle restent ensemble, le passé et le futur enlacés sous un drap blanc, joue contre joue, pendant très longtemps. Peut-être pour toujours.

Il l'avait appris grâce à Usci. La jeune fille lui fit signe de s'approcher du lit.

— Qu'est-ce que je t'avais dit ? Il est magnifique, non ?

Benjamin partageait son avis. Beaucoup plus beau que leur poupée. Plus ridé qu'il ne l'imaginait, peut-être. Cette pensée lui coupa la respiration : la poupée.

— Tout va bien, garçon muet ?

Usci caressait la tête du petit, lové au creux de son épaule, avec une douceur inédite. Elle le serrait contre elle, mais avec précaution, consciente d'avoir entre les mains une sphère de cristal que le moindre geste maladroit pouvait briser. Benjamin tendit les bras et ouvrit ses paumes vides, l'air mortifié et coupable.

— Tu l'as oubliée, soupira Usci sans colère, comme si cela n'était pas si important.

Elle parlait à voix basse pour ne pas réveiller l'enfant, elle souriait comme s'il irradiait une lumière qui lui chatouillait le nez.

— Ce n'est pas grave, de toute façon c'est un garçon. Les garçons ne jouent pas à la poupée. Qu'est-ce que tu en penses ?

Lui, il n'aurait pas su quoi en faire. Peut-être que l'enfant d'Usci aurait préféré une balle colorée en cuir.

— Il faut que je lui trouve un prénom. Tu as une idée ? Santino, c'est joli, n'est-ce pas ?

Benjamin s'amusait beaucoup quand Usci lui posait des questions et y répondait elle-même, interprétant les deux rôles. Parfois, il avait l'impression d'assister au dialogue qui se déroulait dans sa tête. Une représentation privée, juste pour lui. L'enfant commença soudain à gémir, un pleur timide et délicat, qui mit Usci en émoi. Tout en le berçant, elle souleva sa blouse et découvrit son sein. Benjamin, rouge d'embarras, regarda la pointe de ses chaussures.

L'enfant pleurait plus fort, maintenant, et Usci le collait contre son torse, de plus en plus désespérée. Ses boucles tombaient devant son visage et les recouvraient, elle et le petit.

Une infirmière arriva et s'approcha du lit, martelant le sol avec ses sabots. Elle retira l'enfant des bras de la jeune fille. Benjamin ne fut pas étonné de la voir : les cloisons étaient fines et les murs avaient des yeux et des oreilles. En revanche, la réaction d'Usci le surprit : elle ne protesta pas, ne se rebella pas.

— Ils vont lui donner à manger. Moi, je n'ai pas de lait.

Sans Usci, alitée pour se remettre de son accouchement, les journées passaient plus lentement. Un autre groupe d'Italiens était arrivé. Il les avait vus entrer et se mettre en file devant les médecins. La nuit, quand le vent secouait les collines, il avait écouté leurs histoires insolites. Ils ne restaient jamais longtemps. Et personne ne savait où ils allaient.

Au réfectoire il s'asseyait à l'écart, comptait les vers et les pêchait avec sa cuiller pour les glisser dans sa poche. Plus tard, il les libérait sur le rebord de la fenêtre de sa chambre pour que le vent les emporte. Ils passaient entre les barreaux, eux.

Il s'était même attaché à Angela, qui ne lui inspirait plus aucune crainte et qui avait cessé de se bagarrer quand on lui volait son pain ou sa place sur le banc. Il avait même semblé à Benjamin qu'elle le saluait.

Il profitait de quelques instants de sérénité avant de s'endormir. Peut-être à cause de la lumière rosée qui incendiait le ciel avant que le soleil disparaisse derrière les montagnes, emportant les pensées et la fatigue. C'était le moment de la journée où la terre se reposait des bêches des hommes et où les animaux étaient enfermés dans l'étable. Après avoir avalé le sirop que les infirmières apportaient dans les chambres sur des plateaux, Benjamin glissait dans le sommeil, et il retrouvait avec bonheur Emma, Kiki, le jardin.

Était-ce ainsi pour tous les enfants de ce lieu ?

Au fil des lunes, la torpeur les avait dressés comme des chiens qui ne tirent plus sur leur chaîne parce qu'ils savent qu'il n'y a pas d'autre endroit où aller. Le sommeil les pénétrait, se diluait dans leur sang, flottait dans les flacons de sirop. Il avait la saveur des pilules. Les pas étaient de plus en plus fatigués, les réveils de plus en plus lents. Les ombres les appelaient, les choyaient. Elles avaient des voix de sirènes. Angela les avait écoutées, elle s'était laissé attirer.

Elles l'avaient emmenée dans le royaume des abysses, dont on ne pouvait pas revenir.

Les infirmières l'avaient trouvée un matin dans son lit, les yeux ouverts, fixant le vide. Cette nuit-là, Benjamin était resté éveillé. Il se demandait ce qu'elle regardait, quelle avait été la dernière image imprimée sur ses pupilles.

— En effet, Benjamin, ce sont les yeux, lui expliqua Herr Gunther le lendemain matin, parce qu'il s'était réveillé avec un terrible prurit et les paupières rouges et gonflées. Les yeux conservent tous nos souvenirs. Certains diraient que c'est la fonction de l'âme, ou du cœur. Ou de l'esprit. Mais, vois-tu, poursuivit-il en sortant un instrument chirurgical d'un tiroir, moi je suis certain que le véritable miroir de la mémoire est le cristallin. Il enregistre les détails, les conserve, les recompose. Et tes yeux sont très spéciaux. La façon dont ils fixent les informations et transmettent les images à ta petite tête est fascinante, Benjamin.

Il recula devant l'instrument, mais Herr Gunther fut gentil, il ne lui fit pas mal.

— Quels souvenirs conserves-tu, là-dedans ? D'où viens-tu ?

31

Rencontres

Depuis qu'elle était arrivée à la villa ce matin-là, Bess trouvait tous les prétextes possibles pour ne pas appeler la clinique de Hall. Elle avait ouvert les fenêtres de la cuisine pour aérer, elle avait cherché le café, mis la cafetière sur le feu, longuement remué pour faire fondre le sucre, nettoyé le lavabo, empilé les tasses. Son portable était posé sur la table à côté du dossier médical qui venait du centre qu'elle ne se décidait pas à contacter, à quelques kilomètres d'Innsbruck, à moins de deux heures de voiture de la Villa Freiberg.

Bess caressa du doigt les photos et les rapports tapés à la machine, qui avaient passé plus d'un demi-siècle dans leur enveloppe : aujourd'hui, ces années la tourmentaient plus qu'elle ne l'aurait voulu.

Il eût sans doute mieux valu appeler Albert et tout lui raconter. À la place, elle alluma son ordinateur et chercha les villes mentionnées dans les dossiers. Sur une feuille blanche, elle traçait la carte qui reliait toutes les informations entre elles.

Benjamin avait été emmené à la clinique de Hall – un peu après la frontière autrichienne –, un des nombreux centres européens réquisitionnés par l'*Aktion T4*, l'opération nazie dont le nom provenait de l'adresse du siège central à Berlin – Tiergartenstrasse 4. Des personnes de tous âges, fragiles, au comportement atypique ou asocial, y avaient été emmenées : des garçons à la conduite rebelle, des femmes hystériques ou déprimées, des personnes souffrant de déficience mentale, de handicaps physiques, de troubles du développement, des gens incapables de s'adapter, ou encore atteints de démence. Des fourgons aux vitres teintées conduisaient ces vies « indignes d'être vécues » à des centres d'extermination.

Bess marqua sur la carte le château de Hartheim et le centre de Hadamar. On racontait qu'au printemps, par beau temps, des restes de cheveux humains flottaient sur la ville, apportés par le vent. Ni Hartheim ni Hadamar n'étaient cités dans les dossiers médicaux, mais elle en avait entendu parler.

Ses recherches montraient que l'opération semblait s'être achevée en 1941, au moment où les premières demandes d'explications avaient été étouffées. Les proches étaient obligés de signer une lettre de consentement autorisant l'internement de leur enfant, sœur, mari, parent, dans un institut où on soignait avec des méthodes modernes. Pourtant, après des mois de silence, de nombreux proches eurent des soupçons et se plaignirent que ni leurs lettres ni leurs demandes officielles de renseignements n'obtenaient de réponse. Ils reçurent par la poste des missives très génériques annonçant le décès soudain de leur parent. Mais les formulaires contenaient trop d'erreurs, trop de détails invraisemblables, pour croire à des morts de pneumonie ou d'infections. Sous la houlette de Clemens von Galen, les évêques allemands dévoilèrent le scandale. L'opération fut suspendue et les éliminations cachées. Les médecins qui les avaient organisées furent envoyés dans les camps d'extermination des Juifs, où leurs compétences allaient servir un autre génocide, que l'*Aktion T4* avait contribué à programmer et à structurer.

Cependant quelque chose ne collait pas : Benjamin avait disparu en 1943 ou 1944. À cette date, l'opération était officiellement terminée.

Bess enquêta sur Hall, où arrivaient les Italiens du Haut-Adige et de Trente. Elle refusait de compléter le tracé jusqu'à Hartheim, dont les fourgons rentraient vides, et où les paysans achetaient à bon prix la cendre du château, pour fertiliser les champs.

Dans certains instituts, les nom et numéro d'identification des patients envoyés à la mort étaient marqués directement sur leur dos. À Berlin, ils étaient notés sur un ruban adhésif collé entre les clavicules. Toutefois, ils pouvaient se perdre pendant le voyage, les noms de famille se ressemblaient, et des échanges de personnes avaient lieu : échange de destins, échange de vies.

Qu'était-il arrivé à Benjamin ?

Était-il possible de sortir de là, de se sauver ? Dans la lettre – sans doute trouvée par Kiki et qui n'était jamais arrivée à Emma –, le général demandait pardon à Emma et Benjamin. Il n'avait pas su les défendre, il avait trahi la promesse faite à leur père.

Avait-il récupéré le dossier ? Et s'il était assez important pour s'interposer dans les affaires de la clinique, n'aurait-il pas pu agir pour que Benjamin soit libéré ?

Les rapports parlaient de manque de *gemüt*, de socialité. De caractère renfermé, de mutisme depuis la naissance. D'un enfant qui vivait dans son monde fait d'ombres assourdissantes, ainsi que d'un talent génial pour le dessin, qu'il n'avait plus mis en œuvre une fois à la clinique. La dernière date était janvier 1944 : elle marquait la fin de la course d'Emma et Benjamin, leur monde tel qu'il se révélait à Bess. Arrêtés par un calme plat, soudain et indifférent.

Bess regarda le calendrier de son téléphone portable : c'était un vendredi, comme le jour où le cœur de Kiki avait cessé de battre. Elle découvrit vite que c'était un jour malheureux pour prendre des rendez-vous et contacter des bureaux. Au centre de documentation de la clinique psychiatrique de Hall, on lui répondit que le directeur serait absent jusqu'au lundi et que, sans requête écrite, on n'accédait pas aux archives. La secrétaire nota ses coordonnées et le nom de la personne qu'elle cherchait : Benjamin Fliri. La recherche dans les archives numériques ne donna aucun résultat : était-ce bon signe ?

De nouveau, elle faillit appeler Albert, mais elle se refréna. Elle avait envie de rentrer chez elle pour se remplir de la seule personne à qui elle avait l'intention de consacrer le week-end : Mattia.

Son fils sortit en titubant de sa chambre pour voir qui faisait autant de bruit en ouvrant la porte de la maison et la fixa, ahuri :

— Comment ça se fait que tu sois déjà de retour ? Tu as vraiment l'air nerveuse, en plus.

C'était l'après-midi, pourtant il avait terriblement sommeil. Il avait dû jouer en ligne toute la nuit, et il semblait penser que l'hyperactivité de sa mère ne paraissait pas de bon augure.

— Tu viens faire les courses avec moi ? demanda-t-elle en lui lançant son blouson.

— Donc on ne sait pas si ce Benjamin est encore vivant, dit Mattia agrippé au chariot, alors qu'ils traversaient les rayons du supermarché en jetant dedans des boîtes de conserve et des paquets de céréales en quantités exagérées, proportionnelles à la vitesse de leurs pensées.

— Aucune trace, rien de rien, après son séjour à Hall. Juste une note qui fait allusion à un transfert.

Les enfants étaient souvent déplacés de clinique en clinique. On pratiquait sur eux des expérimentations pour les vaccins contre la tuberculose ou sur les yeux. Ou alors, ils étaient éliminés avec les adultes dans les centres qui servirent par la suite à supprimer les inaptes au travail, arrivant des camps de concentration à la fin de la guerre, parce que les chambres de la mort ne parvenaient plus à absorber le flux.

— Et ensuite, plus rien ?

— Le vide absolu. Hall est toujours une clinique, j'y ai rendez-vous mardi. Son nom n'apparaît pas dans les archives en ligne.

— Dans une clinique, on soigne les malades, pas vrai ? Il avait quoi comme problème, ce Benjamin ?

— C'était un enfant très spécial.

— Un genre de fou.

D'un regard, Bess le fit taire.

— Génial, Benjamin était un enfant génial, hors du commun.

Muet de naissance, solitaire et sensible. Très doué en dessin. Une déviation, ce talent, l'anomalie qui attirait l'attention. Qui devait être étudiée, comprise. Exploitée. Éteinte. Mais peut-on éteindre les étoiles ? Le docteur Hans Asperger avait étudié des enfants semblables dans sa clinique viennoise. Il avait joué avec eux, défini leur génie, leurs goûts, donné un nom, comme une maladie, à la déviation magique qui les rendait spéciaux. Des enfants prodigieux, à la mémoire exceptionnelle, dont la capacité de calcul ou de composition dépassait parfois l'entendement scientifique. Pourtant, ils avaient tendance à l'isolement et leur communication était particulière. Attardés mentaux, handicapés, orphelins. Il ne restait plus rien de tous ceux qui représentaient « un outrage à la pureté et à l'intégrité de la race ». Leurs noms avaient été effacés. Seul le sien avait survécu, avec les traités d'eugénisme qui ne parlaient pas des lits roulants abandonnés dans les couloirs de sa clinique, que personne n'avait le courage de regarder, dont personne ne soulevait les draps.

— Ils l'ont emmené comme ça, sans que personne s'en soucie ? Sa sœur a dû le chercher.

— Emma n'a jamais su ce qu'il est devenu.

Benjamin ne pouvait pas avoir été enlevé. Il fallait suivre un protocole pour éviter les soupçons, suivant une logique d'ordre et de partage des responsabilités. Il y avait des papiers à signer, des autorisations à obtenir. Et on pouvait atteindre son but par différents moyens. Les parents qui refusaient se trouvaient déclarés inaptes à s'occuper de leur enfant. Souvent, la perspective de soins adaptés déterminait leur choix. Mais Benjamin était orphelin. Qui avait décidé pour lui ?

— Quand tu le lui as dit, elle a réagi comment ? Ça a dû être un sacré choc.

Bess glissa dans le chariot un autre paquet de biscuits. Sans y prêter attention, elle avait choisi les préférés de Kiki, au beurre et recouverts de chocolat noir.

— Je ne le lui ai pas encore dit.

— Qu'est-ce que tu attends ?

— Mardi.

— Tu as dit que tu allais à Hall, mardi.

— Emma vient avec moi.

— Elle est au courant ?

Bess sourit.

— Elle le saura en temps voulu.

Mattia secoua la tête, cela n'encourageait Bess.

— Il reste une chose que je ne comprends pas. Le général travaillait pour l'armée nazie ?

— Oui, en effet.

— L'enfant était chez lui. Il aurait suffi d'un mot. Pour le sauver. Mais quelles étaient les intentions d'Enea ?

— Il a peut-être été obligé de le laisser emmener.

— Il y a toujours moyen de transgresser les ordres.

— Qu'est-ce que tu en sais, toi ?

Bess lui ébouriffa les cheveux et, pour la première fois de la journée, elle se sentit joyeuse. Mais son sourire s'éteignit quand elle aperçut la famille dans la file. Elle aurait reconnu ce dos, ces cheveux, cette façon fière et arrogante de poser son bras sur sa compagne, parmi des milliers. Parce qu'il agissait pareil avec elle. Cet homme était David.

Elle tenta d'éloigner Mattia, mais il regardait le type, qui tenait par la main une fillette en T-shirt à paillettes et jupe rose. L'homme était aussi son père, bien qu'ils n'aient échangé que quelques mots devant des assistantes sociales, puis des avocats.

David se retourna. Mattia pensa sans doute qu'il avait senti sa présence, parce que ses joues rougirent, fait rare chez lui. Il haleta et son cœur accéléra. Combien de fois avait-il pensé à son père, combien de fois l'avait-il cherché, attendu, sans rien dire à Bess ? Mattia ne bougea pas. Les murs se rapprochaient, s'éloignaient, devenaient noirs, se mettaient à clignoter. Bloqué, le souffle coupé, le cœur tambourinant. Mais il ne se passa rien.

David n'écarquilla pas les yeux pour se demander si le jeune homme entre Bess et les paquets de céréales était vraiment son fils, il ne leva pas la main pour le saluer, ne courut pas vers lui en remarquant à quel point il avait grandi. À la place, il se pencha pour attraper une canette de jus d'orange et il la tendit en souriant à la petite fille qui lui ressemblait, avant de la prendre dans ses bras. Puis il tourna le dos à Mattia.

— Viens, Mattia.

Bess chercha sa main, mais elle avait perdu ses moyens. Son fils se chargea de les sortir de cette situation.

— C'est bon, on a tout ? demanda-t-il.

Elle acquiesça.

En sortant, Mattia s'arrêta devant le marchand de journaux et prit une bande dessinée, sans la lire. Pendant qu'il cherchait le dernier numéro de *Nathan Never*, la fillette au T-shirt à paillettes vint se placer à côté de lui pour essayer d'attraper une revue féminine, qu'il n'aurait lui-même jamais feuilletée. Elle avait l'air d'avoir tout pour elle, avec sa tenue pastel et son regard plus mûr que son âge, typique de ceux qui savent qu'ils obtiendront tout sans avoir à demander. Mattia n'appréciait pas ce regard, mais il y avait quelque chose de lui, chez cette petite fille : la vie qu'il n'avait jamais eue. Et peut-être un détail de son visage, ou dans sa démarche, qui lui ressemblait et qu'il aurait remarqué, s'il s'était concentré.

Il attrapa la revue pour elle en faisant bien attention à ne pas froisser les pages, et se pencha pour la lui tendre. D'un geste qui parut naturel. Pourtant, Mattia brûlait, il avait la gorge tellement nouée qu'il ne put lui répondre, quand elle le remercia avant de s'éclipser, les yeux rivés sur la couverture, le sourire aux lèvres.

Bess alluma la radio pour briser le silence. La ventilation mettait toujours du temps à démarrer, aussi les vitres étaient embuées.

— Tu aurais voulu le saluer ?

— Il a fait semblant de ne pas me voir.

Ils étaient arrêtés à un feu rouge.

— Non, il est distrait, dit-elle avec un rire forcé. Je suis sûre qu'il ne t'a pas vu.

— Tu n'y crois pas toi-même, répondit Mattia en la regardant.

Ce qu'il lut dans les yeux de sa mère confirma son pressentiment. Bess se concentra à nouveau sur la route, sans voir les haies sur les côtés, ni les lignes blanches sur l'asphalte. Elle repensait à la gentillesse avec laquelle Mattia avait attrapé le journal et s'était penché pour le donner à sa sœur. Sa sœur. Feu vert, démarrage, l'avenue, des enfants qui jouaient à sauter dans les flaques, un bus qui passait trop près du trottoir, éclaboussant un passant. Le bonheur des uns faisait la mauvaise journée des autres. Pourtant, la pluie tombait pour tout le monde. Et à ce moment-là, Mattia, assis à côté de sa mère, regardait les gouttes glisser sur le pare-brise, en attendant de décider quel sens donner à cette journée qui s'achevait.

— Une pizza, ça te dirait ?

Mattia hésita.

— Merci, maman.

— Pour la pizza ? rit-elle.

Les lumières dessinaient des formes psychédéliques sur leurs visages. Mattia lui jeta un coup d'œil à la dérobée, avant de changer de station radio. Bess, elle, pensait au petit Mattia, assis justement là, à côté d'elle dans la même vieille voiture, la carrosserie plus rutilante et le moteur plus en forme, quand elle allait le chercher à l'école et qu'il avait honte. Ou bien quand elle l'encourageait pendant les matches et qu'il la cherchait du regard dans les gradins, avant de baisser immédiatement la tête. Elle était intervenue plusieurs fois pour remettre en place un parent qui avait crié sur lui. L'avait-il compris, lui ? Il était toujours en colère à la fin des matches.

Bess mentait, mais uniquement pour ne pas lui briser le cœur. Peut-être que David avait levé les yeux, ou peut-être pas. Bien sûr, il tenait la fillette par la main alors qu'il avait oublié Mattia. Il était sans doute trop jeune, à l'époque. Bess s'était efforcée d'être présente, y compris en tant que père, elle s'était dédoublée, le cœur en miettes. Hélas, cela ne suffisait jamais.

Mattia baissa le volume de la radio. Sa voix fut un murmure qui caressa la vitre ruisselante, mais la surprise eut la puissance d'une rafale.

— Merci pour tout ce que tu as fait pour moi, maman. Je suis sûr que tu vas trouver cet enfant.

Bess inspira profondément. Elle voulait y croire, mais c'était si loin de ses pensées, à cet instant, qu'il lui semblait impossible de concevoir que, juste avant, cela en occupait le centre.

La musique retentit soudain, plus forte et décidée que jamais. Joyeuse, une chanson qui parlait d'été, malgré la météo. Mais ils étaient bien au chaud, et le reste s'évanouissait en même temps que le brouillard et la pluie, balayée par le mouvement lent des essuie-glaces.

32

Charlie

Albert détestait les dimanches ensoleillés, qui le forçaient à sortir même quand il n'en avait pas envie, pour ne pas passer pour un vampire raté. Comme si on vivait seulement l'été, ou par intermittence, les jours de congé. Il détestait aussi les dimanches pluvieux, parce que le soir ne semblait jamais vouloir arriver et le lendemain, en se levant, il se demandait ce qu'il était advenu du jour de repos attendu toute la semaine. Albert détestait donc les dimanches en général. Depuis qu'il l'avait compris, il se sentait plus mûr. Pourtant, les hommes mûrs ne partageaient pas les mêmes problèmes que lui. Ce matin-là, il haïssait le dimanche avec une force qui le surprenait lui-même. Il n'avait que quelques heures pour se sortir de ce pétrin. Et c'était dimanche. Par exemple, il devait dire aux jeunes qu'ils n'allaient pas pouvoir organiser leur fête de fin d'année à la Villa Freiberg et qu'il n'allait plus être leur chef. La nouvelle était arrivée la veille. Il attendait un appel de Bess, alors il avait répondu sans regarder le numéro sur l'écran. L'Inquisition s'était réunie et lui annonçait le verdict : fin du contrat. Fin du match. Un peu comme avec Bess qui, bien qu'il ait du mal à l'accepter, avait largement pris ses distances depuis le soir de l'incendie. Et cette froideur était plus douloureuse que cette sentence. Il y avait les jeunes, aussi. Alors, en ce dimanche matin qui arrivait après une nuit sans sommeil, il fut contraint d'entrer dans la villa comme un voleur par la brèche dans le mur, au prix de quelques égratignures sur les bras, et de démonter la sonorisation que Rollo et le Professeur avaient placée sous le porche la veille, profitant de l'absence de Bess. Et de la sienne.

Il salua les chats, dont il ne se rappelait jamais les noms. Pour lui, ils étaient « chat rouge », « sans queue », « minou paresseux », et ainsi de suite.

Il découvrit avec horreur que les jeunes avaient aussi monté une estrade pour le groupe. Ils avaient bâti une structure avec des planches et des clous contre le mur sous les bow-windows. Le résultat était magnifique, il devait l'admettre. Il était vraiment désolé de défaire ce travail, et puis, qu'allait-il leur raconter ? *La vérité, Albert. Cette petite voix ennuyeuse que tu n'écoutes jamais.*

Il se promit de rapporter les planches à la pépinière. Mais d'abord, il prit une photo. Il était fier de ses jeunes. Il savait qu'ils s'en sortiraient. Au début ils feraient la tête, il faudrait leur remonter le moral, puis ils organiseraient une autre fête, peut-être l'année suivante, à la fin de l'été, comme le voulait la tradition. Une « fête grandiose », comme dirait Rollo. Même sans lui. Albert en était certain. Mais plus il se laissait aller à ses pensées, s'inventant de nouvelles excuses, plus il sentait la vérité lui briser le cœur : ils seraient terriblement déçus. Et cela ne lui plaisait pas du tout. La deuxième vérité, c'était qu'il tenait à la Villa Freiberg beaucoup plus que Bess ne le pensait, beaucoup plus qu'il ne voulait se l'avouer. Il commençait à trouver une logique dans ses journées, dans sa recherche, et même dans leur rencontre. Bess lui permettait de garder les pieds sur terre et lui, il lui rappelait que parfois, il est important de décoller les pieds du sol, si on veut arriver quelque part. Finalement, en lui donnant de la force, à elle qui n'avait pas le courage de lever le nez pour regarder les arbres, il avait libéré quelque chose qui palpitait en lui et qu'il avait oublié depuis longtemps. Qu'il avait laissé suffoquer sous les doutes et la routine. Il aurait peut-être dû se confier – au lieu de parler de chauve-souris –, lui dire à quel point elle avait participé à son changement.

Pour le moment, il allait tromper l'attente en mettant à l'épreuve ses muscles non entraînés. Il aimait l'idée de s'épuiser physiquement. Cela lui manquait.

— Donc j'avais raison.

Il se retourna. Accompagnée de Charlie, lunettes sur le front, Flora le dévisageait d'un regard éloquent.

Pour elle, Albert était un bon à rien, un voyou de la pire espèce.

— Vous m'avez fait peur.

Flora ne sourit pas, ne le rassura pas.

— Que faites-vous ici à cette heure, Flora ?

— Je pourrais vous poser la même question, Albert, dit-elle en caressant Charlie qui agitait la queue, euphorique. Par où êtes-vous entré ?

— Par là-bas, répondit-il en indiquant la brèche dans le mur. Comme vous.

— Vous n'avez pas l'intention de voler quoi que ce soit ?

— Je vous assure que non. J'essaie juste de régler un problème, croyez-moi.

Flora s'adoucit.

— J'ai vu ce que vous fabriquez. Et je vous le dis, Albert, à mon avis ça ne plaira pas à Bess.

— C'est pour cela que je suis venu. Je vais tout remettre en état et Bess ne s'en apercevra même pas.

— Néanmoins, reprit Flora en observant l'estrade, ça ne me semble pas être une mauvaise idée. Une fête, c'est toujours une fête.

— Vraiment ? demanda Albert en la scrutant à son tour. Mais elle ne pourra pas avoir lieu.

— Écoutez, je vais vous aider. J'ai encore des bras. Entre-temps, vous voulez nous tenir compagnie ? Charlie et moi avions l'intention de nous promener dans les champs.

Albert regarda la scène en pensant au démontage, puis Flora et Charlie, qui réussissaient toujours à le faire changer d'avis, même s'il ignorait comment. La proposition était singulière, étant donné l'opinion que Flora avait de lui. Suffisamment pour attiser sa curiosité. Il accepta.

Il n'imaginait pas qu'il allait se confier.

— Comment avance votre recherche ? interrogea Flora.

Albert la fixa, perdu.

— Votre recherche, répéta-t-elle. Pour retrouver votre fille. Vous ne vouliez pas vous rapprocher d'elle ?

Ces mots lui firent l'effet d'un coup de poing dans le ventre. Depuis qu'il avait ouvert le bocal d'Alice, tout allait de travers. Il n'avait pas écrit de billets, mais il s'était efforcé – Dieu savait à quel point – de comprendre sa fille. Cependant, il avait fini par accepter qu'il lui fallait d'abord faire les comptes avec lui-même. Il lui avait envoyé un message, certain de la convaincre de le voir. Il voulait lui rendre les objets récupérés par Bess. Mais elle n'avait pas répondu. Il pouvait bien les apprendre par cœur, ses petits mots de bonheur, et écrire des dizaines de listes. Qu'en ferait-il, du bonheur, si elle n'était pas là, s'ils ne se retrouvaient plus au lac pour pêcher des poissons et les relâcher dans l'eau ?

Au moins, il était resté sobre. Il s'en rendait compte maintenant, et c'était agréable. C'était la première fois qu'il passait autant de temps sans toucher à un verre.

— Votre fille travaillait ici, n'est-ce pas ?

— Pour son stage de fin d'études. Je pense qu'elle était arrivée à la villa par hasard, mais elle aimait ce projet.

Il aurait voulu ajouter qu'il avait enfin compris à quel point elle était têtue et fière, et à quel point son travail était difficile, vu les requêtes de Kiki et son incapacité à s'adapter.

— Kiki n'était pas folle, dit Flora comme si elle avait lu dans son esprit. Je crois qu'elle a vécu dans le souvenir de ses moments heureux, ceux qu'elle a passés avec son grand-père Hans, en partie à la villa, quand il y habitait encore. Par la suite, elle a tout vécu sans jamais rien choisir, s'efforçant de faire ce que les autres attendaient d'elle. Vous comprenez ?

Albert comprenait. Il savait ce que cela signifiait d'essayer de répondre aux attentes des autres. À quel point c'était difficile, et la frustration quand on échoue.

— Elle ne s'est jamais opposée à sa mère et le général était un homme fort à l'extérieur, mais faible entre ces murs. Il employait toute son énergie pour résister à ce qu'il y avait au-delà du portail de la villa, pour préserver cet espace. Et donc, conclut-elle en détachant Charlie, vous irez à Hall pour découvrir la vérité.

— Je ne pense pas que je partirai avec Bess.

Elle lui avait écrit un message de cinq mots. Entre les lignes, Albert avait lu un long texte, qui pouvait se résumer ainsi : « Je te remercie de t'être intéressé à tout cela, mais cela ne me semble pas nécessaire. On se voit à mon retour. »

Flora eut la délicatesse de ne pas le questionner.

— Vous avez vu, il a cessé de pleuvoir. Et regardez cette merveille.

Charlie courait dans la prairie, en soulevant des mottes de terre. Il n'était pas gracieux. Albert se demandait comment il se repérait, parce que la touffe de poils devant ses yeux l'empêchait même de voir son museau. Flora ne boîtait plus – *si elle avait réellement eu un problème un jour*, pensa Albert. Elle était en admiration devant Charlie.

— Regardez cette fierté, cette harmonie avec la nature sauvage.

Ils quittaient la route pour se diriger vers le fleuve, vers la plage où Alice avait fêté son anniversaire et où il l'avait déçue pour la énième fois. Albert eut l'impression qu'il ne parvenait plus à respirer. Il devait ordonner à ses poumons de capturer l'oxygène, sinon il se serait retrouvé sans air. Et la perte de cette pulsion naturelle et automatique le paniquait, parce qu'à chaque inspiration, il était obligé de décider de continuer à vivre.

— Il faut rentrer, Flora. J'ai encore beaucoup de travail et je ne voudrais pas que Bess arrive avant moi.

— Bess ne viendra pas à la villa aujourd'hui. Elle m'a demandé de m'occuper de tout, surtout des intrus. Sinon, pourquoi serais-je venue de si bonne heure ? Je crois qu'elle a besoin de temps pour organiser son voyage.

Sur le sable, des pierres dessinaient les restes d'un feu. Des piquets avaient été enfoncés pour soutenir un filet de volley. Des caisses servaient de tabourets.

— Des jeunes qui n'ont rien à faire, remarqua Flora. Vous avez vu comme c'est sale ? Ils pensent que le monde leur appartient.

Albert acquiesça. Son attention se reporta sur Charlie, qui s'approchait de l'eau.

— Il a chaud, avec tous ces poils. Lancez-lui un bâton. Mon épaule est en forme, mais je ne voudrais pas me faire une déchirure. Si je veux vous aider, je dois économiser mon énergie.

Albert obéit à contrecœur, mais au bout de quelques lancers, il y prit goût.

— Il court avec une telle puissance ! s'extasia Flora.

Le chien entra dans l'eau pour boire. Il s'éloigna du rivage. D'un pas. Puis d'un autre. Il lampait l'eau comme s'il voulait assécher le fleuve.

— Il ne va pas un peu trop loin ?

— Rassurez-vous, Albert, il descend du loup.

Albert n'était pas tranquille, il craignait que l'eau emporte Charlie. Il devait prendre exemple sur Flora, qui restait calme. Mais quand la patte du chien s'enfonça dans le sable du fleuve, l'animal se débattit et se tourna vers eux. Sous la touffe, Albert vit clairement ses yeux paniqués.

— Ne vous en faites pas, les loups sont de bons nageurs.

— Vous confondez avec les loutres, Flora.

Charlie moulinait maintenant avec ses pattes, pour chercher un appui. À peine plus loin, le flot se transformait en rapides. Il s'enfonçait de plus en plus profondément.

— Je ne pense pas que Charlie ait révisé ses leçons, lança Albert en courant vers lui.

Il s'arrêta sur la berge, où le fleuve se retirait dans son lit, et constata qu'il tremblait.

Le chien nageait à contre-courant et quand il rencontrait une pierre, il poussait fort avec ses pattes pour essayer de sortir de l'eau. Mais il retombait toujours en arrière. Les vagues le reprenaient et l'entraînaient de plus en plus loin.

— Je crois que Charlie a un problème, dit Flora à peine plus fort.

Elle n'avait pas perdu le contrôle, mais Albert s'attendait à ce que cela arrive d'un moment à l'autre : Charlie se trouvait vraiment en mauvaise posture.

Flora le suivait du regard. Que pouvait-elle faire d'autre ? Albert ne pouvait pas s'attendre à ce qu'une femme qui avait deux fois son âge saute dans le fleuve pour rattraper un chien maladroit de cinquante kilos. Il devait empêcher l'animal de se noyer. Parce que c'est ainsi que fonctionne un pacte. C'est un acte de confiance. Or Charlie lui faisait confiance.

— Aidez-le, Albert, je vous en prie !

Maintenant, le désespoir dans la voix de Flora lui retournait le ventre. À nouveau, l'obscurité le happait. Soudain c'était la nuit et, dans le fleuve, il n'y avait pas Charlie, mais lui, entouré des amis de sa fille qui l'aidaient à se relever et à retirer les morceaux de nourriture glissés dans ses cheveux. Il avait choisi un bel endroit pour s'endormir. L'esprit embrumé, la sensation de planer au-dessus des algues – Albert avait perdu les clés de son vélo et les cherchait dans l'eau, dans les pierres, mais son pantalon se baissait jusque sous son caleçon et il trébuchait à nouveau. Il s'excusait, répétait que tout allait bien, mais rien n'allait parce que, au diable les clés, il perdait Alice, qui le regardait sans dire un mot, pâle de honte et de déception.

— Albert !

La voix de Flora le ramena soudain aux rochers et à Charlie qui se rapprochait dangereusement des rapides. Se laisser porter par le courant, ne plus opposer de résistance : comment serait-ce, de finir ainsi ? Aussi bref et naturel que de perdre connaissance. Comme s'endormir.

Le vacarme du fleuve résonna dans sa tête, puis devint la voix de Bess qui lui murmurait à l'oreille, sarcastique : « Tu as peur, Albert ? Parce que tu recules toujours, quand tu as peur. »

Albert chassa de son esprit son visage et son regard furieux. Il avança vers l'eau et s'élança dans le courant, jusqu'à rejoindre le chien. Il l'attrapa par les poils, par son collier, il le serra au garrot et il sentit enfin son corps réagir, ses pattes se remettre à nager avec lui pour combattre la force du fleuve. Ils glissèrent, se relevèrent. Une douleur lui traversa la hanche.

En tentant d'écarter Charlie, qui était sur lui et l'entraînait vers le fond, il avala de l'eau. Il pensa à tous ses tirs au but ratés, aux mauvaises soirées de son père, à l'ours en peluche d'Alice. Et l'orgueil de Bess quand elle lui avait montré la bague et que tout avait paru possible, parce que tout l'était, s'ils le voulaient. Il y avait un gramophone sauvé des décombres qui jouait toujours la même musique, défiant le temps, en état de marche contre toute logique, et une volée d'oiseaux qui dépliaient leurs ailes.

Il sortit la tête de l'eau et emplit d'air ses poumons affamés, comme si c'était sa première respiration. Le rivage approchait.

Il resta allongé sur le sable pendant que le chien s'ébrouait en l'éclaboussant.

— Vous allez bien ? Vous arrivez à respirer ?

Deux yeux écarquillés lui souhaitaient la bienvenue, deux lunes géantes agrandies par des lunettes.

Charlie vint le remercier et se roula sur le flanc pour profiter de ses caresses. Il l'avait arraché au fleuve où lui-même avait fini et dont il n'avait pas pu se sauver, à cause de la honte d'une fête gâchée. Il avait perdu sa famille, son travail. Il n'avait pas non plus réussi à être un bon père et, comme avait dit Bess, rien de ce qu'il avait perdu ne reviendrait. Pourtant, il avait sauvé un chien. Une drôle de masse de poils emmêlés. S'il n'avait pas été épuisé et s'il n'avait pas eu aussi mal à la hanche, il en aurait ri.

— J'ai été un de ces jeunes, il y a longtemps.

Pas de ceux qui pensaient que le monde leur appartenait, mais de ceux qui cherchaient à se construire un petit morceau de monde, à échanger une portion de fleuve contre une île où se cacher, à allumer un feu, à accrocher un hamac. Jusqu'à ce qu'il découvre que personne ne le suivait.

— Vous, vous l'avez compris tout de suite, ajouta-t-il.

— J'ai juste vu que vous étiez un empoté, dit Flora. Mais aujourd'hui, vous avez été très courageux, Albert. Vous pouvez être fier de vous. Et puis, vous ne pouvez pas continuer à jouer à cache-cache en pensant que personne ne vous voit si vous restez immobile derrière un arbre. Vous êtes trop grand pour cela !

Albert sourit. Il caressait Charlie, parce qu'il ignorait ce que l'on ressentait, quand on passait la main sur la fourrure d'un des chats de la Villa Freiberg qui plaisaient tant à Alice.

— Vous savez que je suis dans le pétrin, Flora, n'est-ce pas ?

— Comment ça ?

— J'ai encore une scène à démonter et une installation de son à faire disparaître, avant ce soir.

Et ensuite, peut-être trouver le courage d'arranger les choses. Avec Bess, avec Alice.

— Ne vous inquiétez pas, Albert. Une chose à la fois, répondit Flora en lui souriant.

1943

Nous sommes poussière

Tout lui manquait : ses dessins, suivre sa balle colorée, la voir se couvrir de terre au fil de la journée. Remarquer les griffures laissées par les ronces sur le cuir, avoir les genoux tachés de vert, sentir l'odeur de l'herbe sur ses vêtements. À la villa, ils devaient être encore très fâchés contre lui, si personne n'était venu le chercher.

En regardant le soleil se coucher, il imagina pour la première fois qu'il ne reverrait peut-être jamais la Villa Freiberg. Cette possibilité le glaça plus que l'air des montagnes quand le ciel se voilait. Les jours de pluie ou de neige correspondaient si bien à son humeur qu'il en était fou de rage.

Comme Virgilio, quand on l'emmenait au bain pour sa « dose d'eau bénite » et qu'il criait, se démenait comme un diable pour échapper aux infirmières. À la différence que la voix de Benjamin ne sortait pas.

Lui non plus n'aimait pas se laver là-bas, parce que la pièce ne comportait pas de séparations, les vasques étaient alignées dans un unique espace. Sous les fenêtres, il y avait un long banc en bois pourri où s'asseyait un surveillant. L'eau n'était jamais assez chaude pour le débarrasser du froid qui rentrait dans ses os, ni assez profonde et sombre pour le protéger des regards des autres.

Il était le plus jeune, même s'il ne parvenait pas à donner un âge aux pensionnaires, parce que le vent et la terre durcissaient les visages. Pourtant, personne ne semblait y prêter attention, il n'était pas mieux traité. Après sa dernière visite, le docteur Gunther avait parlé à d'autres hommes en blouse blanche, et Benjamin avait capté quelques mots : Vienne, dossier, secret. Il avait compris qu'ils parlaient de lui, parce que l'un d'eux lui jetait des coups d'œil, avant de hocher à nouveau la tête devant les autres, en signe d'approbation.

Et ses yeux le brûlaient encore. Les gouttes de Herr Gunther le soulageaient, mais uniquement le temps de boire son café au lait. Après chaque visite, la douleur devenait plus aiguë et tenace. Le docteur le scrutait, fouillait en lui à l'aide d'un faisceau de lumière rivé sur ses pupilles : ses mains étaient froides, le contact de ses gants sur la peau un peu inquiétant. Le soir, ses paupières le piquaient tellement qu'il n'en dormait pas. Il se frottait les yeux avec les poignets, le bras, le drap, mais cela ne faisait qu'augmenter la douleur.

Pour se distraire, il écoutait les bruits de l'institut, comme il l'avait si souvent fait avec Emma à la villa, allongés sur le même lit, pariant qui, de Frau Anna ou du général, aurait le dernier mot et sortirait vainqueur de la dispute.

Les lampes bourdonnaient. Benjamin se concentrait sur les pas qui sortaient à la hâte de la chambre et descendaient aux cuisines. Cela arrivait de plus en plus souvent. Ce n'étaient pas des jeunes ou des malades qui allaient voler, mais les infirmières et les surveillants, qui accaparaient tout ce qu'ils pouvaient glisser dans leurs poches pour l'emporter chez eux. On avait diminué leurs rations de nourriture et Usci avait sans doute raison : l'institut allait imploser comme une grosse fourmilière où on aurait jeté un mouchoir imbibé de kérosène. Il savait ce que font les fourmis, quand elles perdent leur maison. Elles s'enfuient en essayant de sauver leurs œufs cachés entre leurs pinces et en courant sans but, sans se reconnaître.

Après la visite de Herr Gunther, il avait filé dans la chambre d'Usci. On lui laissait toujours du temps libre après ces rendez-vous pour flâner dans la cour ou aider les hommes. Ses yeux le brûlaient si fort qu'il avait l'impression qu'ils voulaient sortir de leurs orbites. Alors le plus souvent, il restait allongé et renonçait à cette petite liberté. Parfois il se demandait si c'était calculé, si chaque permission n'entraînait pas un châtiment, ou simplement une colère née d'un désir frustré. Pourtant, ce jour-là, il souhaitait voir son amie. Il s'était approché du lit où elle dormait et lui avait posé dans la main le pain qu'il avait gardé pour elle, caché dans sa poche pour que personne ne le lui vole. Elle était pâle à faire peur.

— Tu ne peux pas venir ici, garçon muet.

Ignorant ses paroles, Benjamin l'avait aidée à se lever. L'infirmière l'ignorait. Elle était occupée avec des poêles et leur tournait le dos, mais Benjamin savait qu'elle avait remarqué sa présence.

— Elle se fiche de tout. Je lui ai demandé pour l'enfant, elle est plus muette que toi. Muette comme une mule qui répète toujours la même rengaine : l'enfant va bien, je dois reprendre des forces, dans cet état je ne peux pas m'occuper de lui. Mais ils ne me donnent même plus de petit déjeuner, alors je suis censée faire quoi ?

Les cris de Virgilio constituaient un bruit de fond auquel ils s'étaient habitués, de même qu'à ses imprécations pleines de saints et d'apocalypses. Ils le laissaient dans la baignoire douze heures de suite. Ils prétendaient que l'eau calmait ses nerfs et son esprit, mais cela ne semblait pas fonctionner, parce que la seule vue du couloir, désormais, le terrorisait.

— Ils manquent de médicaments.

Au début, Usci avait refusé son aide. Mais elle avait fini par s'appuyer à son épaule si intensément que Benjamin se demanda où elle trouvait cette force, elle dont les os saillaient et qu'une rafale aurait emportée. Elle avait encore perdu du poids, à ce compte elle allait bientôt se réduire à une robe de chambre qui marche.

— Les médicaments sont envoyés aux soldats au front. Plus de potions magiques pour te faire dormir comme la belle au bois dormant, soupira-t-elle avec douleur. Cet hôtel n'est pas un bon endroit, garçon muet. Je t'ai dit qu'il allait exploser comme une fourmilière écrasée par une chaussure d'enfant ?

Ce n'étaient pas exactement les mêmes termes que la fois précédente, mais Benjamin avait bien compris l'idée.

— Tu as la poupée ? Hé, je ne t'ai pas demandé si tu avais capturé un fantôme, lança-t-elle en riant de son expression désorientée. Je sais, je t'ai dit qu'elle ne servirait pas. Mais je veux qu'il ait quelque chose de moi, tu sais, avec mon odeur, quand il n'est pas avec moi. Je ne veux pas qu'il se sente seul.

Usci marqua une pause et le regarda droit dans les yeux, comme si elle allait annoncer quelque chose d'important et qu'elle voulait qu'il écoute attentivement, et lui seul, parce qu'elle baissa la voix.

— Je l'entends pleurer. Tous les matins, toutes les nuits. Il a faim.

Ils s'étaient arrêtés dans le couloir étroit. Usci lui parla à l'oreille :

— Jusqu'à l'autre soir. Maintenant, je ne l'entends plus. Tu as remarqué, Benjamin ? Notre soupe, c'est de l'eau sale. Et cette fois, ça n'a rien à voir avec notre utilité. Ils sont en train de nous laisser mourir de faim.

Il avait remarqué, bien sûr. Les surveillants qui volaient de nuit dans les cuisines, les patients de plus en plus nerveux, qui tournaient en rond comme des lions en cage. Ceux qu'on laissait dans les lits avec leurs couvertures souillées, dans des chambres qui sentaient pire que les latrines. Même Usci avait quelque chose de différent, qui lui faisait peur : une inquiétude qu'il ne lui connaissait pas, comme si elle était en équilibre sur les berges du désespoir, contre lequel elle se battait de toutes ses forces. Et à présent, elle s'interrogeait calmement sur la profondeur de ce lac, pour s'y plonger avant la nuit. Elle était concentrée et silencieuse, immobile, imprévisible. Peut-être qu'Usci exagérait. L'isolement accentuait son côté paranoïaque, le manque de nourriture et de sommeil la rendait folle pour de vrai.

— Viens, marche avec moi, tiens-moi et fais comme si de rien n'était.

Pour la première fois, il sentit son bras trembler, sa jambe céder. Usci avait peur. Et lui aussi. À côté d'eux, une lourde porte donnait sur une bibliothèque, mais aucun d'entre eux n'avait jamais été invité à y entrer. Il y avait aussi un théâtre, sur la scène duquel se produisait la troupe des internés. De vieilles photos accrochées à l'extérieur montraient les acteurs, le visage hagard, les yeux surpris par les flashes.

— Je veux rentrer chez moi, garçon muet. Et tu devrais faire pareil, dit-elle en s'agrippant à son épaule. Et je veux mon bébé. Santino, c'est un joli prénom, pas vrai ?

Benjamin acquiesça en s'efforçant de sourire. Ce serait comme donner un sens au prénom inscrit sur le mur de sa chambre, prêter une histoire à cette trace laissée par un inconnu. L'étape d'un voyage.

Usci y avait-elle pensé ?

Quand la porte du cabinet de consultation s'ouvrit, il eut juste le temps de voir Usci entrer et s'asseoir devant le bureau. Les yeux de Benjamin coulaient tellement qu'il se demanda s'il avait un rhume. Il avait aussi l'impression d'avoir de la fièvre. Derrière le bureau était assis un homme, un docteur qu'il n'avait jamais rencontré. La porte se referma et Benjamin se retrouva seul. Il n'avait plus qu'à résister aux élancements qui lui déchiraient la tête et à chercher Usci parmi les ombres.

Des heures plus tard, un surveillant fermait la porte de la pièce aux noms gravés sur le mur et aux treize têtes – quatre blond cendré, trois noires, trois châtaines, une rousse, deux blond clair. La lune les regardait derrière les barreaux. Benjamin s'endormit en pensant à Emma, en rêvant de se lover dans ses bras. Mais son visage s'allongeait, devenait plus fin, et finissait par se transformer en Usci. Il prenait d'autres traits – la bouche difforme et le dos bossu de Virgilio, les yeux vides d'Angela. Son crâne s'élargissait et s'écrasait, comme ceux des garçons macrocéphales chargés de transporter les sacs. Et quand Benjamin lui parlait et s'approchait, il découvrait que des touffes de paille sortaient de ses oreilles. Des boutons à la place des yeux, des marguerites séchées en guise de boutons : la poupée de Santino, qui était un garçon et qui ne jouerait pas à la poupée. La poupée qu'il n'avait eu ni le temps ni le courage d'apporter à Usci, parce qu'il avait beaucoup travaillé pour la terminer, mais elle ne ressemblait pas à ce qu'il aurait voulu. Il avait pensé à la personne qu'il aimait, Emma, un souvenir heureux pour chaque doigt en laine, pendant qu'il créait les mains.

Une poupée cousue avec du fil de paille en échange d'une petite fille enlevée par des ombres. Il voyait Usci sur la table de l'infirmerie, le ventre ouvert, sanguinolent. Herr Gunther s'approchait avec l'instrument qu'il utilisait pour lui maintenir les paupières ouvertes et le monde montait et descendait, comme un bateau aux voiles déchirées, le mât brisé par la tempête, alors que quelque part la pleine lune, à la voix de Frau Anna, devenait vent et jouait avec ses cheveux, se glissait entre les branches et se multipliait en échos.

Sa voix sortit, il poussa un cri désespéré de bête prise au piège. Il se réveilla et s'agrippa à la blouse de l'infirmière qui était penchée sur lui. Il la pria de l'aider, de le ramener à la maison. Mais personne ne le comprenait. Parce que personne ne pouvait entendre les pensées d'un enfant muet.

Les jours suivants, Benjamin resta au lit. L'envie de marcher, de manger, de se faire accepter par les autres, l'abandonnait peu à peu. Sur ordre de Herr Gunther, on le forçait à respirer, à vivre. À se nourrir. Trois fois par jour, deux surveillants le maintenaient immobile dans son lit, un troisième lui ouvrait la bouche et y versait la bouillie. Elle sentait mauvais, il suffoquait, mais il était obligé de l'avaler.

On lui dit qu'Usci avait été envoyée dans un endroit terrible, dont elle reviendrait très différente.

Il l'avait perdue, comme Emma. Le monde devint blanc, les couleurs avaient disparu, effacées par la neige. Benjamin se laissa aller à sa blancheur : il cessa de les chercher. Il éprouvait lui aussi la douleur, comme une vibration qui les engloutissait, eux les malades d'une maladie sans nom, entraînés dans un courant sans destination.

La douleur était une compagne de route. On pouvait la regarder dans les yeux, quand on passait devant une vitre ou un miroir, mais elle ne répondait jamais. Elle ne racontait pas d'où elle venait, elle ne parlait pas de celle des autres, elle ne disait pas quand elle partirait.

Ils flottaient, tous : Virgilio, les enfants, les nouveaux et même Usci, qui était revenue. Elle avait cessé de sourire et elle serrait son ventre vide, elle ne se mettait pas en colère, ne demandait plus sa poupée ni son bébé. Ils étaient tous des ballons de baudruche portés par le vent.

Quand on fit appeler Herr Gunther, Benjamin eut du mal à le reconnaître. Au début, il espéra qu'Emma était venue pour lui. Ouvrir les yeux fut plus difficile que traverser le désert pieds nus. Quand il comprit que ce n'était pas sa sœur, ce fut comme voir une oasis disparaître à l'horizon.

L'ami de Frau Anna l'observa comme il avait si souvent observé le monde. Avec le même visage fermé et distant qu'à la fête, Benjamin s'en souvenait bien, quand ses hommes avaient emmené Peter, nu et en sang. C'était il y a très longtemps. Peut-être n'était-ce jamais arrivé.

Il l'entendit parler avec les surveillants en regardant les feuilles posées sur la table. Elles étaient vierges. Il n'avait pas dessiné. Herr Gunther secoua la tête, contrarié, et pendant un instant Benjamin regretta de l'avoir déçu. Toutefois, la culpabilité céda vite le pas à la peur. Il commençait à comprendre ce qui arrivait. Pas à la fourmilière, mais à lui. Il allait devenir cendre et il se demanda qui, franchissant par erreur ou par hasard le portail métallique, allait accueillir son âme, la respirer avec la poussière, un jour de vent égal à tous les autres.

33

En voyage

Emma attendait devant la maison de retraite, avec un chariot de courses en toile rouge. Elle s'assit à l'arrière. Bess était au volant, Albert à côté d'elle. Bess lui avait demandé de l'accompagner, sans savoir pourquoi elle revenait toujours chercher cet homme maladroit qui évoluait entre ses affaires, ses sentiments et ses souvenirs avec la grâce d'un ours mal léché. Ils avaient fait un détour considérable, mais elle voulait qu'Emma vienne avec eux à Hall. En vérité, elle ne lui avait pas encore expliqué de quoi il s'agissait. De temps en temps, Bess jetait un coup d'œil dans le rétroviseur pour s'assurer que la femme était vraiment assise derrière elle. Celle-ci caressait le collier caché sous son pull.

Ils s'arrêtèrent à une cafétéria où Bess était déjà venue avec Albert, le jour où ils avaient rencontré Emma. Cela lui semblait être le lieu le plus adapté : chaleureux, informel, enveloppé dans une bonne odeur de thé et de biscuits. Quand Albert se leva pour commander, Emma parla :

— Maintenant, vous allez me dire où nous allons.

— Ici, boire un chocolat chaud ensemble, répondit Bess, la gorge nouée.

— Il n'y a pas de gramophone, n'est-ce pas ?

Croissant dans une main et café dans l'autre, Albert les observait du bar en secouant la tête et en soupirant : il avait prévenu Bess que son prétexte était ridicule.

— Vous m'avez dit que vous aviez besoin de moi pour un conseil sur sa restauration. J'ai accepté. À contrecœur, mais j'ai accepté, continua Emma d'une voix calme. Mais vous n'auriez jamais fait un pareil voyage pour un gramophone. Vous manquez d'imagination pour inventer des excuses, vous savez ?

En peu de temps, deux personnes – Flora, et maintenant Emma – mettaient en doute sa créativité. Elle se demanda s'il n'y avait pas un fond de vérité.

— Dites-moi ce qu'il en est. Ni vous ni moi n'avons de temps à perdre.

Bess s'assura que personne ne pouvait les entendre. Le bruit de fond les protégeait.

— D'accord. Le gramophone existe, mais il n'a pas besoin d'être restauré : il fonctionne à merveille. Nous allons le faire estimer. Oui, nous avons besoin de vous, parce que vous êtes la seule personne qui peut raconter à un antiquaire ce qu'il y avait dans la villa, comme je vous l'ai expliqué au téléphone.

— Vous savez, Bess, parfois vous me rappelez Kiki : elle ne demandait jamais d'aide, elle ne prononçait que les mots les plus faciles. Elle était fière au point de sembler présomptueuse, mais seulement devant les inconnus. Si vous avez fait toute cette route pour venir ici, Bess, il doit y avoir une raison plus importante que quelques informations que j'aurais pu vous donner par téléphone. Qu'avez-vous en tête ?

Bess prit une grande inspiration.

— Est-ce que vous seriez prête à nous accompagner à Hall ? Nous y serons en début d'après-midi. Vous n'aurez à vous occuper de rien et...

— Je sais très bien où ça se trouve. Que voulez-vous me dire, Bess ?

— Je cherchais le bon moment, Emma.

Mais le bon moment n'arrivait jamais. Quand allait-on inventer une application qui mesure les battements du cœur, les mots, le passé, pour décider l'instant exact, le bon moment, celui où la vie d'une personne doit changer pour toujours, tout en limitant les dégâts ? Une petite clochette magique qui prévient qu'il faut tourner la page, comme dans notre enfance ?

— Vous aviez l'intention de me kidnapper, ou vous espériez que j'allais m'endormir pour me réveiller dans quelques heures comme par magie, à Hall ?

— Je voulais m'arrêter avec vous dans un endroit tranquille, comme celui-ci, et vous montrer ce que nous avons découvert.

L'histoire dont parlaient les documents trouvés dans la chambre de Kiki ne pouvait pas être racontée par téléphone. Et elle n'avait même pas osé l'évoquer, alors elle avait inventé cette excuse stupide pour provoquer leur rencontre. En vérité, elle voulait apporter ces papiers à Emma pour qu'elle les tienne entre ses mains, qu'elle les lise quand elle se sentirait prête.

— Et vous laisser décider si vous voulez venir avec nous. Rien de plus, poursuivit-elle.

Ces documents lui appartenaient, bien plus qu'à Bess. Emma toucha le collier caché sous son pull.

— Cela concerne Benjamin ?

Bess posa son sac sur la table, entre elle et Emma.

— Votre frère n'a pas disparu dans le néant, Emma. Il n'a pas quitté la villa de lui-même. Il ne s'est pas perdu. Il n'a pas décidé de vous abandonner. Il a été emmené à la clinique de Hall et Kiki en avait trouvé la preuve : un dossier médical, qui a été dissimulé dans la villa pendant de nombreuses années.

Emma savait parfaitement ce qu'il se passait dans cette clinique, pendant la guerre. Et elle connaissait son frère. Elle avait envisagé cette éventualité, sans jamais y croire vraiment. Et maintenant, pour la femme qui se tenait devant elle, cette possibilité devenait une évidence. Elle fronça les sourcils et blêmit.

— Je ne vous suis pas, Bess. C'est mon père qui nous a confiés au général parce qu'il imaginait que nous serions en sécurité avec lui. Maintenant vous me dites que quelqu'un, à la villa, a trahi Benjamin et l'a remis entre les mains de l'*Aktion T4*. Kiki le savait-elle ?

— Je pense que Kiki a découvert ces dossiers peu de temps avant de mourir. Ils se trouvaient dans une enveloppe qui a été ouverte et refermée. Et glissée entre des journaux datés de deux semaines avant sa disparition. Le dernier, celui sous lequel je l'ai trouvée, datait du jeudi.

— Jeudi, répéta Emma.

Cette information paraissait importante, sans qu'elle comprenne pourquoi.

— C'est le jour où elle a appelé le fils d'Annika pour vous joindre. Elle était bouleversée. Je crois qu'elle voulait vous raconter ce qu'elle venait de découvrir.

— Je ne comprends pas comment ce dossier s'est retrouvé à la villa, dit Emma d'un filet de voix.

— Je pense que c'est le général qui l'a demandé.

Emma retint son souffle. Son visage se durcit.

— Je peux voir ce dossier ?

Bess ouvrit son sac et le sortit avec précaution. Puis elle le tendit à Emma, qui le prit, sans le lire.

Un long silence. Le piaillement des mésanges. Le bruit d'une moto qui accélérait.

Le dossier médical. La lettre du général. Son regard se posa sur le premier, puis sur la seconde, isola quelques dates, un diagnostic. Chaque lettre tapée à la machine était un fragment de clé, chaque goutte d'encre, un pas en arrière vers le passé qui la ramenait à la villa, à ses recoins obscurs, à la lumière du crépuscule qui glissait sur le marbre et transformait la peau blanche et parfaite des statues en écailles vertes de serpent. Emma plongeait dans ces marécages d'ombres et d'insectes, de murmures, d'yeux qui épiaient. De restes se décomposant après la fête. L'odeur du désinfectant de la clinique se mêlait à celle de la laine mouillée des couvertures.

Elle parla d'une voix lente, grave, qui ne semblait pas lui appartenir.

— Il est mort là-bas, dans cette clinique ?

D'instinct, Bess tendit la main vers l'enveloppe – l'histoire de Benjamin n'y figurait pas entièrement – puis elle poursuivit son geste et saisit celle d'Emma. Comme pour la protéger, lui donner de la force. Comme elle avait souvent fait avec sa mère, espérant que la mémoire de sa peau suive d'autres règles. Supposant qu'être touchée lui inspirerait confiance, pour qu'elle se souvienne de sa fille, d'elles deux. Jusqu'à ce qu'elle cesse d'attendre, de croire que son cœur retenait vraiment toute la beauté et la poésie. Elle avait même douté de l'existence de son cœur, ce centre qui donne un sens aux choses, les tient ensemble. Et elle n'était plus allée la voir.

— Nous l'ignorons, Emma. Mais nous ferons tout pour le découvrir.

34

Hall

Un panneau jaune indiquait l'entrée de la clinique de Hall. Un tapis de feuilles ambrées, luisantes de pluie, s'était déposé sur l'asphalte.

Les murs de la structure basse et carrée étaient peints en rose pâle, les châssis des portes et fenêtres en blanc. Emma traversa le jardin du mémorial, où des fleurs métalliques rappelaient les noms de ceux qui avaient séjourné dans ces lieux. Celui de Benjamin n'y figurait pas.

Médecins, infirmiers, parents : l'hôpital s'activait, il leur fallut du temps pour s'orienter dans le dédale de couloirs et trouver le chemin des archives.

Les salles étaient flambant neuves, les fenêtres ouvertes sur le ciel, les tables ornées de fleurs : Bess avait du mal à deviner dans cet établissement moderne l'hôpital psychiatrique qui figurait sur les photos.

— Vous êtes certaine que votre frère a séjourné ici, madame Fliri ?

Emma lança un regard anxieux à Bess, qui acquiesça à sa place en montrant les dossiers à l'homme.

— Il a été interné le 23 octobre 1943, dit-elle en tendant les documents au directeur, un homme jeune aux cheveux noués en queue basse.

— Nous n'avons rien à son nom : aucune donnée, aucun dossier, et il n'apparaît pas dans la liste des décès. Comme s'il n'était jamais passé entre ces murs. Je peux confirmer l'authenticité de votre dossier médical, mais je me demande comment il est arrivé jusqu'à vous. Vous venez d'Italie, n'est-ce pas ? De nombreuses familles qui ont choisi d'émigrer en Allemagne se sont fait retirer leurs membres les plus faibles, enfants, parents, sans pouvoir l'empêcher. Ils ont été enfermés dans les hôpitaux de Trente, et de là transférés à Hall. Parfois leurs noms ont été effacés, pour ne pas décourager les optants et les indécis : ce coup dur aurait pu influencer leur choix de s'installer de l'autre côté de la frontière. Je m'en suis occupé récemment.

— Nous n'étions pas optants. Mon père était italien.

— Quoi qu'il en soit, mes recherches m'ont permis de découvrir une histoire qui pourrait avoir un rapport avec la personne que vous cherchez. Cela concerne une patiente, une certaine Ursula Gamper. Elle a intégré le programme de rééducation. Une jeune fille dissipée, renvoyée de l'école et amenée ici par sa famille pour éviter un scandale : elle était enceinte.

Il fit glisser sur la table un dossier dont Bess eut le temps de lire quelques lignes : « Ce qui frappe chez elle est sa nature insolente, infantile, un peu idiote, son besoin d'être à tout prix en contact avec des personnes de sexe masculin. La fille est particulièrement compromise du point de vue sexuel (type prostituée). Étant donné son infériorité congénitale attestée, on demande la stérilisation, dans la mesure où elle ne peut pas espérer une descendance saine. »

— Je pensais que seules les personnes souffrant de graves troubles mentaux venaient ici, intervint Albert, sans oser achever sa phrase par « pour être soignées ».

La notion de soin ne pouvait être appliquée à ce genre de lieu.

— Pour les protocoles de l'époque, la définition était assez large. Asociabilité, déviance, syphilis, apathie…

Les inutiles, songea Albert avec tristesse.

— Nous avons établi avec certitude que la jeune fille a été transférée, selon le plan de stérilisation forcée. Mais le fait intéressant est que, une fois libérée, après la guerre, elle est revenue plusieurs fois ici pour s'enquérir d'un patient auquel elle s'était attachée. Nous avons conservé la transcription de sa requête. Elle a dû se montrer insistante, pour les convaincre de l'écouter. J'ai tout de suite remarqué cette histoire, pour son côté singulier. Voilà : Benjamin F., né en Italie.

Il sortit une feuille d'un dossier en cuir posé sur une pile.

— Nous nous sommes demandé de qui il s'agissait. Maintenant nous avons une idée.

— Benjamin Fliri, murmura Emma.

L'homme acquiesça.

— Si c'est lui, il semble qu'il soit ensuite allé à l'hôpital d'Innsbruck. C'est ce qu'a noté l'infirmière dans sa copie de la réponse informelle donnée à la femme. Mais je ne peux pas vous dire précisément pourquoi, ni ce qu'il lui est arrivé. On peut supposer que la personne que vous cherchez a passé du temps à Hall, si elle correspond vraiment à ce Benjamin F., et qu'ensuite elle a été transférée, mais pour le reste…

Bess avait du mal à suivre. Il lui semblait impossible qu'il n'y ait rien de certain. Ils avaient entrepris ce voyage pour chercher la vérité. Or on leur racontait qu'il n'existait aucune vérité, aucune histoire. Même pas de conclusion.

— Monsieur le directeur, Benjamin a été amené ici en 1943, et à cette date l'opération d'eugénisme était officiellement suspendue.

Elle avait lu quelque chose au sujet d'un cimetière et de la polémique qu'il avait suscitée. Il avait été construit dans la clinique, puis démantelé. Les dernières années de la guerre, le nombre de sépultures avait augmenté, mais on avait encore du mal à associer cette hausse aux victimes de l'eugénisme. Les patients mouraient de faim, d'incurie et du manque de médicaments, en priorité envoyés aux soldats. Sans doute aussi de quelque chose d'inavouable, qui n'avait été possible qu'avec la complicité de médecins fidèles au Reich, une élite choisie et discrète, comme cela se passait dans toute l'Europe nazie et fasciste.

— Le fait qu'il ait été transféré dans un autre hôpital psychiatrique à Innsbruck, vers la fin de la guerre, nous laisse peut-être des espoirs, madame Fliri. En revanche, concernant ce qui lui est arrivé après être sorti d'ici, je ne peux qu'émettre des suppositions. Je ne saurais même pas où vous suggérer de chercher. C'est une grande ville, qui n'est qu'à une dizaine de kilomètres d'ici.

Avant de partir, Albert, resté en retrait, posa une dernière question :

— Le bébé de cette jeune fille, Ursula, il a survécu ?

— Nous n'avons plus aucune trace d'elle, mais, quand elle est sortie d'ici, elle était seule.

Albert acquiesça, le visage fermé, et fit un geste qui se voulait être un remerciement, mais qu'il ne parvint pas à achever.

— De faim, commença Bess quand ils se retrouvèrent seuls dans le hall de l'hôtel qu'ils avaient choisi pour la nuit. Ils l'ont laissé mourir de faim, ce nouveau-né.

— C'est juste une hypothèse, Bess.

Albert s'efforçait de rester lucide, bien qu'il ait passé une partie du trajet jusqu'à Innsbruck à feuilleter les livres que leur avait laissés le directeur. Il avait cherché le nom de la clinique sur son portable, ainsi que ce terme qui ne lui évoquait pas grand-chose : *Aktion T4*. Il était tombé sur une carte. En cliquant sur les noms des centres disséminés dans la moitié de l'Europe, il avait découvert des photos et des monuments à la mémoire de ceux qui étaient passés dans une de ces cliniques nazies où quiconque menaçait l'intégrité de la race se trouvait interné et où la plus insignifiante des déviances devait disparaître. Des lignes nord-sud traçaient la route des convois de la mort qui conduisaient à des centres d'élimination ou à des structures où l'on pratiquait des expérimentations médicales. Les victimes du projet nazi étaient des femmes, des hommes, des personnes âgées, des enfants et même des nouveau-nés. Qui ressemblaient tous aux jeunes gens de la pépinière où il travaillait : des personnes d'origine modeste incapables de comprendre les normes sociales, ou alors pas assez autonomes. Ils sortaient de services de psychiatrie, de cliniques psychiatriques, de structures d'aide et d'accueil. Ils avaient tous été victimes d'une science asservie à la folle idéologie nazie qui voulait se débarrasser de l'impureté en les éliminant. Cette même science qui imposait de priver certains patients de vitamine A pour étudier ses effets sur l'opacification de la cornée. Des formes graves de kératomalacie pouvaient aussi être causées par des infections bactériennes. On prélevait les sécrétions oculaires des malades pour les injecter dans les yeux des patients sains, généralement des enfants. Toutefois, ces expérimentations n'ont conduit à aucune découverte. Et les corps qui portaient les traces de ces échecs ont disparu. Pas de témoins, pas de coupables, pas de responsables.

— Ça ne s'est pas du tout arrêté en 1941, murmura Bess. Parfois, il suffit juste de changer le nom des choses.

En témoignait le cas de Benjamin. Bess se sentait agitée et Albert soucieux. Emma, éprouvée et fatiguée, était montée dans sa chambre.

— Tu crois qu'on ne le retrouvera jamais ?

Albert prit une poignée de biscuits apéritif.

— Parfois, Bess, c'est comme ça. On veut à tout prix donner un sens aux choses, trouver une fin, belle ou moche, comme si la vie ressemblait à un livre, mais la réalité est plus simple.

— Tu veux dire qu'en fait il n'y a pas de fin ?

Albert retira ses lunettes et en nettoya les verres avec un mouchoir. Bess ne comprenait pas qu'au-delà de quelques détours parfois électrisants, la vie se déroule avec une telle simplicité qu'elle finit toujours par rejoindre le même tracé, décidé par la nécessité, bien qu'elle paraisse bizarre, voire imprévisible, au cœur humain. Benjamin avait disparu parce que quelqu'un en avait décidé ainsi. Il s'était peut-être retrouvé dans cette clinique, et de là à un autre endroit, sur lequel on racontait aussi des histoires qui donnaient la chair de poule. Peut-être qu'il avait disparu. Ou alors il s'était marié, il avait fondé une famille, et quelque part un petit enfant lui apportait des fleurs pour la fête des grands-pères. Ou les déposait sur sa tombe.

— Je veux dire que les vies des personnes normales commencent et finissent souvent sans bruit.

— Emma est sa sœur, Albert. Elle ne peut pas se résigner. Pas maintenant qu'elle a un fil à suivre pour reconstituer l'histoire.

Bess portait son T-shirt porte-bonheur, jaune moutarde avec des motifs rouges. Elle l'avait repassé – traitement généralement réservé aux vêtements de Mattia – et elle avait pris soin de relever ses cheveux en queue-de-cheval haute. Pourtant, elle se sentait négligée. Ses chaussures élégantes la serraient, alors elle avait enfilé ses baskets habituelles, et taché son T-shirt porte-bonheur avec un jus acheté à un distributeur alors qu'elle essayait de répondre au téléphone pour expliquer son retard à un client. Dans son agenda mental, elle notait « projet perdu » à côté du nom du client, qui ne rappellerait pas, elle en était certaine. Albert, lui, ne faisait pas meilleure figure. Avec sa barbe longue et sa casquette délavée, il avait l'air d'un homme des bois.

— Tu sais ce qu'ils faisaient dans ces cliniques, Albert ?

— Je crois, oui, mais je ne suis pas sûr de vouloir l'entendre.

Pendant un instant, en repensant à toute cette histoire, Bess fut de l'avis d'Albert. Certes il aurait été formidable de se contenter de cliquer sur un lien pour découvrir les secrets de la vie d'une personne, du début à la fin. Mais cela ne valait pas pour les vies « normales », dont il ne restait rien de plus qu'une date et un lieu, gravés dans le cuivre ou l'acier. Elle se demandait, une fois encore, qui étaient Kiki et Emma, les deux femmes qui, sans le savoir, s'étaient cherchées sans jamais se trouver. L'une des deux était partie avant d'avoir raconté. Elle s'était cachée. La peur et les non-dits l'avaient étouffée dans une maison où elle avait choisi de s'emmurer vivante parce qu'elle contenait tout le passé dont elle n'avait jamais réussi à se séparer. L'autre était partie pour ne pas être engloutie par ce même passé. Emma ne lui avait adressé la parole que peu de fois, en caressant la bague de son père accrochée au bout d'une chaîne, qui cachait tellement de secrets qu'une vie n'aurait pas suffi à les dévoiler.

Ainsi, Bess avait un dossier à la main, quelques vieux livres dans son sac, mais pas d'histoire à raconter.

Après le dîner, Bess alla se coucher. Les chambres, toutes au rez-de-chaussée, étaient disposées en fer à cheval, s'éclairant les unes les autres. Sentant la fatigue l'envahir, elle se laissa tomber sur le fauteuil à côté de la porte-fenêtre. De là, elle apercevait la chambre d'Emma, presque en face de la sienne. Les rideaux n'étaient qu'à moitié tirés, elle pouvait presque lorgner à l'intérieur.

Que signifiait, pour elle, retourner sur les lieux où Benjamin avait séjourné, et ne pas le trouver ?

La porte de la chambre voisine s'ouvrit et se referma : Albert était rentré. Il alluma le téléviseur et, après quelques minutes de zapping, choisit une chaîne sportive, peut-être un tournoi de fléchettes, le genre de choses qui pouvait passionner uniquement des types comme lui. Bess l'imagina allongé sur le lit, ses baskets aux pieds, et regardant les images sans les voir, avec la même expression détachée et distante que celle qu'il affichait ce jour-là. D'après Bess, Albert n'était pas ennuyé, ni par la vie en général ni par leur voyage. Il semblait simplement désorienté, il manquait d'une direction. Malgré tout, il y avait une drôle d'énergie entre eux deux. Retenue, mais chargée comme celle d'une étoile.

Albert finit par éteindre le téléviseur et pendant quelques minutes, Bess ne perçut que du silence, dans la chambre de l'homme qui se cachait sous sa casquette. Une porte s'ouvrit et se referma. Bruit de pas qui parcouraient le couloir.

Albert s'estompait, mais seulement quand elle était assez distraite pour ne pas le voir. Elle finissait par découvrir qu'il avait toujours été là, tout près d'elle. Avec ses manières brusques et gauches. Ses vérités égrenées en même temps que des biscuits apéritif. La posture du gourou seyait mal à ses baskets usées, ses lacets fatigués, ses yeux cernés par l'effort de comprendre un monde qui le blessait plus qu'il ne l'admettait. Pourtant, ses mots restaient gravés en elle. Bess ne les comprenait que plus tard, quand elle vaquait à une autre occupation et qu'Albert lui manquait – elle ne se l'avouait pas, mais c'était un frisson presque agréable.

On frappa à sa porte, si doucement qu'elle aurait pu croire qu'elle s'était trompée. Elle ouvrit. Albert la regarda sous sa visière, puis fixa le sol.

— Excuse-moi, Bess, je crois que j'ai oublié mon dentifrice.

Cela avait tout d'une excuse maladroite, mais elle se retint de rire : le monde d'Albert était si bizarre qu'il tournait sûrement à l'envers. La pièce se mit à virevolter, balayant toute la douleur et toute la beauté de la Villa Freiberg.

— Pardon, je n'aurais pas dû te déranger. Je vais me coucher.

Bess saisit délicatement le bord de sa visière, comme pour demander la permission. Albert se raidit, mais sans reculer. Elle sourit. Il hésitait, alors elle l'attira à l'intérieur et referma la porte derrière lui.

Albert ne protesta pas, ne parla pas, piégé entre Bess et le mur. Il se demandait peut-être pourquoi il était stupide au point de ne pas bouger un muscle, mais elle ne pouvait pas le savoir, parce qu'elle avait les yeux fermés. La casquette tomba par terre, libérant tous les désirs cachés. Une vague de chaleur enveloppa Bess et la poussa dans les bras d'Albert, qui avaient cessé de trembler et la serraient, protecteurs. Alors Bess sut ce qu'il avait essayé de lui faire comprendre, et elle sentit le poids dans sa poitrine se fondre en miel : le temps n'était qu'une illusion. Il n'existait plus. Il n'y avait pas de fin, bonne ou mauvaise, et pas de début.

Il suffisait de cesser de chercher des solutions, des rêves, un sens aux choses, des contrepoids pour rester en équilibre. Il suffisait de bien planter ses racines dans la terre et de ne pas craindre le vent.

1944

Mars

Personne n'avait dit à Benjamin quel mois on était, ni où on l'emmenait. Ce n'était pas la belle voiture de Herr Gunther aux sièges en cuir noir, où il s'était endormi un jour lointain. C'était un fourgon aux fenêtres peintes en noir, à moitié vide.

Il savait qu'il n'était pas seul dans son ventre de métal. Le car tressautait. Il voyait à peine les autres, parce qu'un voile noir était tombé sur ses yeux, depuis que le docteur les soignait. Mais il sentait leur odeur – de sueur, de fatigue – semblable à la sienne. Quand un souffle d'air entra par la fenêtre, il put respirer à pleins poumons. Du vent qui sentait encore la neige, mais déjà réchauffé par le soleil, en ce mois qui n'était plus l'hiver, mais pas encore le printemps. Dans ces vallées, à cette époque de l'année, le fœhn réchauffait la terre et donnait envie de retirer son chandail. Les paysans rassemblaient les brebis dans les étables, ils recensaient celles qui avaient survécu au froid et les agneaux. Ils examinaient leurs pattes, leurs dents, ils tâtaient leur ventre de leurs mains rugueuses, éraflées par le bois et la terre. Ils choisissaient les bêtes en mesure de supporter la marche jusqu'aux montagnes, où elles trouveraient de la fraîcheur en été. Il leur fallait des genoux agiles, de bons yeux et des muscles puissants. Les agneaux faibles restaient sur place. Ils ne connaîtraient jamais les montagnes, l'herbe fraîche du matin, les torrents. Les paysans les tuaient en mars, d'un coup de bâton sur la tête, ils les dépeçaient et les os étaient donnés aux chiens qui surveillaient les troupeaux.

Sur le banc, devant la porte vitrée, ils étaient huit.

Cela faisait longtemps que Benjamin n'avait pas vu d'enfants plus petits que lui.

Le sol était couvert de purin. À côté de lui, un enfant tremblait. Avait-il de la fièvre ou était-ce la peur ? Benjamin avait cessé de chercher une explication à chaque chose. Sa balle en cuir le lui avait enseigné, des années auparavant, même s'il ne l'avait pas compris : les couleurs se mêlaient, changeaient, il était impossible de les séparer. Les nuances de l'arc-en-ciel aussi, quand on les regarde avec attention, se modifient en permanence et se confondent.

Personne ne parlait. Benjamin pensait qu'ils arrivaient tous du même endroit que lui, de son chez-lui, le jardin de Frau Anna. C'était à cause du moineau brodé sur la veste de la petite fille à côté de lui : en le distinguant, il était revenu en pensée aux promenades au bord du fleuve, où ils pêchaient la truite le dimanche. Le fleuve s'appelait Passirio, un nom qui rappelait à son père les *passeri*, les « moineaux », peut-être parce que des colonies y bâtissaient leurs nids. Alors sa mère faisait semblant de se mettre en colère contre les Italiens qui ne comprenaient pas le sens des choses et leur donnaient des noms superficiels, parce qu'en allemand, « moineau » se dit *spatz*. Son père riait plus fort et répondait qu'il fallait remercier les Italiens, dont les mots adoucissaient cette langue aussi dure que le cri des corbeaux.

Il y avait de grosses bosses sombres sur les bras des enfants, conséquence d'un médicament qu'on leur injectait pour soigner une maladie dont ils n'étaient pas atteints et qui empoisonnait le sang. Benjamin regarda ses bras nus et lisses, puis la porte vitrée derrière laquelle s'agitaient des ombres, certaines filiformes, d'autres plus larges.

Pendant un instant, il crut être revenu en arrière. Il était assis avec Emma devant la maison hospitalière. S'il avait ouvert la porte, il aurait peut-être trouvé son père étendu, emballé dans un sac. Cette fois, il se promit de bien le regarder et de lui dire à quel point il lui manquait. À quel point ils lui manquaient tous. Il ne se laisserait pas distraire, il n'irait pas jouer dans un coin pour ne pas voir, en prétendant ne pas comprendre. Il resterait avec Emma, jusqu'au bout. Et il lui tiendrait la main, au lieu de compter. Dix carreaux blancs, trois rangées horizontales, deux bancs rectangulaires, longs et étroits, une fenêtre à double battant, deux miroirs ronds qui se faisaient face et se reflétaient à l'infini, trente lattes de bois au sol, une araignée cachée dans un coin. Un papillon qui se glissait sous son maillot de corps et le chatouillait.

La porte s'ouvrit, dessinant un triangle de lumière et apportant une odeur de désinfectant et de médicaments. À chaque pas qui s'approchait de la pièce, Benjamin se tapissait un peu plus loin dans ses souvenirs. Il imaginait l'herbe de son jardin pour ne pas sentir la douleur, la brûlure des aiguilles. Loin de là, encore un bond dans le passé, le clic d'une autre porte et un lièvre qui bondissait entre les feuilles : il rentrait chez lui.

35

À fleur de peau

Toute la matinée, Emma et Bess se rendirent dans les cliniques et les hôpitaux qu'elles avaient repérés, plus une maison de soins et une maison de retraite, pour demander si quelqu'un avait conservé des archives concernant l'*Aktion T4* et ses différentes phases. Albert, lui, fit ce qu'il réussissait le mieux : il marcha sans but, l'esprit embrouillé. Mais après la nuit avec Bess, il était aussi léger que du temps de ses premières soûleries. Pourtant, il n'avait rien bu. L'image de Bess occupait ses pensées, se superposait à celle de la villa. C'était le cas depuis longtemps. Et cela lui faisait du bien.

Seul dans les rues de banlieue, loin des boutiques et des lieux touristiques, il repensa à une période de sa vie si différente qu'elle lui semblait tirée d'un film dans lequel il ne jouait pas : le moment où il s'était retrouvé sans famille, sans domicile, au point de se sentir étranger dans sa ville natale. Cependant, même dans la solitude de l'abandon, il avait trouvé de la solidarité là où il ne serait jamais allé la chercher : de mains inconnues et volontaires, d'associations.

Il lança une recherche en ligne sur son téléphone.

En arrivant aux serres, il avait rencontré une jeune fille qui ne parlait pas. Elle n'avait aucun problème physique, mais elle ne sortait pas de son monde, et Albert se demandait parfois s'il était fait de sons différents, parce qu'elle avait l'air beaucoup plus heureuse que lui. Il s'était convaincu qu'il pouvait être tout à fait sensé de se réfugier dans sa tanière pour guérir de ses blessures. Lui-même n'en aurait pas été capable. Il fallait un caractère fort, obstiné, sensible. Il imaginait Benjamin ainsi, bien qu'il n'ait eu que sept ans au moment de sa disparition. D'ailleurs, ils ne cherchaient pas un enfant, mais un homme très âgé. Ils ne pouvaient pas exclure qu'il soit mort de vieillesse, ou de maladie, ou bien pendant la guerre. Albert avait dit à Bess que parfois les histoires n'avaient pas de fin : simplement, elles se déroulaient. C'était de cette façon qu'il avait perdu Margot et Alice, malgré tous ses efforts pour les retenir. Néanmoins, il espérait toujours de tout son être qu'il se trompait et que Bess avait raison. Où pouvait-il chercher, lui, un endroit où il se sentirait chez lui ?

Sur l'écran de son portable, une carte de la ville s'afficha, constellée de petits points rouges. Il prit une grande inspiration et commença par le premier.

— Emma a eu une idée.

Ils s'étaient donné rendez-vous à midi. Il faisait suffisamment doux pour déjeuner dehors, sous le toit doré du Neuer Hof, le palais gothique au bout de la rue bordée de porches du centre-ville.

Bess paraissait découragée. À l'hôpital, ils lui avaient répondu avec une candeur déconcertante qu'ils n'étaient pas un service d'archives.

— Personne ne connaît Benjamin aussi bien que vous, poursuivit Bess en souriant à Emma.

Emma avait longuement réfléchi. Quand elle en parla aussi à Albert, ils convinrent tous que cela constituait un excellent point de départ.

Ils passèrent toutes les papeteries et magasins d'art en revue en demandant si quelqu'un connaissait un vieil homme qui ne parlait pas. Et qui dessinait très bien, surtout les insectes. Emma avait apporté un croquis au fusain qu'elle conservait précieusement, un de ses rares souvenirs de Benjamin, un coléoptère aux élytres foncés. Ses veinures étaient si réalistes que l'insecte semblait prendre son envol.

Mais qui était Benjamin après tout ce temps ? À quel point les personnes changent-elles ? Et que reste-t-il d'elles, de ce que nous avons aimé, et de nous, dans leurs souvenirs ? Cela suffit-il à se reconnaître et à reprendre là où on s'est arrêtés ?

— Un vieil homme, oui, répondit le papetier en acquiesçant. Il a été notre client pendant longtemps. Il posait sur le comptoir une liste de ce dont il avait besoin. Nous le pensions étranger, mais il comprenait quand nous parlions lentement. Ça fait un moment qu'il n'est pas venu, depuis l'été dernier, je dirais. Il venait acheter de la peinture à l'huile. Il prenait toujours la même marque, qui coûte un certain prix.

— Et il payait en pièces, se rappela sa femme en sortant de l'arrière-boutique.

— Vous avez une adresse ?

— Je ne sais pas où il habite. Comme on vous l'a dit, il ne parle pas, répondit le mari.

— Les vœux de Nouvel An ! intervint la femme. Je lui ai demandé une adresse pour lui envoyer notre calendrier, et il a noté quelque chose. Je n'ai plus le papier, ajouta-t-elle en cherchant dans un agenda rangé à côté de la caisse, mais je l'avais recopiée ici.

Trois visages s'éclairèrent, trois cœurs manquèrent un battement.

Ils suivirent les indications de la femme jusqu'à un quartier périphérique de la ville, écrasé par l'anse du fleuve Inn : grandes barres d'immeubles, logements sociaux, balcons au parapet en plastique coloré, centres commerciaux. Benjamin s'y était-il senti chez lui, avec le bruit du fleuve en fond ? Emma semblait convaincue.

Mais les lumières de l'appartement étaient éteintes et personne ne vint leur ouvrir. Ils attendirent dans la rue, sonnèrent encore, attendirent. Albert se demandait comment les deux femmes allaient réagir, si leur recherche se concluait dans un logement sombre du premier étage. Avec une étreinte gênée et précautionneuse ? De quelle façon Emma et Benjamin allaient-ils rattraper les années perdues ?

Quelqu'un répondit enfin et Emma trembla. Une femme les invita à monter puis, dans un salon aux rideaux verts, leur expliqua qu'ils venaient d'Italie, de Campanie. Son mari y était né. Cela faisait quelques années qu'il ne parlait plus, parce qu'une maladie lui avait abîmé la gorge et les cordes vocales. Assise dans son fauteuil, Emma se tut en écoutant le récit de la femme. Son esprit était ailleurs.

Ils se retrouvèrent dans la rue, perdus, gelés, fatigués de chercher, d'espérer. Le soleil avait commencé sa descente vers les montagnes. Il saluait la terre d'une dernière bouffée de rouge, qui ne suffit pas à les réchauffer.

36

Y as-tu déjà pensé ?

Comprendre ce qui se cachait derrière les silences d'Emma était devenu le passe-temps favori de Bess. La femme caressait la bague du général, comme si elle voulait en retirer la patine. Elle l'enfilait sur son doigt, juste un instant, avant de la renfiler sur la chaîne qu'elle portait au cou : s'appropriait-elle ainsi un pan de vie qui ne lui appartenait pas ?

Emma et Bess se reposaient sous les châtaigniers au feuillage parsemé de jaune et de rouge. Dans le parc, il y avait aussi un étang où les derniers canards flairaient le vent, prêts à migrer. Ils n'étaient que deux. Comme à son habitude, Albert était parti flâner en solitaire, sans confier ce qu'il avait en tête, pas même à Bess. Au début, elle s'était sentie exclue. Elle se demandait si c'était sa façon de lui faire comprendre qu'il fallait laisser tomber et recommencer à vivre.

— J'ai remarqué qu'Albert est plus solaire, il a plus d'énergie, murmura Emma. C'est peut-être grâce à vous, Bess ?

La femme lui sourit et, pour la première fois, Bess devina dans son regard la petite fille qu'elle avait été. Elle haussa les épaules, embarrassée par le souvenir d'une casquette qui glissait sur le sol de sa chambre et y restait jusqu'au matin.

— Je vous avais prévenue : je suis vieille, mais pas stupide.

Son rire se transforma en toux, elle respira plus lentement. Elles n'avaient que quelques heures devant elles. Ensuite Bess retournerait travailler, Emma dans sa maison de retraite. Mais elles resteraient en contact avec Hall et avec toutes les personnes à qui elles avaient demandé de l'aide ou des renseignements, pendant ces deux jours qui suivirent la rencontre avec l'homme qu'elles crurent être Benjamin. Elles avaient entendu des paroles gentilles, feuilleté un album photos ouvert pour elles, écouté d'autres histoires. Aucune ne concernait la Villa Freiberg.

Des jeunes sortaient du collège, montaient sur leurs vélos et, sac sur le dos, filaient chez eux. Une musique rythmée résonnait dans leurs enceintes Bluetooth.

— Je ne connais plus la musique. Enfant, je l'aimais beaucoup.

Bess se tourna vers Emma, mais regretta son geste, de peur qu'elle s'interrompe.

— Je dansais bien.

Pour la première fois, elle parlait d'elle, elle révélait un détail de sa vie, et Bess ne voulait pas lui montrer à quel point elle était émue, afin de ne pas la mettre mal à l'aise. Emma ne parlait que de Benjamin : une chronique stérile, mais minutieuse, comme si la précision du récit déterminait sa réapparition. Comme si elle pouvait, en reconstituant le tableau dans les moindres détails, le ramener à la vie.

— Moi, j'en écoute en voiture. Et c'est toujours mon fils, Mattia, qui la choisit.

— À la villa, il y avait toujours de la musique. Aux fêtes, et les après-midi. Kiki s'exerçait au piano. Frau Anna avait choisi un professeur homme, parce que avec l'enseignante de dessin, une belle jeune femme, il s'était passé des choses dont elle ne parlait pas volontiers. Des faits qui concernaient son père, expliqua Emma en ricanant. Elle, elle aimait

Marlene Dietrich. Et moi je n'ai plus réussi à écouter une seule de ses chansons, vous y croyez ? Elles me font trop penser à elle. Frau Anna était une femme spéciale. Je pourrais même dire que sous ses belles robes cintrées il y avait plus d'une femme. Elle avait plusieurs visages. Mais peut-être est-ce le cas de tout le monde.

— Vous pensez à la lettre d'Enea ?

Elle la lui avait confiée avec les dossiers médicaux de Benjamin, mais elles n'en avaient jamais parlé.

— Il a fait ce qu'il pouvait. Quelqu'un avait remarqué la particularité de Benjamin et il n'a pas pu reculer, répondit-elle sans y croire vraiment. Il s'est senti coupable jusqu'à sa mort.

Cette idée lui imposait de choisir entre un soulagement qu'elle ne voulait pas admettre parce qu'il se nourrissait d'autres souffrances – elle connaissait trop bien ce sentiment de culpabilité et ne le souhaitait à personne –, et son obstination à croire que quelque part, même dans le cœur d'Enea, il y avait du bon.

— Il a demandé le dossier. Il comptait peut-être ramener Benjamin chez lui, avant qu'il disparaisse de Hall ?

Le dossier qui pointait du sac de Bess se concluait par la sentence : « Adapté au traitement. »

— Cette phrase est un coup de poignard, Bess, vous le savez. Je le sais aussi, mais nous n'avons pas le courage de le dire.

Bess soupira. Le regard d'Emma était trop clair et transparent, elle n'aimait pas le reflet d'elle-même qu'il lui renvoyait. Elle ne voulait pas reconnaître que parfois les histoires se terminent ainsi. Que les histoires des gens simples, des personnes à qui on a arraché la voix, se confondent avec le vent. Nous ne pouvons en entendre que l'écho, la caresse qui nous fait frissonner.

Des mères rentraient chez elles, menant des poussettes. Les gens qui s'étaient attardés au travail traversaient le parc à grands pas, les yeux rivés au sol, sans remarquer la lumière dorée qui virait au pourpre. Peu à peu, le parc se peupla des marginaux de la ville, comme s'ils l'avaient toujours habité et qu'ils en reprenaient possession après une journée passée à survivre ailleurs. Des bourlingueurs sans âge fouillaient dans une poubelle. Des jeunes fumaient, assis en cercle. Des hommes solitaires lançaient des balles à des chiens sans collier et des femmes vêtues de pantalons moulant leurs hanches flasques, les cheveux dénoués, marchaient lentement, aussi silencieuses que la nuit. Un ballon de football rebondissait sur l'herbe et emportait les pensées de Bess, lui donnant l'impression de courir, bien qu'elle soit immobile. Elle était irrésistiblement tentée de prendre la fuite, malgré son envie de passer encore un moment auprès d'Emma.

— Je ne suis jamais devenue mère. J'ai eu un mari, j'ai été tante, mais je n'ai pas eu d'enfants, dit Emma d'une voix qui évoquait la pluie sur le marbre. Je ne me sentais pas préparée à une responsabilité pareille. La vie était très difficile à cette époque.

— Pourquoi votre père vous a-t-il confiés au général ?

Bess repensait à ce qui était écrit dans la lettre, au doigt qui caressait la détente. Lui et le général, face à face. Lequel des deux avait trahi l'autre ? Emma éprouvait-elle de la colère à cause de ce qui était arrivé ? Son père aurait-il pu le prévoir ? Il connaissait Enea et Frau Anna, il savait pour les fêtes à la villa.

Les lèvres d'Emma formèrent un sourire.

— Vous n'avez pas encore compris, Bess ? demanda-t-elle. Parce qu'ils étaient amis. Et parce que mon père avait confiance en lui, expliqua-t-elle comme si l'amitié possédait un destin inéluctable qui finissait toujours de la même façon. De même que moi, j'avais confiance en Kiki, murmura-t-elle ensuite en apercevant Albert, au loin, qui levait sa casquette pour les saluer.

Bess n'eut pas le temps de l'interroger sur le coup de feu. Dans son esprit, le doigt bagué caressait toujours la détente et un homme, tourné vers le mur, fixait la mousse humide entre les pierres, convaincu que ce serait la dernière odeur qu'il respirerait, avec celle de la poudre.

La silhouette se précisa : jean large, baskets usées, un visage. Albert courait vers elles, agité, en nage. Une énergie retenue qui contrastait avec la paix qui régnait dans le parc. Il serrait sa casquette entre ses mains en tentant de reprendre son souffle.

— On l'a peut-être trouvé, Emma, annonça-t-il d'une voix hachée. Je ne veux pas vous donner de faux espoirs, mais on a une piste. Enfin une piste, déclara-t-il en leur montrant le message sur son téléphone.

— Qu'est-ce qui te fait croire que c'est lui ?

L'enthousiasme de Bess s'éteignit dès qu'ils entrèrent dans le bâtiment. Elle avait pris Albert à part.

— C'est une possibilité.

La grande salle où ils se trouvaient se remplissait de gens silencieux, qui prenaient place aux tables avec calme. Chacun savait où aller. Il était difficile de donner un âge à ces hommes et à ces femmes que la vie n'avait pas épargnés. La plupart traînaient un sac, qu'ils posaient à côté d'eux sur le banc, ou sous leur chaise. Un homme était accompagné d'un vieux chien à l'oreille pliée qui mangeait dans la même assiette que lui, assis sur ses genoux.

— La cantine des sans-abri, murmura Bess. Comment as-tu eu cette idée, Albert ?

Il s'était senti stupide de ne pas y avoir pensé plus tôt : qu'avait-il fait, lui, quand il s'était retrouvé seul, sans toit ni famille ? On peut survivre en été, mais, quand les températures chutent, quand la neige et la pluie arrivent, on ne peut plus se contenter de serrer les dents en attendant le matin.

— Il n'avait plus personne. Comment peut-il avoir survécu ainsi ?

De nombreuses années avaient passé. Albert comprenait quelque chose qui échappait encore à Bess.

— Je ne suis pas certain, Bess, mais je me fie à mon instinct.

À cet instant précis, Albert ressentit l'ironie et la vanité de ces paroles. Faisait-il encore réellement confiance à son instinct ? Celui-là même qui l'avait fait errer, à la recherche de la fête d'Alice, pour manquer de se noyer dans le fleuve et s'endormir sur un gâteau ?

Tu n'es plus ce genre de personne, Albert. Pourtant, quand il regardait autour de lui, il se reconnaissait dans chacun d'entre eux, dans chaque voyageur en haillons, dont les chaussures usées n'allaient nulle part parce que le monde rentrait déjà dans un sac.

— On n'y pense pas, mais c'est aussi cela, la ville, dit en souriant le garçon qui les accueillit. Nos hôtes sont de plus en plus nombreux. L'hiver, on s'organise aussi pour apporter des couvertures et de la nourriture chaude dans les rues et dans les parcs. Ici, on ne plaisante pas avec le froid. On accueille beaucoup de gens dont on ne connaît ni le nom ni l'histoire. On sait que certains ont une famille et une maison quelque part, voire des proches qui les cherchent. Quand nous le pouvons, nous essayons de leur rendre ce qu'ils ont perdu : leur passé. Nous prenons contact avec leur famille et nous collaborons avec les forces de police. Beaucoup de fidèles du diocèse nous aident, bien que nous soyons une association laïque. Certains ne veulent pas rentrer chez eux, d'autres ont quitté un bon travail ou ont été licenciés, d'autres encore ont vécu un divorce difficile, ou une autre situation qui les a acculés. Ou bien, ils ont simplement décidé de tout recommencer de zéro.

— À quelle catégorie appartient la personne qui nous intéresse ? intervint Emma.

Ils se tournèrent vers elle, mais cette fois encore, Bess ne sut décrypter ses émotions. Elle paraissait toujours froide et distante.

— Nous ne connaissons pas son nom, nous ne savons pas d'où il vient. Nous ne pouvons pas dire grand-chose de lui. Il aime la présence des enfants, surtout quand ils dessinent. Le reste, je pense qu'il vaut mieux que vous le découvriez par vous-même.

Emma suivit le garçon.

Juste derrière eux, Bess interrogea Albert du regard pour essayer de comprendre – il observait sans rien dire.

— Vous avez ses dessins ?

— Je ne pense pas qu'il soit en mesure de tenir un stylo, même pour écrire son nom, répondit le garçon. Mais il comprend l'italien, et l'âge pourrait correspondre. Venez, il attend dans la cour. Il est très nerveux.

— Il est au courant de ma visite ? demanda Emma.

— Je ne sais pas si c'est à cause de vous, madame, mais certains jours il vient prendre une douche, il sort un vieux costume de son sac, il l'enfile et il attend, sur son trente-et-un, assis sous cet arbre.

Le garçon la poussa délicatement vers la porte qui donnait sur une petite cour intérieure. Quelques arbres jouxtaient une table et des chaises. Au centre, un banc capta toute l'attention d'Emma. Assis dessus, un homme au crâne dégarni dont les grands yeux regardaient dans le vide. À ses pieds était posé un sac en plastique dont dépassaient une couverture et un journal. Il ne l'avait pas remarquée.

Elle s'assit à l'autre bout du banc.

— Je peux ?

L'homme ne bougea pas. Elle se demanda s'il l'avait entendue. Ses quelques cheveux étaient peignés, la raie sur le côté, il portait un costume marron trois pièces sur une chemise blanche. Le garçon qui les avait conduits là avait raison, il s'était préparé à un rendez-vous. Mais il donnait l'impression de ne plus se rappeler qui il attendait et d'être là depuis trop longtemps. Son costume paraissait léger, pourtant le printemps était passé, l'été aussi, et il avait traversé trop d'hivers, nécessitant quelques reprises que l'homme n'avait pas pu faire lui-même, avec ses doigts tordus et noueux. Ses yeux aveugles suivaient parfois la lumière. Il avait dû sentir la présence d'Emma, mais il était resté immobile, les mains jointes sur ses genoux, plongé dans ses pensées, comme un enfant. Emma trembla. Des images lui revinrent : deux silhouettes assises sur un banc plein d'échardes, devant la maison hospitalière où l'on allait reconnaître les morts, puis un enfant qui poursuivait une balle colorée dans le jardin de la villa où l'herbe si haute abritait des araignées et des insectes à longues pattes, aux pinces monstrueuses. Les pattes chatouillaient et quand on faisait marcher les insectes sur son bras, ils ne piquaient pas : elle ne l'avait jamais compris.

— Benjamin, l'appela-t-elle en cherchant son regard.

Quand elle le rencontra, elle lui sourit, et son cœur s'arrêta en attendant une réponse qui n'arrivait pas. Elle avait peur, peut-être plus que lui.

— Je suis Emma.

Elle était heureuse, mais en même temps elle se sentait mourir à l'intérieur. Peut-on naître et mourir au même instant ? Les mains de l'homme glissèrent vers le sac, son regard toujours perdu dans un espace qui n'appartenait qu'à lui. Elle en était exclue, elle ne pouvait pas y entrer. C'était comme s'observer dans un miroir sans se voir.

Emma vit la couverture, les cheveux de paille de la poupée qui dépassaient du sac en plastique que tenait la main de l'homme.

— Ils sont à toi, Benjamin ? Ils sont ton chez-toi ?

Elle s'éclaircit la voix. Elle avait tant espéré, et la déception avait provoqué des blessures qui lui brûlaient la peau quand elle soufflait dessus. Survivre était un jeu d'équilibriste : trouver les pierres qui émergent de l'eau, sauter dessus pour éviter de tomber dans le fleuve. Et elle, avait-elle appris ?

Elle serra son collier avant de le détacher, de le retirer lentement de son cou, et elle laissa tomber dans sa main la bague en pendentif. Elle la lui tendit. Elle inspira pour calmer les battements furieux de son cœur et, quand elle ne put plus contenir son émotion, elle ferma les yeux pour respirer l'odeur des feuilles sèches de l'automne et celle, humide, de l'écorce derrière elle. L'objet qu'elle serrait dans son poing n'était pas un caillou ramassé le matin tôt sur la berge du fleuve, choisi avec soin parmi des milliers d'autres pour voir Benjamin sourire, le distraire de l'horreur qui les assaillait. Personne d'autre ne comprenait. Ni Bess, ni Frau Anna, ni Kiki. Le général n'avait pas su en prendre soin parce qu'elle symbolisait quelque chose de terrible. Pour eux, c'était tout ce qu'il restait.

Emma sentit l'effleurement sur ses doigts et rouvrit les yeux, sa main était vide.

À côté d'elle, l'homme caressait la bague, effleurait de son doigt la plaque en argent, comme s'il pouvait y lire une histoire. Un cercle de métal, froid et assez obstiné pour survivre, lui parlait, comme lui avait parlé la poupée. Emma ne savait pas ce que lui avait raconté le fagot de paille, mais elle connaissait l'histoire de la bague parce qu'elle lui appartenait, autant qu'à Benjamin. L'homme passa sa main sur son front, il ne voyait pas nettement la bague, ni l'ombre et la lumière glisser sur les surfaces ciselées, mais il sentait sous son doigt le bec de l'aigle gravé dans l'argent, ses ailes pointues. Elles continuèrent de le chatouiller, même quand il cessa de caresser la bague. L'homme souriait. Le cœur d'Emma fit un bond.

— Je l'ai trouvée, Benjamin. Ou plutôt, Kiki l'a trouvée pour nous.

Désormais, avec Benjamin à ses côtés, elle en était presque certaine : d'une façon étrange et inattendue, Kiki avait tenu sa promesse.

L'homme chercha quelque chose dans son sac, sans trouver. Agité, il tâtonna le sol et s'arrêta quand ses doigts attrapèrent une branche. Il traça dans la poussière des lignes tordues et des signes incertains, puis il secoua la tête et abandonna.

— Ça ne fait rien, dit Emma en lui prenant les mains. Ça ne fait rien. Nous savons que c'est la Villa Freiberg. On m'a dit qu'elle existe toujours, tu sais. Elle est aussi vieille que nous, à mon avis il n'y a plus de fêtes ni de voitures noires. Mais il y a les chats. Eux, ils sont restés.

Il hocha la tête comme un assentiment ou le reste d'un souvenir.

— Et Kiki n'est plus là, mais elle a trouvé le moyen de nous saluer et de nous dire qu'elle nous a aimés.

Bien sûr, elle restait la fille de Frau Anna. Et elle ressemblait à sa mère plus qu'elle ne voulait l'admettre. Mais ils le savaient tous les deux : les pierres de cette maison possédaient plus de force que le cœur des hommes qui l'avaient habitée. Frau Anna s'était autorisée à y cacher des fragments de vies qui n'étaient pas la sienne, à les enfermer dans des boîtes, comme si un peu de papier et de Scotch suffisaient à jouer à être Dieu.

Benjamin tendit la main vers le visage d'Emma. Il lui toucha les cheveux. Une caresse longue et délicate. Emma aurait voulu qu'ils soient aussi soyeux qu'autrefois. Elle retint son souffle, son cœur battait pour deux, elle ne savait plus si c'était le sien ou celui de l'homme qui l'étreignait en pleurant.

Ils étaient rentrés à la maison. Le général, Kiki, Frau Anna, tout disparaissait et plus rien n'avait d'importance. Même une poignée de secrets scellés comme des pierres dans de l'argent.

1944

Comme les yeux des poupées

Villa Freiberg. Benjamin la voyait souvent en rêve, quand il gardait les yeux fermés parce qu'ils le brûlaient à cause du collyre. Il ne pouvait pas observer la pièce et enregistrer les détails : le lit métallique, la feuille sur laquelle le crayon relié à la machine dessinait le tracé du cœur, ou bien les arbres par la fenêtre, pour guetter l'arrivée de l'été. Parce que lui, quand il transpirait la nuit au point de mouiller ses draps, quand tout s'embrasait, il avait l'impression d'être en été. Alors ses yeux devenaient pareils à ceux de la poupée qu'Usci avait cousue pour son enfant et jamais donnée, parce que tout le monde l'avait oublié, jusqu'à ce qu'il cesse d'exister, y compris pour elle. Les yeux des poupées reflètent la lumière, mais les poupées sont aveugles. Elles ne voient pas, elles semblent enfermées dans leur monde, pourtant on dirait toujours qu'elles comprennent tout, qu'elles nous écoutent. Et où vont leurs âmes, quand elles nous écoutent ?

Benjamin l'avait découvert : c'était l'endroit où il retournait chaque fois que la machine de l'hôpital suivait son cœur. C'était l'espace vide entre deux battements. Cette scène qui s'était répétée dans son esprit si souvent que le temps s'annulait : lui et Emma qui entraient pour la première fois dans la Villa Freiberg. Le nez en l'air et le cœur en émoi, entourés de bourdons et de l'odeur des fleurs, qui n'est jamais aussi délicate qu'on le croit : arrogante et tyrannique, elle s'accroche à nos cheveux comme du pollen et s'oublie difficilement.

La main d'Emma serrait la sienne et il se sentait protégé, pendant qu'ils s'éloignaient de la maison de maman et de papa, des soupes aqueuses de maman le soir et des hirondelles qu'ils chassaient en riant avec le filet de pêche. Ils laissaient derrière eux tout ce grâce à quoi ils s'étaient sentis protégés et aimés. Mais à ce moment-là, ils l'ignoraient. C'était juste une brise légère qui se glissait sous leur chemise et les soulageait de la chaleur, quelque chose qui les caressait gentiment, mais qui se transformerait, inexorablement, de façon inexplicable, en gel hivernal.

Postées sur la terrasse, Frau Anna et Kiki les suivaient du regard pendant qu'ils remontaient l'allée. Il n'avait même pas le courage de lever les yeux. Il se sentait sale, affamé. Fatigué. Sa balle, en revanche, était magnifique, au fond de sa poche.

Sans se tourner vers lui, Emma lui avait murmuré :

— Je t'aime, Benjamin.

Elle lui avait serré la main plus fort, avant de franchir le seuil du hall sombre, fait de marbre sans odeur.

Benjamin s'était dressé sur la pointe des pieds et il avait souri. Il ne parlait pas. Cela ne servait à rien, parler n'attirait que des ennuis. Comme au garçon de la crémerie, qu'évoquait souvent Emma : les soldats l'avaient traîné de force, et chargé dans leur voiture. Benjamin l'avait vu. Était-ce un souvenir, un rêve, ou bien l'avait-il seulement imaginé en écoutant Emma ? Cela n'avait pas d'importance. Le garçon l'avait regardé dans les yeux pendant que les soldats l'emmenaient, un bras derrière le dos et la bouche en sang. Il lui avait fait signe de se taire, un doigt devant sa bouche, un geste lent alors qu'autour le temps s'arrêtait : les mouvements des soldats, le visage de sa mère contracté par la peine et la terreur, la poussière soulevée par les roues des camionnettes. *Garde le silence, petit.* Il n'était ni en colère ni méchant. Il lui avait souri en lui adressant un clin d'œil. La crosse du fusil avait frappé sa mâchoire avec un bruit sinistre. Puis tout s'était remis à bouger, à hurler. Ils l'avaient emmené.

Au début, cesser de parler avait été un jeu. Une sorte de pari, comme monter les escaliers à pieds joints. Et puis, il avait découvert qu'il n'y arrivait plus. Pourtant, en cet instant, il en aurait eu besoin. Maintenant qu'ils montaient les marches en se prenant les pieds dans les tapis persans de Frau Anna.

— Ne t'éloigne pas de moi, lui avait dit Emma.

Elle avait réfléchi et, d'une voix contrôlée, à la fois forte et sereine, elle avait ajouté en se penchant vers lui :

— Nous allons être bien, Benjamin. Tu me fais confiance ?

Il avait acquiescé. Emma tenait toujours sa main dans la sienne.

Benjamin n'avait jamais quitté la villa. Durant tout son séjour dans la grande maison avec une croix sur le toit, pendant tout le temps qu'il avait passé après la guerre avec Usci et sa poupée, à jouer aux rois d'une ville détruite, il était resté chez Frau Anna, dans son jardin. Il avait gardé la main dans celle d'Emma. Et il avait laissé les autres parler, jusqu'à cesser de les entendre. Maintenant, il sait où vont se réfugier les âmes des poupées quand elles regardent avec leurs yeux d'obsidienne, il sait d'où elles écoutent. D'un endroit caché dans la paille à l'intérieur d'elles, à l'intérieur de lui, où personne ne peut lui faire de mal. Tout ce qu'il aimait se trouvait à portée de la main et immuable. Était-ce cela, le bonheur ?

37

Personne ne peut me juger

Bess lança un dernier regard à Emma et Benjamin, à travers la vitre.

— Que lui est-il arrivé ? demanda-t-elle au jeune homme, resté avec elle et Albert.

— Au début, il venait nous voir avec une femme très âgée, ils se tenaient à l'écart. Ils mangeaient en silence, loin des autres, puis ils repartaient. Elle l'appelait « mon garçon muet » pour plaisanter, elle avait l'air de beaucoup l'aimer parce qu'elle s'occupait de lui, ils partageaient le pain, parfois ils dormaient ici. Puis ils ne sont plus venus, pendant tout l'été et tout l'automne. Et quand il est réapparu, il était seul. Très éprouvé, dénutri. Nous avons découvert qu'elle était morte.

Albert prit une photo. Bess jugeait que ce n'était pas une bonne idée, car le moment appartenait à Emma et Benjamin. Mais ils semblaient heureux. Elle avait eu son final et Albert quelque chose qu'il refusait de lui confier. Il avait passé tout le voyage du retour sur son téléphone. Bess était certaine qu'il écrivait à Alice.

Deux semaines plus tard, Albert, debout dans sa chambre, avait l'impression de n'être jamais parti. Son regard passait de son portable posé sur la table au mur où étaient accrochés les petits mots d'Alice.

Il n'avait rien écrit, il n'avait pas compris grand-chose aux pensées heureuses de sa fille et il avait perdu son travail. Pourtant, en regardant le calendrier, il se rappela que quelque chose de bon lui était arrivé. Quatre-vingt-quatorze jours sans toucher à l'alcool. C'était une bonne nouvelle, et même excellente. Malgré cela, Albert se sentait comme dans un wagonnet en train de descendre les montagnes russes. Décalé, comme toujours.

Il relut les messages qu'il avait écrits à Alice. Ils racontaient la Villa Freiberg, leur recherche, et ce que lui et Bess avaient découvert. Il n'avait pas ajouté que l'idée de contacter les œuvres de bienfaisance venait de lui, mais il avait joint la photo d'Emma et de Benjamin ainsi que le dessin de coléoptère qui allait tant plaire à Alice, il en était certain. Il avait relu ses messages tant de fois qu'il les connaissait par cœur, pourtant il trouva encore une erreur d'apostrophe. Alice n'avait jamais répondu.

Il prit les bouteilles de bière, fit sauter les capsules. C'était une sensation familière, aussi réconfortante que serrer un ami dans ses bras, ou entrer dans une pièce chauffée et retirer manteau et chaussures après avoir couru sous la pluie. Il rassembla ses forces et, ignorant la petite voix intérieure qui criait au gâchis, il les vida dans l'évier et regarda le liquide disparaître en même temps que l'odeur de malt.

Le bocal en verre trônait toujours sur le plan de travail, vide, à côté de la dernière photo de son voyage. Il l'avait imprimée, mais ensuite il n'avait pas eu le courage de l'accrocher au mur, comme on fait avec les problèmes réglés ou les expériences qu'on veut immortaliser. Il ne voulait pas penser à Emma et Benjamin, bloqués pour toujours dans cette étreinte : ils s'étaient retrouvés et ils pouvaient maintenant recommencer ensemble. Il y avait encore de la vie pour eux. Avant de se quitter, ils avaient promis de retourner à la Villa Freiberg, toutefois Albert soupçonnait qu'ils n'en avaient pas réellement envie. Et il les comprenait. L'histoire qu'ils avaient vécue entre ces murs était achevée et la villa n'avait plus rien à raconter. Albert réfléchit à la signification des deux mots qui résonnaient dans sa tête, « recommencer ensemble ». Il se demanda s'il existait un moyen de comprendre quand la vie change de direction. Parfois c'est rapide, elle nous submerge. Toutefois, il supposait que les changements définitifs suivent un rythme lent et imperceptible, si bien qu'on a l'impression qu'il ne se passe rien. Il aurait aimé avoir un calendrier maya, ou inca, ou aztèque – il n'avait jamais été fort en histoire – qui signalait les événements importants en nouant de simples cordelettes : à chaque nœud, un événement et une signification. D'ailleurs, sa vie ressemblait à un calendrier précolombien fait de nœuds et de cordelettes. Simplement, il avait perdu la clé pour le déchiffrer.

Ces dernières semaines, il s'était efforcé de ne plus rien laisser au hasard. Sur le mur, les petits mots d'Alice, collés par le bord supérieur, voletaient avec leurs couleurs pailletées.

« J'ai aidé Emma et Benjamin à se rencontrer. » Était-ce cela, sa pensée heureuse ?

— Peu importe le bonheur si tu n'es pas là. Je t'aime fort, Alice, murmura-t-il.

Le souffle de la porte qui se refermait derrière lui fut comme une caresse sur sa joue. La sonnette, en revanche, une gifle qui l'extirpa de toute tentation de sentimentalisme. Un coup bref. Silence. Un deuxième coup à peine plus long. Silence.

Albert s'approcha de la porte : il n'attendait personne, ni maintenant – il était neuf heures pile – ni plus tard.

Pendant un instant, aussi bref que le troisième coup de sonnette, il espéra qu'Alice soit de l'autre côté. Son cœur s'emballa.

Il regarda dans le judas et vit des lunettes posées sur un visage sérieux.

— Bonjour, monsieur Albert.

Il fit entrer le Professeur, en poussant un soupir résigné, qui expirait toute sa déception et le préparait à de nouveaux soucis.

— Qu'est-ce qu'il se passe, encore ?

Quelques minutes plus tard, ils étaient dans un bus coincé dans les embouteillages, direction le centre-ville.

— On peut savoir ce que vous comptez faire ?

— C'est très délicat, monsieur Albert. On a beaucoup réfléchi.

Albert retira sa casquette et se frotta le front.

— Les jeunes m'ont confié la mission de vous contacter et de vous convaincre. Huit voix sur huit : unanimité.

Albert les imaginait, en cercle, levant le bras et faisant les comptes. Et recommencer, concentrés et tendus parce que quelqu'un avait baissé le bras trop vite, un autre en avait levé deux, les comptes ne tombaient jamais juste.

— Me convaincre de quoi ?

Cela sentait les ennuis. Des ennuis très concrets, qui prenaient la forme du parc de la Villa Freiberg, dont ils approchaient à grands pas.

— Qu'en pensez-vous, monsieur Albert ?

Devant le portail, Albert regardait autour de lui avec un mélange d'émerveillement et de terreur. Des guirlandes colorées pendaient des arbres, entre des ballons en papier et des bougies trop proches des branches. Il y avait partout un va-et-vient de caisses, d'enceintes, de paquets de gobelets en plastique, transportés par les jeunes qui l'accueillaient en portant leur main à leur front, comme s'il était toujours le capitaine de cet étrange bateau. Ils lui souriaient, occupés et détendus, fiers de leur mission.

Au comptoir, Rollo expliquait à Mattia comment mélanger les alcools. Thilde et les autres enroulaient des mètres de laine colorée autour d'un tronc. Perché sur l'échelle, Nino suivait les directives de sa femme. Le groupe de musique proposait une version plus lente, mais très enthousiaste, de *Nessuno mi può giudicare*[1]. Pour la première fois depuis sa communion, Albert pria pour que la scène supporte le poids des instruments.

— C'est moi qui ai préparé la grille des chansons, expliqua le Professeur, mais je vous attendais pour l'approbation. Comme je vous le disais, nous avons décidé que la fête devait avoir lieu.

— Et les chefs ?

Le Professeur remonta ses lunettes sur son nez.

Et Bess ? Elle ne lui avait rien dit, pensant sans doute que la surprise lui plairait.

— Tout est en règle, Albert, lança Flora, dont la voix le fit sursauter.

Elle venait d'arriver avec des sacs remplis de chips et de bouteilles d'alcool, suivie de Charlie qui trottinait joyeusement.

— Les chefs ne savent rien. Et pour la villa, nous avons une autorisation en bonne et due forme. Bess s'est montrée très compréhensive, déclara-t-elle comme si c'était la chose la plus naturelle du monde – car Elisabeth Waldner était une personne fantastique et respectueuse.

1. « Personne ne peut me juger ». Chanson pop écrite par Luciano Beretta, Miki Del Prete, Daniele Pace et Mario Panzeri, classée deuxième au festival de Sanremo en 1986.

Sur lui, en revanche, la vieille femme aurait eu beaucoup à redire : elle lança un regard déçu et apitoyé à sa barbe et à ses cheveux qui sortaient par touffes de sa casquette.

— Mais où est Bess ?

Flora haussa les épaules.

— Si vous ne le savez pas vous-même…

38

La balle de Charlie

Bess se souvenait parfaitement de la route, malgré le temps écoulé. Elle se gara au même endroit, à côté du rack à vélos.

À la réception, l'infirmière lui sourit gentiment et Bess fut soulagée qu'elle l'ait reconnue. Cela serait plus simple : elle lui laisserait le paquet et des indications, puis rentrerait à la villa pour contrôler ce que trafiquaient les jeunes d'Albert. Le souffle court, le cœur qui s'accélère : à qui voulait-elle faire croire cela ? Elle soupira. Ses jambes tremblaient, parce qu'elles l'emmenaient dans un endroit dont son cœur s'était échappé trop souvent pour se soustraire à cette douleur. Mais elle n'avait plus d'excuses.

En posant le paquet sur le comptoir de la réception, elle leva les yeux et la vit, par-dessus les épaules de la jeune fille, dans le salon où on servait le café. Seule. Elle ne paraissait pas triste. Plutôt perdue. Une petite fille aux cheveux blancs noués en queue basse, son ample chemise bleue ouverte, celle qu'elle lui avait offerte quand elle était revenue du premier voyage entrepris seule avec Mattia. Pour lui, qui était tout petit, Bess avait acheté une chemise à col mao. Elle avait quelque part une photo d'eux les portant, Mattia dans les bras de sa grand-mère, mêmes yeux noisette en forme de diamants.

— Vous voulez que je remette ça à votre mère ?

La voix de l'infirmière la sortit de ses pensées. Une partie d'elle aurait voulu reconstituer la scène de la photo : le jardin, les abricotiers en été. Où l'avait-elle rangée ? Sa mère aussi avait dû l'oublier. Pourtant, ce matin-là elle portait justement la chemise que Bess lui avait offerte. Quel sens avait-elle donné à ce rectangle de lin bleu ?

— Je vais le lui apporter, merci.

Quand elle s'approcha de la table, la femme lui sourit gentiment en lui indiquant les chaises libres. Elle ne l'avait pas reconnue, mais cette fois Bess ne se sentit pas triste.

— Je crois que ce paquet est pour vous.

Elle fut alors confrontée à ce regard méfiant, à cette façon de reculer en redressant le dos – un geste poli de refus. La femme dit qu'il devait y avoir une erreur.

Bess l'ouvrit pour elle, prit les pelotes et les posa sur la table avec les aiguilles à tricoter. Thilde lui avait donné l'idée de la laine. Il y avait quelque chose de magique dans le fait de tisser des fils, comme pour tenir les souvenirs ensemble.

— Je ne sais pas tricoter, dit la femme en riant.

Elle n'était pas gênée, mais amusée. Bess lui montra comment utiliser les aiguilles, nouer le fil. Mais elle ne faisait que reproduire ce que la femme elle-même lui avait appris, quand elle était enfant : la Bess qui restait au chaud avec sa mère, lovée sur le canapé devant le feu, protégée de la pluie et du vent.

— Vous êtes très forte. Qu'est-ce que ça va devenir ? Un pull-over ?

— Que voudriez-vous faire ?

— Une écharpe, peut-être. J'aime les écharpes. Elles font toujours de bons cadeaux.

Le cœur de Bess se serra. Elle pensa à son écharpe porte-bonheur et à celles que sa mère tricotait pour elle et entourait d'un ruban rouge, avant de les glisser sous son oreiller quand elle était petite. Elle l'observa : le temps avait blanchi ses cheveux, s'était insinué dans les plis et les recoins de ses lèvres, avait creusé son sourire, si bien qu'elle le reconnaissait encore.

— Ici, il y a des dames qui tricotent toute la journée. Elles réalisent des écharpes, des pulls et même des sacs colorés. Puis elles laissent tout dans un panier et on emporte ce que l'on veut.

— Le violet est une belle couleur, déclara Bess en choisissant une pelote et en réfléchissant à quelle couleur la marier.

— Ça va bien avec le orange.

— Ou le bleu.

— Une combinaison insolite. Mais vous avez raison, répondit la femme en tendant les deux pelotes devant elle pour bien les regarder. Vous avez bon goût, vous savez ?

Bess eut envie de la serrer dans ses bras et de lui dire : « C'est grâce à toi, maman. »

Elle prit les pelotes et les rangea du mieux qu'elle put, par couleurs, pour qu'il lui soit plus aisé de les retrouver. Ce faisant, elle agissait aussi pour elle-même. Le rouge des cheveux furieux d'une Danaé, associé au bleu électrique de la mer après la pluie. Le gris des pierres de la Villa Freiberg veinées de vert, et le bordeaux des vins du grand-père Hans. La casquette bleue d'Albert, qui s'envolait dans la chambre d'un hôtel, et où ils avaient attendu le jour en se racontant. Le blanc de Mattia, de ses T-shirts unis pour passer inaperçu, le rouge de ses joues devant son père, quand il se demandait s'il le reconnaissait et pourquoi il l'avait abandonné. Le jaune, excentrique et vital, de Flora qui ne demandait jamais la permission et connaissait les faiblesses des autres. Le gris de Thilde au milieu du violet des serres. Elle aurait pu continuer ainsi, une couleur pour chacun d'eux, Benjamin, Emma, entrecroisant la laine en des fils qui les rassemblaient pour toujours.

Après tout ce qui s'était passé, en retournant à la Villa Freiberg, Bess éprouva une sensation difficile à définir. Elle entra, renonçant au soleil et à la lumière. Elle monta l'escalier. Autour d'elle le marbre, les rampes en métal, le bois sombre des meubles contre les murs blancs. Elle frissonna. Ce soir-là, la villa paraissait recroquevillée sur elle-même, tel un animal blessé qui cherche à se réfugier dans l'ombre. Et dans le silence. Bess avait fermé les fenêtres pour ne pas se laisser distraire par les préparatifs de la fête : les chansons accompagnées d'une guitare désaccordée et d'une batterie tout sauf en rythme, les jeunes d'Albert et leur enthousiasme. Et Albert, à qui elle raconterait chaque chose dès qu'ils se retrouveraient seuls.

Elle traversa les pièces en compagnie de Charlie, qui collait sa truffe à la balle en cuir qu'elle tenait à la main. Elle pensait toujours à sa mère. Elle pensait à Emma et Kiki, à leur amitié. À Kiki, qui était en train de disparaître. Elle n'en avait pas encore conscience au début de cette histoire, qui avait commencé par un coup de téléphone, ou quelques mois plus tôt, quand une femme marchant sous la pluie était trop fière pour lui demander de la déposer. Plus les pièces se vidaient, plus on jetait de sacs poubelles remplis, plus on conservait la porcelaine, plus on mettait de l'ordre dans les photos, plus on lustrait les cadres en argent, et plus Kiki disparaissait. Sa présence devenait de plus en plus évanescente, sans doute parce qu'elle avait incarné la villa. Elle avait tout porté et maintenant, sans ce poids sur ses épaules, que restait-il d'elle ?

Charlie la suivait pour lui voler la balle. Pourtant, il avait dédaigné les balles de tennis qu'elle avait laissées dans le panier près de sa niche, avec le vieux frisbee de Mattia, sans même les renifler. Celles des chats, dotées de clochettes, celles en caoutchouc, en cuir ou avec des petites lumières, ne lui plaisaient pas non plus. Soudain, le chien bondit et saisit en traître la sphère usée que Bess tenait à la main. Il pointa son museau contre son bras pour qu'elle la lui lance. Pendant qu'il courait la chercher, Bess eut un terrible soupçon.

— Ne me dis pas qu'elle est vraiment à toi, Charlie ! C'est Kiki qui te l'a donnée.

Bess s'agenouilla et attendit que le chien la dépose délicatement dans sa main pour qu'elle la lance de nouveau. Albert, en plaisantant, avait émis l'hypothèse que la balle colorée était le jouet de Charlie. Elle lui avait répondu qu'au contraire, elle devait avoir de l'importance pour Kiki, pour la villa – elle était posée sur sa table de nuit, comme pour être sauvée de l'océan de déchets qui s'élevaient autour. Mais après tout, pourquoi pas ? Bess commençait à comprendre que cette maison suivait des lois bien à elle, suspendues dans une dimension où les choses prenaient une signification différente, parfois inversée, comme reflétées dans un miroir. Kiki avait tout sauvé et n'avait rien sauvé. En attendant, Charlie haletait en remuant la queue avec une fougue exagérée. Il était plus qu'attaché à cette petite balle en cuir élimé. Attiré comme par un aimant, il ne la quittait pas des yeux. Elle était très vieille et abîmée. Elle méritait sans doute mieux que la gueule d'un chien. Mais Bess perçut le bonheur de Charlie, sa convoitise et son émerveillement, concentrés dans un éclair qui traversa son regard. Dans le fond, c'était le secret des objets qui nous entourent, leur pouvoir sur nous : cette capacité de traverser le temps à notre place, en changeant de but et de propriétaire quand cela est nécessaire. Se réinventer, muter, était le destin de toute chose. Que demeure-t-il, quand tout change ? Peut-être l'essence, celle que certains appellent l'âme. Ou bien les empreintes de nos gestes, qui ont élimé le cuir avec la sueur du jeu, délavé les couleurs.

La balle roula sous la coiffeuse qui avait appartenu à Frau Anna – ils s'étaient retrouvés dans sa chambre – et alla se coincer entre le mur et le tapis.

Charlie était trop grand pour se glisser dessous, mais il poussait en espérant y parvenir. À un moment, le meuble bougea et le miroir vibra dangereusement. Bess bondit pour le rattraper. Elle remarqua alors que l'arrière de la vitre n'était pas uniforme. L'humidité avait taché le bois, n'épargnant qu'un rectangle qui occupait presque toute la hauteur, comme si quelque chose y avait longtemps été collé. Quelque chose de fin, de la dimension, par exemple, de l'enveloppe qu'elle avait retrouvée dans les papiers et journaux sauvés de la chambre de Kiki après l'incendie. Bess eut l'impression, renforcée par les petits morceaux de papier fixés au bois, que quelqu'un l'avait arrachée récemment.

Elle observa le miroir et attendit qu'il lui parle, que la villa lui murmure quelque chose à l'oreille. Après quelques instants de silence déprimant, elle posa les yeux sur Charlie qui attendait sa récompense, haletant à cause de la chaleur.

— Est-ce que Kiki jouait avec toi ici, Charlie ?

Mais Charlie ne pouvait pas répondre. Et la maison non plus. Bess aligna le miroir sur le meuble et fit rebondir la balle dans sa main.

— Bon, maintenant tu as un parc entier, Charlie. Ici, il faut faire attention.

Elle déposa la balle dans un tiroir de la coiffeuse, un meuble qui lui avait toujours plu : en ébène, les pieds un peu tordus, trois petits tiroirs au pommeau en céramique, en forme de tête de cheval. Des compartiments tellement longs et étroits qu'on ne savait qu'y ranger : désormais, celui du milieu avait une mission. Elle donna deux tours de clé et la glissa dans sa poche avec satisfaction, sous le nez d'un Charlie inconsolable.

1944

Secrets

Le destin de la Villa Freiberg reposait sur ses épaules. Qu'elle avait solides et robustes.

Frau Anna s'était éclipsée dans sa chambre après une brève visite dans le bureau de son mari, en faisant attention à ce que personne ne la voie. Elle avait profité de l'absence de ce dernier pour ranger parce que, comme toujours, c'était à elle de s'en occuper, de conserver assez de lucidité pour les maintenir tous à flot.

Depuis que l'enfant avait disparu, Emma et Kiki passaient leur temps à le chercher. Mme Weisshorn et Greta aussi, et même les filles de la cuisine. Et Enea qui naturellement faisait semblant : il n'y avait aucun enfant à retrouver, parce qu'il n'avait pas disparu. Il était exactement à l'endroit où il devait se tenir. En effet, ils étaient tous sains et saufs, même Emma, bien qu'elle ne l'eût pas encore compris. Peut-être ne le comprendrait-elle jamais.

Frau Anna savait que son mari avait passé une nuit blanche, dans son bureau, à cause d'un excès de sentimentalisme. Au milieu de ses papiers, il mettait son cœur à nu. Parfois, Frau Anna se demandait comment il arrivait à faire la guerre. Elle était convaincue qu'ils auraient pu échanger de rôle.

Même si, en y réfléchissant, la guerre la plus insidieuse se disputait entre ces murs.

Elle avait trouvé la bague d'Antonio. Enea était naïf de croire qu'il existait des recoins de cette maison forgée avec le sang de sa famille qui pouvaient lui échapper. Pourtant, Frau Anna n'imaginait pas que son mari serait assez stupide pour envoyer ses hommes à la recherche du dossier médical et écrire une lettre, sa condamnation. L'en-tête lui suffit : « À Emma et Benjamin Fliri ». Elle leva les yeux au ciel.

Elle savait dans les moindres détails ce qui s'était passé. Antonio, le gentil officier, capturé, enfermé. Plutôt que de se plier à l'armée du Führer, il s'était enfui dans les montagnes. Puis il avait commis une erreur : retourner en ville pour récupérer ses enfants.

Les voix des soldats se superposaient.

— Mussolini est mort.

— Mort pour de vrai ?

— Ou otage des Allemands.

— Il est sur le lac, il projette sa vengeance.

— On va rentrer à la maison ?

— L'Allemagne n'accepte pas l'armistice. La guerre continue. Ils ont franchi le col de Brenner, ils arrivent ici. Nous avons l'ordre de les arrêter.

Le sang d'Antonio s'était glacé pendant qu'il fixait la baïonnette sur son mousquet.

On leur avait distribué des munitions, des cigarettes. Mais le lendemain, ils se trouvaient toujours à Collalbo.

— Toutes les forces militaires italiennes ont été dissoutes.

— Les Allemands ont bloqué la voie ferrée de Bolzano, ils font monter les chars d'assaut vers nous.

L'ordre était de déposer les armes et de se rendre, mais ceux qui voulaient pouvaient prendre la fuite.

Enea avait rassemblé ses hommes et les avait congédiés en leur souhaitant bonne chance, avec un mot d'encouragement pour chacun. Ils avaient partagé la dureté de la guerre et ils s'étaient confié des pensées qu'on ne livre pas à un ami en temps de paix, même devant une bouteille de vin. Il ne restait plus que lui et Antonio.

— Un de nous deux doit survivre, Enea. Tu as plus de possibilités, tu peux compter sur les amitiés d'Anna.

En effet, les connaissances du général l'auraient accueilli et protégé, avec un peu de chance et d'audace, parce que grâce à sa femme il appartenait à ce monde. Pas Antonio. Lui, ses amis n'étaient pas des gens qui comptent, en plus il ne parlait pas la langue de cette région, bien qu'il ait aimé une de ses filles plus que lui-même. Il ne voulait plus se battre, il était fatigué de la guerre.

Enea avait secoué la tête. Ses cernes dessinaient des cercles noirs. Maintenant, ils pouvaient parler sans se soucier de la hiérarchie. Ils venaient de la même terre, Antonio avait confiance en lui.

— Non, Antonio.

Alors son ami avait planté ses yeux dans les siens et posé la main sur son épaule.

— Anna n'a pas encore lâché ses chiens pour te faire chercher, avait plaisanté Antonio.

Enea avait baissé les yeux, alors Antonio avait serré son épaule et il lui avait parlé comme à un frère.

— Si je ne réussis pas à rentrer chez moi, tu dois faire une chose pour moi. Mes enfants, Emma et Benjamin. Quoi qu'il m'arrive dans ces bois, cela me sera plus supportable si je sais qu'ils peuvent compter sur toi et ta famille. Toi, tu peux les protéger, acheva-t-il en s'agrippant avec rage à leur souvenir.

Il avait retiré sa bague et l'avait remise à son ami. Enea l'avait prise à contrecœur et l'avait glissée dans sa poche.

— Je la garde, mais c'est un prêt, parce que nous nous reverrons.

Il avait senti la main d'Antonio se retirer, mais son regard restait froid.

Ils s'étaient revus, oui, pensa Frau Anna en lisant rapidement et en caressant la bague.

Antonio s'était échappé du stade Druso, où deux mille soldats italiens avaient été enfermés pour être envoyés dans des camps de concentration, mais il s'était fait arrêter dans un entrepôt de pommes. Les soldats qui entrent, une balle tirée en l'air, une autre qui se plante par erreur dans le cœur très allemand d'un employé. L'accusation facile de l'officier italien, qui s'était enfui comme un rat puis caché. Antonio traîné dans la boue, Antonio lynché, Antonio le visage contre le mur, les baïonnettes pointées sur lui. Antonio qui se retournait pour regarder la mort en face. Et se retrouvait devant Enea qui donnait le signal, la mort dans l'âme.

— Ainsi ta culpabilité va nous emmener tout droit à l'endroit où se trouve Benjamin. Bravo, Enea, murmura Anna en cachant la bague dans le tiroir central de sa coiffeuse où elle donna deux tours de clé, avant de la ranger dans la poche de sa robe.

La lettre, elle allait la brûler avec les dossiers.

Il ne lui restait plus qu'à allumer un beau feu.

Pourtant, ce n'était pas si simple. Le feu refusait de partir. Que savait-elle de la manière dont on allume un feu, d'ailleurs ? C'étaient les filles qui s'en occupaient. Des filles qui, étant donné la poussière sur les meubles, entraient rarement dans cette pièce. Elle se rappela qu'elle avait donné l'ordre que sa chambre ne soit nettoyée qu'en sa présence. Mais elle s'y ennuyait à mourir, elle détestait les meubles sombres, donc elle y passait peu de temps.

Les coups à la porte la firent sursauter. Était-ce Enea ? Une des filles ? Rosa ?

Elle balaya la pièce du regard. Les papiers, toujours dans ses mains, sentaient le soufre et l'enfer. Elle leva les yeux et trouva le salut : un visage rassurant, bien que trop pâle, qui l'observait avec compassion et tendresse depuis le miroir encadré. Elle reprit son souffle. Elle avait envie de rire. Sur qui pouvait-elle compter, sinon sur elle-même ? Elle déplaça le miroir et glissa l'enveloppe, qui contenait le dossier et la lettre, derrière, bien coincée dans le châssis. Elle repoussa le meuble, se tourna vers la porte, arbora son plus beau sourire et ouvrit.

39

Un pas à la fois

La porte s'ouvrit d'un coup.

— Qu'est-ce que vous fabriquez, tous les deux ? demanda Albert. Vous tirez une tête !

Bess lui sourit. Elle caressa Charlie, le guida vers le couloir, puis elle le suivit du regard jusqu'à ce qu'il descende l'escalier, emportant leur secret. Il alla trottiner au jardin, espérant sans doute que Flora lui offrirait une friandise. Bess et Albert les observaient par la fenêtre. Bess aimait particulièrement les heures qui précèdent les fêtes.

— Et maintenant ?

Bess rentra la tête dans ses épaules. Albert se tenait derrière elle, de la sciure dans les cheveux, sentant la résine et le vent.

Il avait vérifié la solidité de la scène, approuvé la liste des chansons, puis il s'était assuré que les tables étaient suffisamment éclairées pour la soirée et qu'aucune bougie ne menaçait de provoquer un nouvel incendie, en plus de contrôler le branchement des prises et l'isolation des câbles. Il lui avait posé cette question sans détour, parce qu'ils savaient tous les deux à quoi elle faisait allusion : la lettre du général, l'enfant disparu, les deux frères ennemis, pas à cause de la guerre, mais à cause d'un choix.

— Flora dirait que c'était une autre époque, où personne n'était libre de décider.

— Moi je suis convaincu du contraire, Bess.

Il paraissait sincère. On aurait pu objecter que lui, Albert, à la différence du général, ne s'était jamais retrouvé sur un champ de bataille. Toutefois, il avait décidé de sauver Charlie, de se soûler en oubliant l'anniversaire d'Alice, et choisir de fuir pour ne pas affronter Margot et le reflet de ce qu'il avait été. Lui seul.

— Maintenant que tu connais l'histoire de la villa, es-tu encore attachée à cet endroit ?

Bess avait la réponse, mais une autre pensée lui occupait l'esprit.

— Peut-être qu'en fait nous ne connaissons pas vraiment cette histoire, Albert. Le même jour, Kiki a essayé de retrouver Emma, elle a téléphoné à toutes ses connaissances, elle a donné de nouvelles dispositions à son notaire. Quelle était sa réelle motivation derrière tout ça ?

Elle pensait à la balle qui, en lui échappant des mains, l'avait conduite au miroir. Elle essayait d'identifier l'instant exact où elle avait découvert l'emplacement, l'endroit où l'enveloppe se superposait avec une perfection diabolique à l'arrière du miroir, sans doute préservé ainsi de la poussière et de l'humidité qui avaient agressé le papier, mais pas ce rectangle de bois contreplaqué.

— Elle avait trouvé quelque chose, Bess.

La lettre. Charlie qui glissait sur le parquet, un jour d'été quelconque, zigzaguait entre les meubles et les ordures. Pleuvait-il, ce qui l'empêchait de sortir ? La balle lancée dans le salon, le choc de sa masse poilue contre le meuble, au terme de sa course. Bess l'imaginait bien, car cela lui était arrivé, à elle aussi. Seule la protagoniste changeait. Le miroir qui oscillait, une autre main, vieille et froide, qui le redressait et, en le touchant, remarquait le papier avec stupeur, découvrait l'enveloppe. La plaçait sous la lampe pour l'ouvrir, le souffle coupé par l'agitation, le cœur si lourd qu'il en devenait douloureux.

— Je crois que Kiki n'était pas folle, dit doucement Albert.

— Tu as toujours soutenu le contraire, répliqua Bess en riant.

— Elle est restée parce que c'est ici que Benjamin a disparu. C'est l'endroit qui l'a englouti, qui a fait perdre sa trace. Et elle savait que c'était là qu'elle le retrouverait.

— Tu crois qu'elle l'a cherché pendant toutes ces années ?

Toute une vie. Bess frissonna en songeant à Kiki entre ces murs, dans cette maison qui tombait en ruine, dont elle n'avait pas su colmater les fissures.

— Elle n'a jamais renoncé à le chercher et à tenir sa promesse, murmura Albert.

Vivre avec une idée fixe, se laisser dévorer par elle, telle Méduse qui se regardait elle-même et mourait du poison qui l'avait nourrie.

— Je me demande quand Kiki a commencé à comprendre.

Albert formulait à voix haute une autre des questions qui taraudaient Bess. Kiki l'avait fait au nom de son amitié pour Emma, et de la promesse qu'elles avaient échangée. Bess était également convaincue qu'elle avait voulu conserver le secret de sa famille, en refusant de voir les choses telles qu'elles étaient réellement, en les enfouissant sous la poussière au fil des ans. Jusqu'au moment où il avait été impossible de trouver des excuses.

Elle reprit son souffle. Le portail de la villa était grand ouvert. Bientôt le crépuscule incendierait les crêtes, avant de s'éteindre. Le bruit du monde deviendrait assourdissant, avant de se taire soudainement. Mais pas dans le jardin, où l'on allumait des flambeaux et des lumières colorées.

— Quand elle a trouvé la bague, répondit Bess.

Une image se recomposait devant ses yeux : sur fond de ciel sombre une femme avançait dans des champs boueux, agrippée à une canne au pommeau d'argent, aussi froid que ses pensées.

— Elle a cherché la confirmation du notaire, mais elle savait très bien d'où elle venait.

On passe notre vie à attendre le pire, à imaginer qu'il va poindre à la sortie de chaque virage et puis, quand il arrive enfin, inattendu comme un appel nocturne ou un aigle gravé dans le métal, on refuse de croire qu'il est réel. Kiki avait continué de chercher, d'espérer, jusqu'à ce qu'émerge ce que Frau Anna avait caché, apporté par la marée. Parce qu'elle n'était plus là pour servir de digue.

Bess se demandait ce qu'avait ressenti Kiki en lisant les lignes écrites par son père. Tout ce qui l'avait piégée jusque-là lui avait-il semblé absurde ? Elle avait vu les années défiler comme les pages d'un livre écrit par quelqu'un d'autre et elle s'était retrouvée seule avec Emma. Lui avait-elle demandé l'absolution ? Pour elle-même, pour ces parents qu'elle avait aimés et assistés jusqu'à la fin ? Et qu'elle avait pardonnés, avant de connaître la vérité ?

— Tu n'as pas répondu à ma question, Bess.

À quel point était-elle encore attachée à cet endroit, à ses murs et à leurs histoires ? Allait-elle réussir à s'en libérer, à ne pas se laisser piéger comme Kiki, à mettre la juste distance entre elle et la villa ? Comment calculait-on une « juste distance » ? Qu'est-ce qui était « juste » ? Elle se souvenait de sa dernière conversation avec Kiki, dans sa voiture. À présent, elle se sentait si différente de cette femme qui, en regardant la route par-dessus le volant auquel elle était agrippée, avait donné une réponse trop simple, parce qu'elle pensait qu'il suffisait de suivre son cœur. Pourtant, parfois cela fonctionnait. Peut-être que Kiki l'avait justement choisie parce qu'elle la savait capable de faire ce qu'elle-même n'avait pas réussi à faire : se pardonner. Et aimer cette maison avec une innocence dont elle n'était plus capable, car elle avait été trahie par les fantômes qui n'avaient jamais cessé de l'habiter.

— J'ai fait ce que Kiki m'a demandé et nous avons retrouvé Benjamin, je crois que c'est suffisant.

— Et ça, tu le raconteras ?

Benjamin livré aux nazis, les armes des soldats italiens cédées par le général aux troupes responsables de la rafle des Juifs, dont il parlait dans sa dernière lettre.

La petite enfant-chouette qui avait tourmenté Kiki et Emma, avant même qu'elles puissent comprendre le point commun entre leurs histoires. Maintenant, seulement maintenant, tout prenait sens.

Les voix revenaient, pareilles à un écho porté par le vent. Sans doute parce que Frau Anna n'était plus là pour garder la maison et préserver ses secrets à l'aide d'un sortilège.

— Je ne t'ai jamais remercié, tu sais ?

— Je l'ai aussi fait pour moi, Bess.

Elle secoua la tête et prit une grande inspiration.

— Pas d'avoir sauvé la Villa Freiberg. De m'avoir sauvée, moi, quand tu m'as empêchée de me jeter dans le feu.

Albert éclata de rire.

— Je pensais que tu ne me le pardonnerais jamais.

— On ne s'en sort pas si mal, dit-elle en contemplant les tableaux qu'elle avait raccrochés au mur.

— Tu as reçu l'estimation de l'antiquaire ?

— Plus ou moins.

Bess se mordilla la lèvre en jetant un coup d'œil par la fenêtre. Les premiers invités conviés par Albert arrivaient.

— Je crois que quelqu'un te cherche, en bas.

— Si c'est Flora, pas question que je l'aide à donner le bain à Charlie.

— Je ne crois pas que ce soit Flora.

Albert suivit son regard au-dessus des haies, jusqu'au portail, et il vit Alice. Vêtue d'un jean déchiré, les cheveux d'une autre couleur, un nouveau tatouage sur le bras. C'était vraiment Alice.

— Comment est-elle au courant de cette fête ?

— Va la voir, répondit Bess en lui adressant un clin d'œil.

Albert ne se le fit pas répéter. Grand costaud maladroit, quand il se pencha pour passer la porte, il sembla redevenir enfant. Il se retourna, les cheveux ébouriffés, avec un air d'excuse.

— Après, tu me raconteras ce que t'a dit l'antiquaire.

Albert se retrouva dans le parc et soudain son impétuosité et son courage s'évaporèrent devant sa fille. Le temps s'était arrêté – ou bien son cœur prenait juste une pause, pour battre plus fort ensuite – et il trouva magnifiques ses cheveux verts, qui lui rappelaient ses petits messages colorés.

— Tu n'as pas tenu ta promesse : pas de nouvelle couleur, pas de tatouage.

— On avait précisé : seulement à condition que…

Alice esquissa un sourire. À condition qu'Albert promette de remplir son verre de pensées et de souvenirs heureux, plutôt que d'alcool.

Albert prit le temps de respirer. Il se sentit vivant et fier, comme à chaque début dont on ne voit que le premier pas, la chaussure qui se détache du sol, la semelle propre qui se couvre de poussière et de boue.

— Moi, j'ai tenu ma promesse.

Il avait fait beaucoup de choses entre-temps. Qui tournaient autour de lui et Alice tel un vent chaud, les unissaient dans une étreinte avant qu'elle l'enlace pour de vrai. Elle le serra longuement, menue comme une feuille, plus tenace que la tempête qui les avait submergés et rendus plus forts, parce que l'un avait tenu ensemble les morceaux de l'autre.

Mattia avait remarqué Alice, lui aussi. Il la suivait du regard avec une attention suspecte et un sourire ébahi que Bess connaissait. Nino et Thilde dansaient devant la scène pendant que Flora portait des piles de verres en équilibre précaire sur un plateau, suivie de Charlie.

Un jour, Albert lui avait dit que les familles se choisissent. En les observant tous, en réfléchissant aux événements récents, Bess commençait à croire qu'avec un peu de chance, il n'y avait pas besoin de choisir. Nous sommes tous entourés d'un champ magnétique qui attire naturellement des étoiles ayant la même pulsation. Certaines ont beaucoup voyagé, parfois plus que nous, d'autres viennent de naître, mais elles se retrouvent à un endroit précis, où elles sont entourées de la lumière à laquelle elles sont promises. Des étoiles qui se sont perdues à travers les galaxies, mais dont le destin était de se rencontrer pour faire un bout de chemin ensemble.

Le parc reprenait vie, les ordures n'empuantissaient plus la villa et chaque jour Bess découvrait un nouveau trésor – un jouet d'enfant, une carte postale – qui ne valait pas grand-chose, mais qui racontait d'autres histoires.

Elle avait envie de les écouter.

Elle ignorait ce qui allait se passer, ce que lui apporterait le printemps. Peut-être que sa force et son courage ne lui permettraient pas de finir la mission que lui avait confiée Kiki. Cependant, elle se sentait toute-puissante et enivrée. Différente du jour où elle avait contemplé la Villa Freiberg pour la première fois, le nez en l'air, en se demandant ce qu'elle cachait. Par la suite, elle avait découvert les vies qui s'étaient croisées dans ces pièces, l'horreur dissimulée entre ces murs. Au final, toute ombre est contrebalancée par la lumière. Elle ne savait pas dire si c'était le bien ou le mal qui l'emportait. Toutefois, elle était certaine d'une chose : ce n'était plus uniquement l'histoire de Kiki. Elle était devenue la leur.

NOTE DE L'AUTRICE

Le Haut-Adige, terre hybride et de frontières, a depuis toujours un passé tourmenté, qui a laissé des traces dans le présent. Le destin de son peuple – vendu, cédé, échangé – est tombé sur une mauvaise étoile, celle de la comtesse hérétique qui a remis le Tyrol aux Habsbourg en 1363. Marguerite de Carinthie, coupable de s'être libérée de l'homme à qui elle avait été mariée quand elle n'était encore qu'une enfant, accusée de sorcellerie et excommuniée, a laissé avant de mourir la terre héritée de son noble grand-père Meinhard de Goritz à la famille d'une autre femme dont l'histoire se souvient, mais guère plus chanceuse, la future impératrice d'Autriche Sissi (Élisabeth de Wittelsbach).

À partir de ce moment, et jusqu'en 1918, le Tyrol a appartenu à la maison des Habsbourg.

Au début du XXe siècle, cette région a pris un nouveau nom et une nouvelle physionomie, avant de voir planer sur elle l'ombre de Mussolini et du fascisme, qui ont organisé la migration massive d'ouvriers venant des régions de Trente et de Venise. Pour les paysans tyroliens dépossédés de leurs champs, cela ressembla à une colonisation. Ce furent les années de la fermeture des écoles allemandes,

des expropriations, de la construction du pôle industriel de Bolzano, de l'assainissement des marais entre Merano et le chef-lieu, ainsi que de la traduction forcée de la toponymie en italien.

Quelques sources, moins nombreuses, racontent un second échec de l'histoire dans cette région, à la suite d'un jeu dramatique de pouvoir. En 1943, Mussolini était otage des Allemands et les troupes italiennes se trouvaient en pleine débandade après la proclamation de l'armistice du 8 septembre. La région fut traversée par les troupes nazies, qui avaient franchi le col de Brenner. Elles occupèrent les villes, qui subissaient déjà les bombardements des forces alliées. Bolzano, ainsi que les provinces de Trente et de Belluno, passèrent sous administration militaire allemande (*Alpenvorland*). Le Reich le considéra comme une annexion, bien que jamais déclarée comme telle, aux conséquences tragiques pour les populations allemande et italienne.

Entre 1943 et 1945, les persécutions contre les Juifs se multiplièrent. Elles furent parmi les plus virulentes de l'Italie du Nord, notamment en lien avec l'opération connue sous le nom d'*Aktion T4*, le programme nazi d'élimination des personnes porteuses de handicap physique ou psychique, qui constituaient une menace pour la pureté de la race aryenne. Médecins généralistes, psychiatres et infirmiers furent impliqués dans une spirale complexe d'anéantissement systémique, jamais officialisé. Aucune loi ne posa par écrit les modalités de l'opération ni son fonctionnement, elle resta toujours sur le fil du dicible : elle ne visait pas une catégorie raciale, mais potentiellement n'importe qui. Elle reçut le soutien de collaborateurs voués à la cause et disposés à travailler dans l'ombre.

Les victimes, qui venaient d'hôpitaux psychiatriques, d'asiles, d'instituts de charité, étaient d'origine humble : femmes, hommes, enfants souffrant de maladies mentales, ou simplement désespérés, rebelles, mal insérés dans la société ou trop extravagants, déclarés « coupables » de ne pas correspondre aux standards de pureté et de perfection de la race. Des « vies indignes d'être vécues ».

Entre 1939 et 1945, plus de deux cent mille personnes – dont dix mille enfants – furent tuées dans des cliniques et des instituts de recherche. Quatre cent mille femmes furent stérilisées. Les critères de sélection étaient l'inaptitude au travail et l'incapacité à s'insérer socialement. Leur génocide était pratiqué au nom d'un intérêt supérieur et du progrès social.

Les parents étaient convaincus que leurs proches étaient pris en charge dans ces instituts où, les assurait-on, ils bénéficieraient des meilleures thérapies. Leur mort était certifiée par des officiers de l'état civil complaisants, avec des données falsifiées. Les décès étaient attribués à la pneumonie ou à la dysenterie. Les corps brûlés pour décourager les enquêtes.

Malgré les précautions, l'*Aktion T4* fut la seule initiative hitlérienne à faire l'objet de manifestations publiques de désapprobation. Poussés par l'inquiétude des parents qui n'avaient plus de nouvelles de leurs proches, les évêques se mobilisèrent. Dans son homélie du 3 août 1941, l'évêque de Münster, Clemens August von Galen, dénonça les disparitions.

L'opération fut suspendue en 1941 et officiellement conclue en 1943. Toutefois, jusqu'en 1945, en secret, grâce à un réseau de collaborations silencieuses, les enfants continuèrent d'être arrachés à leurs familles sous prétexte de soins nouveaux, et les faibles et les handicapés disparaissaient encore dans des fourgons aux vitres peintes en noir. Les médecins signalaient les cas les plus disparates d'anomalies, de tares génétiques dont il fallait interrompre la transmission ou de handicaps qui excluaient l'efficience productive. À Hall, située à quelques kilomètres de la frontière, dans la région d'Innsbruck, un foyer accueillit des centaines d'habitants du Haut-Adige et d'Italiens du Nord. De là, ils étaient répartis dans différents centres de la mort comme le château d'Hartheim, où finirent des milliers de femmes, d'hommes et d'enfants. À la fin de la guerre, beaucoup d'entre eux moururent d'incurie, de manque de médicaments et de nourriture, et furent peut-être enterrés dans un cimetière où l'on commence à retrouver des restes et dont la destination n'est toujours pas élucidée. Presque aucune des victimes de l'*Aktion T4* ne revint vivante.

Dans le Haut-Adige, la terreur et la répression nazie n'épargnèrent ni la partie italienne ni la partie allemande de la population, qui avait pourtant fêté l'arrivée de la Wehrmacht. Les *dableiber* (ceux qui étaient restés) furent accusés de lâcheté et d'avoir trahi leur propre *heimat* en décidant de ne pas l'abandonner à la faveur des terres promises dans l'Allemagne nazie, comme exprimé dans l'ordonnance de 1938. Pour tenir leur choix, ils avaient dû se déclarer citoyens italiens.

C'est dans ce contexte historique que se déroule l'histoire du roman. Des années marquées par le passage d'un régime à l'autre, dont l'on trouve trace dans les noms des lieux, dans la signalétique des rues, dans la toponymie. Dans les valises des optants. C'était une époque de délation, de vengeance. De crise et de confusion identitaire, de frontières imposées ou tracées arbitrairement, selon le bon vouloir du vainqueur.

Pour la partie historique, je me suis appuyée sur la mémoire individuelle, qui devient mémoire collective avec le temps ; les récits des partisans qui ont vécu l'expérience de la réclusion, de la persécution, de la fuite, et l'épisode du stade Druso ; les témoignages de la communauté hébraïque et des survivants de l'*Aktion T4*.

Là où l'histoire prend fin, ce roman prend vie.

Par ailleurs, les histoires de la Villa Freiberg ont été inspirées par une villa historique de la région de Merano, au passé trouble, objet d'un travail singulier de mémoire ces dernières années.

Quand j'ai rencontré Mme Waldner, quand j'ai pu voir les photos de la restauration et du travail accompli par un groupe de femmes courageuses, sans aucun moyen sinon leur détermination et leur passion sincère pour les objets et les histoires qu'ils racontent, j'ai pensé que quelque chose, dans ces pièces, devait aussi être préservé à travers la narration.

Les récits qui impliquent l'histoire entrecroisent plusieurs niveaux, laissent l'espace à la fiction. Mais il y a un fond de vérité dans l'histoire d'Élisabeth, et peut-être aussi dans celle de Rosamaria Tondini. À quel point, c'est à la curiosité et à la sensibilité du lecteur de le découvrir.

REMERCIEMENTS

Le Secret de la Villa Freiberg est le fruit de deux années de recherches, ainsi que de voyages dans les lieux cités et dans leur mémoire. Comme souvent, il est difficile de définir le moment précis où l'histoire a commencé à prendre forme. La narration transforme les fils en trame. Pourtant, il existe un lieu envers lequel, plus que les autres, cette histoire a une dette. Elle doit beaucoup à son énergie, aussi ancienne que les arbres du parc, et à ses pierres qui ont traversé les siècles. La Villa Freiberg existe dans la réalité, dans la réalité de mon territoire, sous un autre nom. Deux femmes extraordinaires ont œuvré pour sa revalorisation, aussi courageuses et tenaces que différentes. La dernière propriétaire, héritière d'une famille du Haut-Adige, qui a passé la fin de sa vie dans la solitude la plus totale, barricadée dans cette maison de famille détruite par le poids des ans et des vies qui s'y sont déroulées, pleine non plus de bruits de pas et de voix, mais de sacs poubelles qui dissimulaient une collection dont il ne restait plus aucune trace apparente. Et une femme qui, de façon inattendue, a hérité de la villa, pour la sauver et s'en occuper comme personne avant elle.

C'est une histoire de soin et d'amour, en même temps que de doutes, de peurs et d'erreurs. Donner et redonner vie : un des cadeaux les plus extraordinaires sur lesquels repose la condition humaine.

L'événement qui relie tout et joue le rôle de catalyseur, mais aussi de propulseur, agit dans une direction dramatiquement opposée : le désir aveugle d'anéantir les plus faibles de la société, les franges dites malades, inutiles, les « vies indignes d'être vécues ». Poussé par un mépris annihilant ceux qui devraient être protégés. L'*Aktion T4*, opération nazie d'eugénisme, a de nombreux points communs avec les camps de concentration – les médecins qui y travaillaient arrivaient souvent des centres de l'*Aktion T4*. Elle a fait d'innombrables victimes en Italie (notamment à l'hôpital psychiatrique de Pergine, dont les patients étaient transférés en Autriche pour être tués).

L'histoire de Benjamin n'est pas de la pure fiction. C'est celle de Rudolf, âgé de douze ans, enfermé dans un hôpital psychiatrique parce que muet – pas à cause d'une maladie génétique, mais à la suite d'un accident qui l'avait privé pour toujours de la faculté de parler –, et aussi celle de sa petite-nièce qui, en retournant à la maison où avait vécu son grand-oncle dont personne ne parlait jamais, a décidé d'en retrouver la trace. Mais c'est aussi l'histoire du petit Pepe, lui aussi du Haut-Adige, dont le nom figurait sur la « liste de la mort », sauvé par miracle par le courage de sa mère. Mort, vie. L'histoire d'Ursula, la jeune fille stérilisée, est celle de Maria, trop libre, trop désinvolte, ou de Crescenza. Ce sont les souvenirs des proches des victimes, les photographies des enfants et les albums, qui ont guidé la trame et uni tous les fils. Et une question : que reste-t-il ?

Les manuels d'histoire proposent des certitudes lisses. La voix des protagonistes raconte d'autres vérités, plus nuancées, plus complexes. Ce ne sont pas des exceptions de la reconstruction historique, ce sont des échos qui la font vaciller et, parfois, évoluer.

Mais les histoires ne chantent pas, elles ne résonnent pas, si les murs des pièces restent muets. Certains les écoutent, les diffusent. Et nous en faisons tous partie : ceux qui les ont vécues, ceux qui les écrivent, ceux qui choisissent de les lire, plus que jamais.

Pour cette raison je remercie Jessica qui, un après-midi lointain, m'a parlé de la villa et a partagé avec moi son travail, avec le naturel et la sensibilité qui caractérisent cette artiste et amie.

Un merci spécial aux femmes magnifiques qui ont accompagné ces pages. Nous nous sommes rencontrées un après-midi humide de fin d'été, qui sentait la résine. Les hauts sapins de la villa pressaient leurs branches contre les vitres, agités par le vent. Je n'oublierai jamais ce que j'ai ressenti en écoutant vos récits, le chant des oiseaux enfermés dans leur cage, même si vous les aviez libérés depuis longtemps. Un merci à votre courage, Herta et Ariane, à votre incroyable aventure inspirante qui a su redonner vie à ces pièces, les libérer de la poussière, même au risque de vous blesser les mains et le cœur. Aucun gardien de la mémoire ne pourrait être mieux préparé, plus aguerri et aimant que vous. Merci à Antonella Tiburzi, à ses précieuses informations, à ses conseils d'historienne exceptionnelle, et à tout le groupe de voyage qui nous a conduits à Hartheim. Cette expérience m'a mise à rude épreuve, mais j'y ai trouvé la confirmation de ce à quoi j'ai toujours cru : reconnaître la souffrance et la peur dans les yeux des autres nous aide à nous sentir moins seuls. Cela n'efface pas, cela ne guérit pas par magie, mais cela rend plus supportable.

J'espère que cette histoire pourra nous aider à ne pas oublier ce qui a été, parce que rien n'est jamais entièrement résolu : les héritiers des vainqueurs et des vaincus se retrouvent à faire les comptes d'un passé qu'ils n'ont pas voulu, mais qu'ils se sont approprié en le portant sur leurs épaules. Ce rôle implique un choix, c'est une seconde possibilité, et elle a une valeur immense.

Merci aux parents des victimes d'avoir redonné vie et voix à des mondes submergés. Je suis reconnaissante et honorée d'avoir pu écouter vos paroles et d'être la dépositaire de vos témoignages. À la famille Andergassen, Agnes et Gottard, qui m'ont permis de vivre une expérience qui restera gravée en moi, avec une douceur et une vérité désarmantes. À Karin Tomaszewki : nous conserverons leur mémoire, leurs voix deviendront un écho qui sera écouté. Elles ne seront pas oubliées.

Merci à tous ceux qui ont partagé leurs connaissances avec moi, en ouvrant leurs archives, en m'obligeant à poser des questions qui ont donné un autre éclairage à ma recherche : à la docteur Susanne Droeste Graeff de la fondation Liebenau, au docteur Oliver Seifert des archives de Hall, au Musée historique de Trente ; votre gentillesse a largement dépassé ma demande.

Merci à ma famille, à ma mère, à ma sœur, qui m'ancrent dans le sol quand le vent souffle fort, et qui me forcent à sortir quand je voudrais me cacher. Vous m'avez appris que le soleil ne brûle pas. À Edoardo, que je remercie rarement, parce que tu fais partie de moi et que les mots sont inutiles.

À mon école, l'I.C. Merano 1, à mes élèves : enseigner est plus qu'un travail, c'est quelque chose qui nous change pour toujours, jour après jour, rencontre après rencontre, défi après défi.

Merci à toute ma famille chez Garzanti. Elisabetta, Adriana, vous prenez soin de mes histoires et je vous serai toujours infiniment reconnaissante. Vous avez la force et la pureté des grands rêveurs, c'est peut-être pour cela que vous m'êtes si proches.

À Vicki, classe et détermination, rationalité et cœur. Tu m'apprends tellement : à avoir le courage de mes rêves, le courage de les repêcher en même temps que les histoires me nourrissent, même si parfois elles me font mal, parce que tout finit par passer, mais jamais complètement. Tu m'as appris à transformer les cicatrices en rayons de lumière.

Merci à tous les libraires qui m'ont accueillie depuis le début de mon voyage, et qui m'accompagnent aujourd'hui encore avec leurs mots savants et leur affection pour les histoires qui nous relient. Les librairies sont des capsules spatiotemporelles, elles sont un foyer, la promesse d'un avenir qui ne peut pas nous décevoir. Merci à toutes les lectrices et à tous les lecteurs : l'amour que vous m'offrez m'aide à faire avancer mes personnages fragiles, dont la voix pourrait être balayée par une rafale de vent. Nous marchons ensemble sur des sentiers périlleux, mais aucun gouffre, même profond, n'effraie ceux qui ont le cœur solide et un livre dans leur sac à dos.

Composition : Facompo
Rouen

#lisez! engagé
Pour plus d'information :
www.lisez.com
Imprimé sur du papier issu de forêts gérées durablement.

CET OUVRAGE
A ÉTÉ ACHEVÉ D'IMPRIMER
SUR ROTO-PAGE
PAR L'IMPRIMERIE FLOCH
À MAYENNE EN DÉCEMBRE 2023

N° d'impression : 103875
R15526/01
Imprimé en France